얼음꽃을
삼킨 아이

이 도서의 국립중앙도서관 출판시도서목록(CIP)은 e-CIP홈페이지
(http://www.nl.go.kr/cip.php)에서 이용하실 수 있습니다.
(CIP제어번호 : CIP2010002146)

담쟁이 문고

# 얼음꽃을 삼킨 아이

박향 지음

실천문학사

## 차례

심부름 7
아침, 식구들 16
백기호 24
생애 최고의 심부름 33
배도연 47
체육시간 64
학교 창고 75
마지막 편지 86
등화관제 95
낙화 108
영부인 122
아버지 135
황 씨 145

파경　154

열일곱 살　170

첫사랑　179

사랑이 너무 힘들다　193

스승의 날　202

김분자 선생　214

미선이　224

수학여행　235

대통령　250

목화밭　259

제의　278

귀가　288


작가의 말　299

# 심부름

나는 심부름을 잘한다. 집에서도 그렇고 학교에서도 그렇다. 누군가의 일을 대신 하러 가는 일은 귀찮을 것 같지만, 사실은 그렇지 않다. 심부름 속에는 심부름 시키는 이들의 비밀이 들어 있기 때문이다. 비밀은 언제나 매혹적이다. 누군가의 비밀을 공유하면 그들은 인심이 한없이 후해져서 심부름하는 나를 터무니없이 착한 아이로 격상시켜준다. 말하자면 그들은 내 앞에서 오래된 코트의 단춧구멍처럼 헐거워지는 것이다.

심부름에는 여러 종류가 있다. 엄마가 시키는 일은 주로 반찬 가게에 다녀오는 일이다. 흥미로운 일은 아니지만 나는 반찬 가게 아주머니에게 양옥집 착한 딸로 이미 소문이 나 있다. 남임선생이 시키는 심부름에는 빈 친구들에게 온근한 권력을 인정받는 보상이 따르고, 언니나 오빠가 시키는 심부름에는 청춘의 냄새가 섞인 설렘과 긴장이 숨어 있다.

 가장 하기 싫은 심부름은 아버지의 낚시 미끼를 사오는 일이다. 아버지는 거의 일요일마다 낚시를 가신다. 낚시용 아이스박스를 챙기면서 주머니를 뒤적거리면 그건 영락없이 내가 심부름을 가야 한다는 신호다. 아버지는 재작년부터 나를 몇 번 낚싯집에 데려가더니 5학년이 되자 미끼 사오는 일을 아예 나에게 맡겨버렸다. 감히 아버지 말씀을 거역할 수 없으므로 나는 신발을 질질 끌고 대문을 나서면서 일부러 큰 소리를 질렀다.

 "다녀오겠습니다!"

 잃어버릴세라 아버지가 건네준 돈 천 원을 손에 움켜쥐고 골목을 나서면서도 나는 몇 번이나 뒤를 돌아보며 누가 내 발목을 잡아주기를 간절히 바랐다.

 우리 집은 천마산 아래 남부민동에 위치해 있다. 검정색 타르의 루핑지붕과 슬레이트지붕, 나무판자로 이어 붙인 집들이 천마산 중턱에 무채색으로 모자이크한 도화지 그림처럼 빼곡히 들어차 있다. 그 집들 중에서 그래도 우리 집은 산복도로와 맞붙은 아래쪽이다. 비록 페인트는 벗겨져 낡아 보이지만, 몇 년 전 태풍에 슬레이트지붕이 날아가는 바람에 아예 옥상이 있는 단층 양옥집으로 새로 지었다.

  윗동네와 아랫동네는 빈부의 차가 보일 정도로 차이가 난다. 산 쪽으로 올라갈수록 루핑지붕의 타르는 쩍쩍 갈라져 있고, 처마도 더 내려앉아 있다. 썩은 판자 틈으로 가난이 오래된 이끼처럼 덕지덕지 묻어 아예 식구들을 잡아먹으려고 입을 벌리고 있는 곳도 많다. 윗동네는 전쟁 때 피난 온 사람들이 대부분이었다. 일가붙이 하나 없는 그들이 등 누일 자리를 찾기 위해 산으로 올라간 것은 당연한 일이었을 것이다. 하지만 아이들에게는 윗동네 아랫동네가 따로 없었다. 모여서 놀면 동네 전체가 놀이터였다. 아이들과 정신없이 놀다가 부산 최대의 공창가인 완월동까지 간 적도 많았다. 유리창마다 정육점처럼 벌건 불이 새어 나오는 그곳을 지날 때면 누구랄 것도 없이 발걸음이 빨라졌다. 그곳은 어른들만의 은밀한 거래가 이루어지는 곳이었다. 섣불리 그곳에서 얼쩡대다가는 목덜미를 잡힌 채 붉은 불빛 안으로 끌려갈지도 모른다고 생각했다. 그러면서도 눈길은 자꾸 유리문 안쪽을 향했다. 보통 번들거리는 등을 드러낸 드레스를 입은 여자들이 무표정하게 앉아 있었는데, 가끔 속옷만 거우 걸친 여자들이 문밖에 나와 있는 경우도 있었다. 그럴 때는 정말 못 볼 걸 봤다는 듯 오만상을 찡그리며 황급히 그곳을 떠났지만, 속으로는 뭔가 남이 모르는 것을 주웠다는 횡재한 느낌에 숨을 할딱이곤 했다.

돈이 없어 버스 타는 것은 엄두도 못 내지만 장난치다 보면 다리 아픈 줄도 모르고 금방 집까지 왔다. 그래도 우리는 늘 버스가 타고 싶었다. 버스 한번 타보는 것은 아이들의 꿈이었다. 낚싯집에 갈 때는 아버지가 준 돈으로 버스를 탔지만, 이 날만은 버스 타는 일에 온전한 기쁨을 누리지 못했다. 그만큼 낚싯집 가는 것은 끔찍한 일이었다.

낚시 미끼를 파는 집은 완월동 다음 정류장인 충무동에 있었다. 언제나 화가 난 듯 불어 터진 얼굴을 한 낚싯집 주인아저씨는 미끼를 신문지 봉투에 넣어주었다. 신문지를 적당한 크기로 오려서 만든 종이봉투였다. 그 얇디얇은 종이봉투 안에 낚시 미끼인 갯지렁이가 들어 있었다. 몸에 털이 북슬북슬하게 나 있는 그것들은 축축하고 음탕했다. 서로의 몸을 칭칭 감으며 너나없이 뒤섞여 있는 무리를 보고 있으면 어느 순간 구역질이 우웩 하고 치밀었다. 그런데 그것을! 그 징그러운 것을 손바닥에 올려놓고 있어야 했다. 그렇지 않으면 신문지가 터지는 위험천만한 일을 감수해야 하기 때문이었다. 시간이 지날수록 지렁이 몸에서 발산되는 습기로 인해 손바닥과 맞닿은 신문지는 축축해졌다. 혹여 찢어질까 봐 나는 지렁이가 하는 말이라도 들으려는 사람처럼 숨소리마저 죽여야 했다. 평소 신문 읽는 일은 거의 없지만 지렁이를 담아갈 때만은 오로지 신문지에 시선을 집중시켰다. 다른 인물 사진도 만나지만 신문지 봉투에서 내가 주로 만나는 사람은 박정희 대통령 각하였다. 어쩌면 신문에 나오는 사람 중에 대통령만이 내가 정확하게 얼굴을 아는 유일한 인물이기 때문일지도 모른다. 어디서부터 젖어들까? 봉투가 찢어질지도 모른다는 불안에서 벗어나기 위해 나는 종종 대통령 각하의 이마나 턱, 양볼 중 어느 쪽이 먼저 지렁이의 습기로 젖어드는지 혼자 내기를 걸곤 했다. 그러다가 입술이나 콧구멍 어느 한쪽이 젖어들기 시작하면 마치 불경죄라도 저지른 양 흠칫 몸을 떨고는 누가 보진 않았나 주위를 휘휘 둘러보았다. 대통령께는 죄송하지만 그래도 이 순간만큼은 내 손이 중요했다.

우리 동네에 도착하면 신문지는 손톱만 살짝 대어도 죽 찢어질 것처럼 젖어 있었다. 길고 따가운 아침 해를 질질 끌며 집으로 돌아오면 나는 거의 기진맥진해 쓰러졌다. 신문지 봉투를 두 겹으로만 해주어도 이런 공포에 떨지 않을 텐데, 나싯집 아저씨는 아무리 두 겹으로 해달라고 해도 들은 척도 하지 않았다.

"봉투값 따로 내든지."

고작 한다는 소리다. 신문지 오려서 풀로만 붙인 게 무슨 봉투라고?

이런 심부름만 아니라면 나는 얼마든지 할 수 있었다. 특히 학교 선생님들이 시키는 심부름은 정보 획득의 재미에다 짭짤한 부수입도 있었다. 또한 완벽하고 정확하게 완수함으로써 나에 대한 신뢰도를 높일 수 있는 계기도 되었다. 선생님들은 주로 시험지나 통계자료를 반마다 돌리며 사인을 받아오라고 시켰다.

"시험지야. 절대 보면 안 돼. 널 믿는다."

물론, '네'라고 공손히 대답하지만 나는 돌아가는 층계참에서 그 약속을 무참하게 저버리곤 했다. 시험 문제 서너 개를 미리 볼 수 있는 것을 나는 심부름값이라고 생각했다.

담임과 친한 사람은 2학년 여선생이었다. 둘은 나이가 비슷한 것 같지만, 담임이 그 여선생을 보고 언니 언니 하는 것을 보면 아마도 2학년 선생이 나이가 한두 살 많은 모양이었다. 그녀들은 가끔 스타킹이나 과자를 사오라고 시켰다. 바깥심부름을 시킬 때에는 응분의 보상을 하는 것을 잊지 않았다. 야채크래커 한 봉지 정도의 심부름값이라면 나는 언제든지 오케이다. 버터코코넛과 야채크래커는 내가 먹어본 과자 중 최고였다. 비스킷을 입에 물고 이야기 속으로 빠져드는 선생님들을 나는 종종 훔쳐보았다. 톡 부러뜨릴 때마다 입가에 잔잔하게 흩어지는 비스킷의 잔해들은 핥아 먹고 싶을 만큼 유혹적이었다. 하지만 나는 조용히 제자리로 돌아가 책을 읽었다. 그녀는 나에게 방과 후 교실에서 고전동화를 읽어도 좋다는 허락을 내렸다. 교내 고전읽기대회에서 자기 체면을 구기지 않을 정도의 우수아동이 필요하기 때문이었다. 허락이 아니라 명령에 가까웠지만, 어쨌든 나에게는 시시한 일이었다. 다른 집에 비해 우리 집에는 책이 많았는데 동화책보다는 주로 소설류였다. 두 언니가 용돈을 아껴가며 사 모은 연애소설과 아버지가 할부로 사서 엄마한테 한 달 동안 잔소리를 들은 세계명작전집도 있었다. 연애소설을 모두 섭렵하고 세계명작에 손을 대기 시작한 내가 호랑이 은혜 갚는 일 따위의 고전동화가 눈에 찰 리 없었다. 고전동화 읽기는 나에게 상을 타기 위한 대회 이외에 아무 의미도 갖지 못했다. 내가 책에 눈을 던지기 시작하면 그녀들은 잠깐 끊었던 이야기를 다시 잇곤 했다 마치 내가 그곳에 존재하지 않는 것처럼 과자를 책상 위에 펼쳐놓고 시작되는 처녀들의 수다는 읽고 있는 동화책보다 훨씬 재미있었다. 대화 속 등장인물은 주로 남자였다. 늙은 교장을 욕하는 일과 선본 남자를 흉보는 일, 그리고 6학년 총각선생을 탐색하는 일이 대화의 주된 내용이었다. 6학년 총각선생은 꼭 조연인 것처럼 등장했으나 막판에 가서는 언제나 오늘의 드라마 주인공 자리를 꿰차곤 했다.

그러므로 내가 6학년 총각선생의 교실에 가는 심부름이 잦았던 것은 너무나 당연한 일이었다. 긴 생머리에 몸매는 날씬하나 눈이 볍씨처럼 작은 내 담임을 6학년 총각선생은 그리 좋아하는 것 같지 않았다. 나는 하루에 한 번은 책이나 신문을 배달하러 6학년 교실에 갔다. 그 속에 연애편지가 들어 있음은 손에 느껴지는 두툼한 감촉만으로도 알 수 있는 일이었다.

"중요한 서류가 들었으니까 가다가 흘리지 않도록 조심해야 해."

심부름을 시킬 때마다 담임은 내가 층계참에서 코너를 돌아 사라질 때까지 내 등 뒤에 안테나를 꼿꼿하게 세우고 있었다. 돌아보지 않아도 그 눈빛이 내 등뼈를 톡 부러뜨릴 만큼 강렬하다는 것을 느낄 수 있었다. 물론 딱 한 번 그 연애편지를 본 적이 있었다. 철민 씨 어쩌구 하는 내용은 시시하기 짝이 없었다. 꽃이 피네요. 달이 밝네요. 밤이 기네요. 내가 읽어도 피식하고 웃음밖에 나오지 않는 담임의 유치한 연애편지는 자신의 감정을 끊임없이 하소연만 하고 있을 뿐이었다.

나는 담임이 절대로 이 연애에 골인하지 못할 것이라고 생각했다. 정말 담임은 연애에 성공하지 못했다. 내가 학교를 졸업하던 해에 2학년 여선생과 6학년 총각선생이 결혼한다는 이야기가 우렁차고도 게걸스럽게 학교 안을 떠돌아다니기 시작한 것이다. 수돗가 벽은 물론이고, 우리의 전용게시판 화장실 벽에는 상세한 신체 그림까지 동원되어 두 사람의 결혼 소식이 파격적으로 알려졌다. 나는 그때 그렇게 중얼거렸다.

'그럴 줄 알았어. 사랑에 진정성이 없었어. 목숨을 걸지도 않았잖아.'

나는 적어도 '사랑'은 목숨을 버릴 수 있어야, 그 정도는 되어야 진정성을 확보하는 것이라고 생각했다.

# 아침, 식구들

아침은 언제나 떠들썩했다. 엄마는 커다란 목소리로 우리 이름을 부르면서 잠을 깨웠다. 수희야 일어나거라, 빨리 세수하고 옷 입어! 강희야 어서 동생들 깨우지 못하니? 정희야 너 일찍 학교 가야 하는 거 아냐? 덜 떨어진 잠을 눈에 붙이고 가족들이 하나씩 마루로 등장하면 그때부터 본격적인 아침이 시작되었다. 잠자리에 엉덩이를 뭉개고 앉아 있을 시간도 없이 우리 집은 순식간에 지붕이 들썩거릴 정도로 바빠졌다. 화장실을 서로 차지하려고 다투는 소리가 담장을 넘었고, 마당 수돗가에서는 급기야 세숫대야 쟁탈전이 벌어졌다. 그럴 때 엄마의 잔소리는 거의 질서유지용 사이렌 수준으로 변했다. 하지만 일어나기 싫은 것과는 별개로 엄마의 잔소리를 귀찮다고 생각해본 적은 없었다. '엄마의 잔소리는 하루를 시작하고 견디게 하는 중요한 힘의 근원 같은 것이다'라는 아버지의 말에 나는 백 퍼센트 동의했다.

우리는 사 남매로 언니가 둘, 오빠가 하나다. 첫째인 강희 언니는 고등학교를 나와 가구점에 다니고 있다. 둘째인 경수 오빠와 셋째 정희 언니는 연년생으로 고등학교와 중학교에 재학 중이다. 강희 언니는 예쁜데다 착하기까지 하고, 정희 언니는 자기만 아는 새침데기이고, 오빠는 언제나 약간 삐딱하다. 자기가 옳다고 생각하면 아버지도 그 고집을 꺾지 못하는데, 가끔 그것 때문에 고요한 아버지의 목에서 큰 소리가 나기도 한다. 아버지의 말로는 오빠가 '되도 안한' 소리를 지껄이고 있기 때문이라고 했다. 나는 이수희, 초등학교 5학년이다.

엄마 말에 의하면 나는 세상을 볼 수 없을 뻔한 늦둥이라고 했다. 아이를 그만 낳으려는 엄마에 맞서 싸워 승리한 할머니의 공적이라는 것이다. '니가 지금 이씨 집안을 어찌 보고 그런 소리를 하는 것이냐, 아들이 적어도 두 명은 되어야지'라고 아침저녁으로 잔소리를 해대는 바람에 어쩔 수 없이 효도 차원에서 생산하게 된 것이 바로 나라고 했다. 그렇게 아들 타령을 하셨는데도 할머니는 딸인 내가 태어났을 때 입이 함박만 큰 벌어졌다고 했다. 할머니는 나를 무척 좋아하셨다. 할머니는 특히 내 머리 빗기는 일을 즐기셨는데, 머리 빗기기가 끝나면 당신 앞에 세워놓고 어디 틀어진 데는 없나 이리저리 살피고 눈에 거슬리면 기어이 풀어 다시 빗겨주시곤 했다. 할머니는 내가 네 살이 되던 해 겨울에 돌아가셨다. 엄마는 종종 말했다. 꼭 지 할매 닮아서 영악한 것! 그 말을 들으면 나는 제대로 된 대화 한번 해보지 못하고 세상을 떠난 할머니에 대한 그리움으로 몸이 절절 끓는 것을 느꼈다.

우리 집은 방이 세 개다. 마루를 가운데 두고 두 개는 본래 있던 방이고, 뒤채에 방이 하나 더 있다. 뒤채 방은 불법으로 달아 낸 것인데 오로지 경수 오빠를 위해서였다. 안방은 아버지와 엄마가 쓰고, 두 번째 방은 강희 언니와 정희 언니 그리고 나 셋이서 썼다.

엄마는 활동적이고 전투적인 사람이었다. 아버지에게 월급 이상의 수입은 기대도 하지 못하므로 엄마의 잡일은 끊이지 않았다. 낚시 철사 구부리기, 인형 눈알 붙이기, 편지봉투 붙이기, 구슬 목걸이 꿰기 등 부업의 장르는 끝도 없이 다양했다. 부업의 목적은 단연코 아들에게 있었다. 경수 오빠는 엄마의 전폭적인 지지 속에서 성장하고 있었다. 남자는 밖에 나가서 풀이 죽으면 안 된다는 게 엄마의 지론인데, 그 '남자'는 아들에게만 해당되었다. 아침마다 담뱃값 때문에 전쟁을 하는 아버지는 어쩌면 남자가 아닌지도 몰랐다. 경수 오빠는 우리 딸들 전부가 쓰는 돈보다 더 많은 돈을 혼자 썼다. 과외도 경수 오빠 혼자 했다. 엄마에게 세 명의 딸은 오로지 하나 있는 아들을 갖기 위해 생긴 부스러기 같은 것이었다. 아무짝에도 쓸모없는 딸 셋은 내버려두면 적당하게 배워 어느 날 집을 떠날 것들이지만 아들은 엄마의 꿈이었다.

우체국에 근무하는 아버지는 우수사원상을 두 번이나 받았다. 근무가 끝나면 동료들과 가볍게 한잔하는 적도 있지만 대부분 집에 일찍 들어왔다. 식구들에게도 우체국 창구에서 맞이하는 손님에게처럼 조용조용하고 친절했다. 모르는 것은 잘 가르쳐주고, 신문을 보다가 재미있는 기사가 있으면 읽어주기도 했다.

엄마가 대놓고 경수 오빠를 좋아했다면 아버지는 우리에게 드러내지 않으려고 애를 쓰며 강희 언니를 아꼈다. 강희 언니가 인문계 고등학교에 가고도 대학에 가지 않은 것은 순전히 집안 형편을 생각해서였다. 아버지는 똑똑하고 예쁜 큰딸에 대한 기대가 컸다. 대학을 나와 교사가 되기를 바랐지만 그것은 아버지의 생각일 뿐이었다. 시간이 지날수록 동생들은 커 가고 살림은 힘들어지고 돈은 많이 들었다. 아버지는 한동안 강희 언니만 보면 대학에 보내지 못하고 직장생활을 시킨다는 자책감에 고개를 들지 못했다. 하지만 엄마는 달랐다. 그저 딸들은 사고가 나기 전에 빨리 시집을 보내는 게 대학에 보내는 것보다 훨씬 중요하다는 게 엄마의 변하지 않는 논리였다.

엄마가 보는 앞에서는 큰소리 한번 내지 못하지만 사실 불만은 정희 언니가 제일 많았다. 정희 언니는 틈만 나면 학원 다니게 해달라며 어미닭 쫓아다니는 병아리처럼 엄마 꽁무니를 물고 늘어졌다. 얼굴이 통통하고 눈이 작은 정희 언니는 아버지를 꼭 닮았다. 무리하게 쌍꺼풀을 만들어 거울을 노려보며 중얼중얼 화풀이를 해대는 것이 정희 언니의 불만 표출 방법이었다. 거울이 엄마라도 되는 것처럼 그러니 매번 애꿎은 거울만 못할 짓이었다.

강희 언니는 아버지 친구인 윤 씨가 운영하는 가구점의 경리직원이었다. 경리라지만 청소를 하고 손님이 오면 차를 끓이고, 그리고 틈만 나면 가구를 윤이 나게 닦아놓아야 했다. 윤 씨 아저씨는 처음엔 인문계 졸업이라 주산이나 부기는 할 줄 모른다는 사실에 절대로 안 된다며 고개를 저었단다. 하지만 강희 언니를 보는 순간 그 빛나는 외모 때문에 두말 않고 채용했다는 것이다.

"요샌 계산기 있잖아. 주산할 줄 모르면 어때서?"라는 말까지 하면서.

강희 언니를 보고 있으면 나는 가슴이 뛰었다. 언니는 반드시 열정적이고 아름다운 사랑을 해야만 한다고 생각했다. 예쁜 여자들이 나와서 연애하는 드라마를 너무 많이 본 때문인지도 모르겠다. 내가 걱정하지 않아도 사실 강희 언니는 사랑에 빠져 있었다. 우리 집에서 나만 그 사실을 알고 있었다. 내가 알아차리게 된 것은 언니의 눈물 때문이었다. 학교에서 늦게까지 공부하고 오는 정희 언니는 한 번도 보지 못했을 것이다. 강희 언니는 가끔 어린 동생이 보고 있다는 사실도 잊고 눈물을 주르륵 흘려버리곤 했다.

"언니야, 울지 마라."

이야기하지 않아도 언니의 슬픔을 느낄 수 있다고 말하고 싶었지만, 사실 나는 그녀의 아픔을 전혀 이해하지 못했다. 언니는 나에게 눈물을 보인 것에 대한 변명이라도 해야 한다고 생각했는지 어느 날 낡은 누비이불처럼 초라해진 자신의 사랑을 띄엄띄엄 알려주었다.

"⋯⋯늘 그 사람이 보고 싶어. 근데 그 사람, 나랑 헤어지려고 해."

그 남자는 언니의 고등학교 때 선생님이라고 했다. 선생님도 언니를 무척 사랑했다고 한다. 근데 선생님 마음이 조금씩 변해가고 있다는 것이다. 아, 몸서리나는 연애. 그것이 뭘까. 사람을 저렇게 초죽음으로 몰고 가는 사랑이라는 것, 참 이상한 물건이라고 나는 생각했다.

가끔 미정 언니가 놀러 오면 목소리를 낮추고 둘이서 이야기에 빠져 여념이 없었다. 예전에는 둘이서 머리를 맞대고 있으면 그냥 무심하게 지나쳤는데 언니의 고백을 듣고 난 후 그들이 쑥덕거리는 내용이 모두 그 남자선생에 관한 이야기라는 것을 알게 되었다. 미정 언니와 강희 언니는 절친한 친구 사이다. 미정 언니와 강희 언니가 서로 알게 된 것은 미정 언니의 아버지인 김종섭 선생님 때문이었다. 김종섭 선생님은 강희 언니 1학년 때 담임이었다. 강희 언니는 김종섭 선생님이 제일 아끼는 제자였다. 강희 언니는 자주 김종섭 선생님 집에 놀러 갔고, 학년이 같은 두 사람은 자연스럽게 친구가 되었다. 비밀의 공유는 친구 사이를 더욱 돈독하게 해주었다. 미정 언니는 다른 학교를 다녔지만 언니의 애인인 그 남자선생을 제

손샅처럼 잘 알고 있었다.

  그들이 말하는 사랑은 현실을 뛰어넘었고, 그래서 더욱 환상적이었다. 어렵다고 생각했기 때문에 위험은 당연하다고 생각했고, 그래서 더 열정적이 되었다. 어린 내가 보기에도 그것은 정말 꿈같은 이야기였다. 나는 강희 언니가 행복해지기를 바랐다. 밤마다 우는 언니가 그나마 내가 있어서 혼자가 아니라는 점에 나는 안도했다. 언니를 달래주는 것 말고도 언니를 위해서 내가 할 수 있는 일이 있기를 나는 바랐다.

# 백기호

일요일 아침이면 조기청소를 나가야 했다. 새벽 6시에 학교 운동장 집합이었다. 동네 어른들 역시 새벽 6시에 일어나 집에 있는 빗자루나 삽을 들고 신작로에 모였다. 동네방네 다니며 청소를 하는데, 안 나온 사람들은 반장이 직접 돌아다니며 대문을 두드려 독촉했다. 청소에 불참한 사람은 이름이 적혔다. 반장의 수첩에 적힌 사람은 어떤 불이익을 받는지 모르지만, 선생님의 수첩에 적힌 사람은 일주일 동안 화장실 청소를 해야 했다. 그래서 그런지 열심히 청소를 하든 안 하든 조기청소에 결석하는 아이는 거의 없었다.

여름은 그런대로 괜찮았지만 3월의 6시는 깜깜 밤중이나 마찬가지였다. 그래도 잠이 없는 아이들은 6시가 되기도 전에 잠긴 교문을 넘었다. 숙직선생님이 일어나려면 30분은 더 기다려야 했다. 우리한테는 6시까지라고 하지만 숙직선생님은 언제나 30분이 지나서야 어슬렁거리며 나타났다. 물 빠진 추리닝 바지의 고무줄을 늘였다 놓았다 하며 카악 가래를 뽑아 올리면서 등장한 선생님 얼굴에는 지난밤 잠이 거머리처럼 올라붙어 있었다.

선생님의 출석 체크가 끝나면 학교 교문 앞에서부터 큰길을 따라 동네를 청소했다. 우리는 개가 싸놓은 똥도 치우고 술꾼이 토해놓은 토사물도 치웠다. 어두컴컴한 동네를 쓸면서 빗자루로 장난도 치고 그러다가 선생님한테 꿀밤을 맞기도 했지만, 우리가 지나온 길은 우리가 꿈꾸는 미래처럼 훤하고 깨끗해졌다.

고픈 배를 움켜쥐고 빗자루를 질질 끌면서 집으로 돌아오는 길은 도저히 떨어지지 않는 잠을 눈꺼풀에 가득 매달고 학교로 향하는 새벽보다 더 잔인했다. 그래서 아이들은 얼른 집에 가고 싶어했다. 하지만 배고픔이 해일처럼 밀려오는 그 잔인한 아침마저도 노는 일을 이길 수는 없었다. 노는 것에 정신이 팔려 아침 10시를 넘긴 적도 한두 번이 아니었다. 가끔 마당에 꿇어앉은 채 아침밥 구경도 못 할 때가 있었는데, 그것은 늦게 온 탓보다 주로 못쓰게 만들어놓은 빗자루 때문인 경우가 많았다. 남자아이들과 싸우느라 수수 빗자루 숱이 다 빠져버리고 갓난아기 새로 난 이처럼 몇 개만 덜렁덜렁 남은 날은 거의 죽음에 가까운 기아상태에 놓여 있어야만 했다.

남자아이들은 크게 세 부류로 나눌 수가 있었다. 여자에게 친절한 아이, 여자를 괴롭히는 아이, 그리고 모든 것에 무관심한 척하는 아이였다. 대개의 남자아이들은 두 번째에 속했다. 그 대표적인 인물이 바로 기호였다. 백기호.

"해산!"

선생님의 외침과 함께 윗동네 아랫동네로 나뉘어 하교가 시작되었다. 조기청소 하굣길은 언제나 긴장의 연속이었다. 집이 같은 방향인 여자아이들 대여섯 명과 함께 아랫동네로 향하면 우린 벌써 뒤에서 풍겨오는 수상한 공기의 흐름을 감지할 수 있었다. 교문이 보이지 않는 곳인 신성상회 앞에 다다르면 낄낄거리는 남자아이들의 웃음소리와 함께 빗자루 세례가 쏟아졌다. 물론 여자아이들도 가만있지 않았다. 곧 일대 전투가 벌어졌다. 남자아이들에게 턱없이 밀리는 싸움이지만, 몇 대 맞았다고 아파서 울거나 다쳤다고 앙앙거리는 아이는 없었다. 빗자루로 맞는 거야 늘상 집에서도 있는 일이었다. 밀리는 싸움일지언정 전의는 늘 새롭게 불타오르고 그럴 때마다 전우애는 더욱 돈독해졌다. 좁은 마당이 빗자루에서 떨어진 수숫대로 추수 끝낸 들판처럼 지저분해지면 신성상회 주인인 뚱보 아줌마가 성난 고릴라 소리를 내며 나타났다. 그 고함 소리가 바로 '전투 끝났음'이라는 신호였다.

"이수희!"

백기호가 돌아서서 가는 내 이름을 부른 것은 아마도 아침 해가 제법 부지런해진 5월쯤이었을 것이다. 기호는 입술을 비틀며 손가락을 까닥거리고 있었다.

"너 이리 좀 와봐."

"나 답답한 거 없다. 올 테면 니가 와라."

"이래도?"

기호가 들고 있는 것은 미선이의 빗자루였다. 나는 내 뒤에 서 있는 미선이를 돌아보았다. 치열한 전투를 치른 미선이의 얼굴은 붉게 상기되어 있고, 늘 물어뜯어 부르터 있는 입술은 가쁜 숨을 바쁘게 토해내고 있었다. 쭉 밀려 나온 코를 훌쩍 들이마시며 미선이는 먼지 낀 지저분한 얼굴에 눈물로 밭고랑을 파고 있었다. 미선이는 싸움이 시작되면 필요 이상으로 흥분했다. 평소에도 한 가지에 빠지면 그것이 무엇이든 헤어날 줄 몰랐다. 살구받기도 한번 시작하면 손바닥에 피가 맺힐 때까지 해야 손에서 돌멩이를 놓았다. 니 편 내 편도 없이 마구 빗자루를 휘둘러대는 통에 같은 편인 여자아이가 미선이한테 맞는 경우도 있었다. 그리고 가장 중요한 무기인 빗자루를 자주 뺏겼다. 오늘처럼.

미선이는 바보라고 놀림 받는 어수룩한 아이였다. 특히 남자애들이 문제였다. 지나가다 마주치기만 해도 머리카락을 잡아당기거나 치마를 들춰댔고, 손에 쥐고 있는 돈이나 물건들도 곧잘 뺏어갔다. 미선이를 가만두지 못하는 그런 남자아이들을 보면 나는 온몸이 칼날처럼 꼿꼿해졌다. 흥분한 내가 난리를 피우면 미선이는 그제야 자기가 뭔가 잘못을 했다는 것을 알고 삐죽삐죽 울기 시작했다. 눈물 콧물이 범벅이 되어도 미선이는 예뻤다. 생긴 것은 하는 짓과는 완전히 딴판이었다. 눈초리가 아래로 처지긴 했지만 쌍꺼풀 진 눈이 크고 축축했다. 콧날이 미끄러지듯 반듯하고 입술이 작고 얇았으며 턱선이 갸름했다. 지나가는 누구라도 한 입 거들 만한 얼굴이었다.

"야, 이리 던져. 뭐 하는 거야? 니 꺼도 아니잖아."

"그러니까 가지고 가고 싶으면 이리 와서 가져가라고."

기호가 서 있는 쪽은 사람 한 명이 겨우 지나갈 수 있는 좁은 길이었다. 가까이 갔다가는 무슨 봉변을 당할지 알 수 없었다. 하지만 무서울 건 또 뭔가. 오기가 뻗쳤다.

'배도 고파 죽겠는데 저게 도대체 뭐 하자는 짓거리야.'

중얼중얼거리며 나는 기호 앞으로 다가갔다. 너무 가까이는 가지 않을 작정이었다. 아까 빗자루 싸움에서 내가 던진 빗자루가 기호 얼굴에 정통으로 맞은 기억이 되살아났기 때문이었다. 그때는 과녁의 중앙에 화살을 맞힌 것처럼 기분이 짜릿했는데 그와 동시에 후환이 두렵기도 했다.

빗자루를 받기 위해 팔을 쭉 뻗어 기호 앞으로 다가간 순간이었다. 나는 발이 찢어지는 통증을 느끼며 그 자리에 푹 고꾸라졌다. 못을 밟은 것이었다. 못은 나무판자에 서너 개 박혀 있었는데, 그중 하나를 내가 밟은 것이었다. 기호와 남자아이들이 과장된 몸짓으로 박수를 치며 낄낄거렸다. 기호가 가져다 놓은 것이 틀림없었다. 몇 년째 공사를 하다 말다 하는 산복도로 아파트 공사장에서 주워온 모양이었다. 나는 자리에 주저앉아 판자를 잡았다. 못은 얇은 고무 슬리퍼를 뚫고 발바닥에 그대로 박혀서 빠지지 않았다. 그래도 판자를 발에 붙이고 집으로 갈 수는 없었다. 울지 않으려고 했지만 눈물이 마구 쏟아져 내렸다.

"야, 가자!"

비열한 웃음을 날리며 기호가 뒤돌아서 갔다. 나는 있는 힘을 다해 판자를 뽑아냈다. 그러고는 기호의 뒤통수를 향해 힘껏 집어 던졌다. 손에 힘이 빠져서인지 판자는 내 앞에 톡 떨어져버렸다. 발바닥에서 피가 흐르기 시작했다.

집에 도착했을 때에는 피보다 땀이 온몸을 적시고 있었다. 나는 마당에 들어서자마자 쓰러져 큰 소리로 울었다. 녹슨 못이 박혔다는 내 말을 들은 엄마는 양은 세숫대야에 간장을 끓이기 시작했다.

"간장은 왜?"

"소독해야지. 녹슨 못에 찔리면 잘못하면 죽어 이것아."

나는 비명을 지르고 울기 시작했다. 간장게장도 아니고, 펄펄 끓는 간장물에 발을 담그라니 그게 죽으라는 소리가 아니고 뭔가.

"싫어, 싫다고!"

내가 아무리 발버둥을 쳐도 엄마는 꿈쩍도 하지 않았다. 엄마 얼굴은 밥 먹어라 소리를 할 때와 하나도 다를 바 없이 태평했다. 털 뽑힌 닭처럼 붙잡힌 채 펄펄 끓는 간장물에 들어가게 될 것을 생각하니 눈앞이 캄캄해왔다. 이렇게 짐승 취급을 당할 바에야 가출을 하는 게 낫겠다고 생각했다. 아랫집 가발 공장은 여전히 잘 돌아가고 있었다. 머리카락을 잘라 돈을 마련해서 기차를 타고 엄마가 안 보이는 곳에 가서 살리라 다짐했다. 그래 하고 결심하는 순간, 머릿속에 강희 언니가 떠올랐다. 기호도 떠올랐다. 한 사람은 보호가 필요하고, 한 사람은 처절한 복수가 필요했다. 내 생을 잠시 보류하는 일이 있더라도 그 두 사람에 대한 일은 마쳐야겠다는 생각이 들었다.

엄마가 내 상체를 잡고 아버지가 내 발을 뜨거운 간장에 집어 넣었다. 발목이 끊어져나가는 것 같았다. 나는 비명을 지르며 몸을 비틀었다. 대학까지 나온 아버지가 이런 무식한 방법으로 유사의료행위를 하는 것을 용납할 수 없었다. 시간이 조금 지나 발이 뜨거움에 익숙해지자 상처 부위가 아려오기 시작했다. 비명 대신 씨팔 하는 욕이 튀어나왔다. 다행히 부모님은 간장과 발에 집중하느라 내 욕설을 놓친 듯했다. 나는 이를 악물었다. 어떤 수를 써서라도 기호를 응징해야겠다고 굳게 결심했다.

치료라고 말하기에는 너무나 어처구니없는 만행이 끝나고 마루에 밥상이 차려졌다. 그나마 아침을 굶지 않게 된 건 순전히 내 발에 칭칭 동여맨 붕대 덕분일 것이다. 엄마가 강희 언니를 부르는 소리가 마루를 쩡 울렸다.

"얘가 왜 오늘 아침 코빼기도 안 보여. 강희야. 수희 밥 먹고 나면 좀 치워라. 엄마 지금 인형 갖다주러 나가 봐야 해."

언니는 대답이 없었다. 엄마가 방문을 벌컥 열어젖혔다.

"왜 방 안에 처박혀서 대답을 안 하니. 너 어디 아프냐?"

"아니, 그냥……."

언니의 목소리가 이불 속으로 기어들어가는 듯했다. 엄마가 강희 언니를 노려보았다.

"아프지도 않은 년이 이불 속에서 뭐 하고 자빠져 있는 거야. 부엌 치우고 빨래도 좀 하고!"

'언니가 얼마나 속상한데, 엄마는 아무것도 모르면서…….'

막 잔소리를 시작한 엄마의 본새로 봐선 언니가 일어나서 부엌으로 나갈 때까지 깨 볶듯 닦달할 것이 분명했다. 나는 엄마를 향해 빽 고함을 내질렀다.

"엄마, 언니 아파. 좀 그러지 마. 몸이 아니라 마음이 아프다니까."

강희 언니가 나를 째려보았다. 나는 얼른 고개를 흔들었다. 엄마가 우리 둘을 노려보며 냉랭하게 한마디 내뱉었다.

"미친년들, 지랄헌다."

# 생애 최고의 심부름

여태껏 많은 심부름을 해왔지만 그것 때문에 내가 심각한 고뇌에 빠진 적은 없었다. 앞서 말했듯이 약간 귀찮은 것만 감수하면 심부름은 나에게 오히려 재미있거나 유쾌한 것이었다. 그러나 나는 장장 두 달에 걸쳐 그런 것들과는 완전히 차원이 다른 심부름을 하게 되었다.

지금부터 내 생애 최고의 심부름에 대해 이야기하고자 한다. 이 심부름을 하면서 나는 많은 것들을 깨닫게 되었다. 그중에서 가장 큰 깨달음이라면 단연 사랑에도 밑바닥이 있다는 것이다. 그것은 깨끗이 비운 장독의 밑바닥처럼 정겹고 아늑해 보이는 것이 아니었다. 내가 경험한 것은 하수도의 밑바닥처럼 냄새나고 지저분하게 질척거리기까지 했다. 단 한 번도 사랑받지 못하고 긴긴 인생을 마감하는 사람도 있을 것이다. 그런 사람이 듣는다면 차라리 인생에서 사랑이 없어서 얼마나 다행이었냐고 말할지도 모른다.

강희 언니가 나를 옥상으로 불러낸 것은 어느 저녁 8시쯤이었다. 언니는 무려 30분 동안이나 아무 말도 하지 않고 그날따라 답답하게 검은 하늘과 남부민동 건너 화려하게 빛나는 남포동의 불빛을 번갈아가며 바라보기만 했다. 30분의 침묵이란 초등학생에겐 30년만큼이나 긴 시간이다. 하지만 나는 참았다. 강희 언니였기 때문이다.

"미안하다, 수희야. 근데 너 말고는 부탁할 사람이 없구나."

언니가 말을 꺼낸 것은 내가 입을 있는 대로 벌려서 하품을 쩍 소리 나게 하고 난 후였다. 나는 손바닥으로 참을성 없는 입을 가린 채 언니 눈을 힐끔거렸다. 검은 하늘이 그대로 박혀 있는 언니의 눈에서 맑은 물기가 어른거렸다. 우리 집과 옥상이 맞붙은 뒷집에서 막 라디오드라마 주제곡이 흘러나오고 있었다. 이 시각만 되면 뒷집은 필요 이상으로 라디오 볼륨을 높였다. 귀가 약간 어두운 할머니까지 온 가족이 함께 모여 〈사슴아가씨〉인가 뭔가 하는 라디오드라마를 듣기 때문이다. 나는 언니의 이야기를 놓치지 않으려고 언니에게 한 걸음 다가

갔다.

언니는 부탁이라고 했다. 언니를 위해서 내가 할 수 있는 일이 있다니, 부탁이라는 말에 감격하기까지 하며 나는 고개를 끄덕였다. 이윽고 언니가 이야기를 시작했다. 나는 언니를 보며 이야기를 들었지만 언니는 나를 보고 있지 않았다. 이야기를 듣는 어느 순간부터 폭우처럼 쏟아지던 뒷집의 라디오 소리를 들을 수 없었다. 평소 단 서너 마디로 자신의 아픈 사랑을 짧게 피력했던 언니는 이 심부름을 위해서 꼭 필요하다고 생각했는지 긴긴 이야기를 들려주었다. 나는 언니 이야기에 푹 빠져들어갔다. 이야기를 들으면 들을수록 나는 비장해져갔다. 이야기는 칼로 그은 듯 가슴을 아릿하게 만들었다.

"배도연?"

"아냐, 배도연 선생님. 수희 넌 선생님이라고 불러야지."

강희 언니 옆에 앉은 미정 언니가 미소를 짓고 있었다. 나는 새삼 강희 언니의 얼굴을 가만히 들여다보았다. 매일 집에서 보는 얼굴인데도 밖에서 보니 새로웠다. 아름다운 것은, 정말 아름다운 것은 보는 이를 지치게 만들지 않는다.

약간 튀어나온 이마는 너무 희어서 서늘해 보였다. 눈동자는 문방구에서 금방 새로 산 구슬처럼 맑았다. 눈물이 일렁일 때마다 검은 동자가 출렁출렁 흔들렸다. 그런 언니의 눈을 한참 보고 있자니 멀미가 날 것 같았다. 나는 강희 언니의 콧등에 붙은 흰 실을 떼어주었다. 조금 전 콧물을 닦을 때 가제 수건에서 떨어져 나와 붙어버린 것이다. 쑥스러운 듯 언니가 웃었다. 분홍빛 입술이 꽃잎처럼 벌어지며 하얀 치아가 드러났다. 희고 창백한 강희 언니의 모습은 사람을 더욱 홀리게 했다. 강희 언니의 아름다움은 영화 포스터 속의 폼 재고 찍은 여배우들에 비할 바가 아니었다. 아름다움으로 충만한 언니를 보는 순간 내 마음속에는 작은 균열이 일어났다. 시간이 흐를수록 그 균열은 알 수 없는 불안감으로 커지고 있었다. 아름다움이 불안감을 조성하다니 참 이상한 일이었다.

"미정아, 이제 그만해. 우리 수희 똑똑하니까······."

말을 끝맺지 못하고 강희 언니가 '흑' 눈물을 터뜨렸다. 강희 언니는 내가 알던 큰언니 이강희가 아닌 것 같았다. 숨 막히도록 매혹적인 여인이 뜨거운 사랑을 하며 처절한 실연의 아픔을 겪는 것은 드라마 속에서나 있을 법한 일이다. 그런 사람이 우리 집처럼 구질구질한 곳에서 태어나다니!

미정 언니가 강희 언니의 어깨를 다시 한 번 껴안았다. 등을 두드리며 미정 언니는 계속 '괜찮아, 잘될 거야'라는 말만 반복했다. 미정 언니가 내게 주의사항을 이야기하는 틈틈이 강희 언니는 계속 눈물을 훔치고 있었다.

아름답고 착한 언니의 사랑을 넘치도록 받았을 그는 왜 언니를 버리려는 것일까. 얼굴도 모르는 그에 대한 분노가 화난 엄마의 빗자루처럼 나를 덮쳤다. 하지만 이 일을 제대로 성사시키려면 개인적인 감정 따위에 휩쓸리지 않아야 했다. 강희 언니의 동생이 아니라 심부름꾼으로서 제 할 일을 다해야 했다. 나는 담임의 연애편지 심부름을 할 때처럼 아주 조금 엿보기만 해야 했다. 그러려면 냉정해져야 한다는 것을 잘 알고 있었다.

나는 앞에 놓인 우유를 마셨다. 우유는 몹시 뜨거웠다. 다방이라는 곳에 온 것도 처음이지만 내 몫의 우유를 마셔본 것도 처음이었다. 주영이의 집에 갔을 때, 주영이가 우유 먹는 것을 본 적이 있었다. 주영이는 항상 우유병의 두꺼운 종이뚜껑을 잘 떼어내지 못해 병 속에 빠뜨리곤 했다. 가끔 바닥에 닿을 듯 말 듯 남기곤 너 먹어 하고 병을 내미는 경우도 있었다.

나는 유리잔의 우유를 조금 더 마셨다. 우유는 달콤하고 고소했다. 밍밍하고 속이 메슥거리기만 했던 주영이의 우유와는 확실히 맛이 달랐다. 미정 언니가 각설탕을 타주었기 때문이다.

나는 우유잔을 입에 댄 채 눈을 치떠서 언니들을 보았다. 언니들의 심각한 이야기에 적극적으로 알은체하지 않으면서 뭔가를 알아내고 싶었다. 무심을 가장하기 위해 나는 자주 딴전을 피웠다. 온 신경줄들이, 손톱 끝의 흰 반점까지도 바싹 긴장해서 강희 언니에게 가 있음을 눈치채게 해서는 안 되었다. 그녀들에게 나는 그저 순진하고 어리면서 똑똑한 막냇동생이어야 했다.

사랑한다고 말할 걸 그랬지. 님이 아니면 못 산다 할 것을……

김추자의 〈님은 먼 곳에〉가 흘러나오고 있었다. 맞은편에 앉은 앞머리 벗어진 아저씨가 등받이에 머리를 기댄 채 비스듬하게 누워 큰 목소리로 노래를 따라 불렀다. 마치 그 노래를 듣고 있는 듯 꼼짝도 않고 앉아 있던 강희 언니가 천천히 몸을 일으켰다. 귀 기울여 듣지 않으면 잘 들리지도 않을 만큼 작은 소리로 나 화장실에 다녀올게라고 말했다. 강희 언니가 화장실로 들어가는 것을 확인한 미정 언니는 내 앞으로 바싹 다가앉았다.

"마지막으로 한 번 더 복습하자."

오늘은 강희 언니를 위해서 내가 미정 언니의 동생 미옥이 되어 심부름을 완수해야 한다. 나는 문제의 심각성을 충분히 알고 있었다. 이 부분에서 짜증을 낸다거나, 하기 싫다는 표정을 지으면 안 된다. 나는 눈에 힘을 주고, 입술을 굳게 다물어 야무진 표정을 지어 보였다.

"이름은?"

"김미옥."

"몇 학년이야?"

"5학년."

"아버지는 뭐 하시지?"

"선생님이셔. 할머닌 아프시고."

"묻는 말에만 대답해. 넌 어떤 버릇을 가지고 있는 거야?"

"난 깨끗한 척 잘해."

"아냐. 니가 널 이야기할 때에는 '전 깨끗한 걸 좋아해요'라고 해야지. 자신보고 '난 뭐 하는 척 잘해요'라고 이야기하면 안 돼."

"알았어."

"좋아, 김미옥, 넌 어떤 버릇이 있지?"

"닌 깨끗한 걸 좋아해. 밥 위에 피리기 날이의 붙으면 밥 먹다가도 수저를 놓아버려. 숟가락은 먹기 전에 꼭 다시 씻고, 군것질 같은 건 절대로 안 하고, 변소 갔다 오면 손을 10분은 더 씻어."

"가족은 어떻게 되지?"

"아버지, 엄마, 언니 그리고 할머니가 계셔. 할머니 때문에 약값이 많이 들어서 엄마가 힘들어 해. 다른 사람들은 할머닐 노망이 들었다고 하지. 난 할머니를 싫어해."

"좋아. 김미옥, 넌 다른 집에 놀러 가면 어떻게 하지?"

"난 앉을 때 나도 모르게 앉을 자리를 손으로 털고 앉아야 직성이 풀려. 혹시 물을 한 잔 마시더라도 손을 씻고, 컵의 가장자리를 문질러 닦아야 해."

"잘했어."

미정 언니가 만족스럽다는 듯 미소를 지었다. 나는 또박또박 대답을 하면서도 입천장부터 느글거리는 것을 느꼈다. 나는 나와 동갑인 미옥이라는 아이가 마음에 들지 않았다. 깨끗한 척하는 아이는 딱 질색이었다. 특히 그 아이는 따지는 게 너무 많았다. 엄마가 주는 음식은 뭐든지 잘 먹어야 하는 거 아닌가. 같은 반에 있다면 무슨 수를 써서라도 잘난 척하는 그 역겨운 가면을 벗겨놓고야 말 것이다. 나는 잘못된 것은 그냥 넘어가지 못하는 성미였다. 고무줄놀이 하는 여학생들 옆에 슬그머니 다가와서는 칼로 고무줄을 싹둑 끊어간 녀석들은 언젠가는 반드시 나에게 호되게 당했다. 기호, 태경이, 형철이…… 조금만 떠들어도 칠판에 이름을 열 번 정도 적어놓는 것이다. 그러면 십중팔구 그 녀석은 선생님한테 반죽음, 그날이 바로 초상날이 되는 거였다. 하물며 제 주제도 모르고 잘난 체하는 아이는 정말 밥맛이었다. 그런데 나는 오늘 밥맛, 김미옥이 되어야 했다.

"좋아, 그다음 단계로 가자. 그 집에 가면?"

"그 집 벨을 눌러. 그 집 벨은 안에서 사람 소리가 나. 그러면 선생님 좀 뵙겠다고 이야기해야 해. 그다음엔 선생님을 만나는 거야."

"만약에 다른 사람이, 그 집에서 나온 다른 사람이 왜 선생님을 만나느냐고 물어보면?"

"선생님을 직접 만나야 한다고 고집부려야 해. 그리고 선생님이 아닌 다른 사람에게는 절대로 이 사실이 알려져서도 안 되고."

미정 언니가 고개를 끄덕거렸다.

"맞있이."

그리고 또 있었다. 건방진 아이처럼 선생님의 눈을 똑바로 쳐다보아야 하며(미옥이는 밥맛일 뿐 아니라 건방지기까지 하다는 것이다), 집 안에 누가 있는지 유심히 살펴보아야 한다는 주문도 있었다. 강희 언니에 대한 질문을 받거나 각본에 없는 이야기는 무조건 모른다고 할 것 등등. 나는 이 작전을 어제 저녁에 급하게 전달받았다. 전달받은 순간부터 바꿔치기의 맹훈련이 시작되었다. 너무나 갑작스러운 일이어서 두려운 마음도 있었지만 야릇한 기대감도 없지 않았다. 여러 날 연습한 공연을 무대에 처음 올리는 아침처럼 가슴이 두근거렸다. 아뜩하고, 두렵기도 하고 불안하지만 짜릿한, 그런 기분이었다.

그 집 대문의 벨을 누르면 그곳에서 사람 소리가 난다고 했다. 텔레비전에서 본 것과 같은 경험을 하게 된다는 것 때문에 나는 밤새 잠을 설쳤다. 하지만 초인종 따위보다 더 내 관심을 끈 것이 있었다. 바로 배도연이었다. 배도연과 강희 언니는 서로 열렬히 사랑했다. 그런데 강희 언니가 졸업하자마자 배도연이 강희 언니를 버렸고, 아무런 말도 없이 다른 여자와 약혼을 했다. 전화도 받지 않았으며, 학교나 집으로 편지가 전달되는지 확인할 수도 없었다. 강희 언니는 자신의 마음을 적은 편지가 배도연에게 정확하게 전달되기를 바랐지만, 그것은 거의 불가능해 보였다. 강희 언니가 아무 대책도 없이 울고만 있을 때, 미정 언니가 말했다고 한다.

"니 동생 똑똑하잖아. 믿을 만하고. 수희한테 심부름 시키자."

"그 사람, 편지 심부름 왔다고 해도 거들떠도 안 볼 거야. 지금 그 사람 얼음처럼 차가워."

'그러니까'라는 말을 흘리며 미정 언니가 강희 언니의 얼굴을 똑바로 잡아 세웠다.

"니 동생을 내 동생이라고 하는 거야. 학교에선 울 아버지하고 배도연하고 친하게 지낸다잖아. 선배님 선배님 하고 잘 따른다는 거야. 그러니까 내 동생이라고 하면 우리 아버지 귀에 들어갈까 봐 노심초사할 거 아냐. 학생 건드린 나쁜 놈이라는 소문이 선생들 사이에 돌아봐. 그렇다고 내 동생한테 시키면 아버지 귀에 들어갈 수도 있으니까 그건 안 될 일이고 말야. 만일을 대비해서 아버지가 우리 가족에 대한 이야기를 학교 선생님들한테 했을 정도만 수희한테 연습시키면 돼."

그래서 나는 선택되었다. 나는 똑똑하다고 소문난 아이였다. 3학년 때부터 내 통신표에는 '생각이 깊고 어른스러움'이라는 말이 빠지지 않고 적혔다. 내가 편지 전달은 물론이고 김미옥이라는 역할을 완벽하게 수행해낼 거라는 판단이 내려졌다.

배도연 선생이 강희 언니에게 관심을 나타낸 것은 강희 언니가 고등학교 1학년 때의 일이었다. 첫 발령지 첫 수업시간, 아이는 그저 눈을 들어 한 교사를 바라보고 있을 뿐이었다. 그 무심한 눈길에 선생은 마음이 상하고 서운하며, 또 아프게 저려왔다. 시선을 비켜야 한다고 생각했지만 선생은 아이의 얼굴에서 눈을 떼지 못했다. 반듯한 콧날과 반쯤 벌어진 복숭아빛 입술에서 하얀 목선까지 파렴치한처럼 훑어내린 자신의 눈길을 견딜 수 없어 선생은 얼른 눈을 감아버렸다. 교사가 학생을 이성으로 느낀다는 것 자체가 불미스러운 일이었다. 하루 종일 아이의 주변을 맴돌았다. 다른 반 수업에 들어가서도 아이 생각만 했다. 선생은 편지를 썼다. 한 달 동안 쓴 편지를 어느 날 하교하는 아이에게 건네주었다. 그렇게 연애가 시작되었다. 그들의 연애는 자연 비밀스러운 것이 될 수밖에 없었다.

한 번으로 그치지 않은, 다섯 번의 편지 심부름을 하면서 내가 알아낸 사실은 꽤 되었다. 절절한 선생의 구애에 학생은 눈이 멀도록 지독한 사랑에 빠지고, 그 사랑에 모든 것을 바쳐도 좋다고 생각하게 되었다. 아득하고 먼 옛날이야기, 견우와 직녀, 자청비와 문도령, 춘향과 이도령. 그 어느 것 중 하나가 아닐까……. 그들의 이야기는 애간장을 끓어오르게도 하고, 앙가슴을 치게도 만들었으며, 감미로움에 빠뜨리기도 했다. 언니의 이야기를 들으면서 나는 향기로운 냄새가 아련히 피어오르는 아득히 먼 곳을 가는 상상을 했다. 발이 땅에서 떨어지지도 않았는데, 몸이 풍선처럼 둥실둥실 움직였다. 간지러운 바람이 살랑살랑 불어와 귓바퀴를 간질였다. 나는 비극적이면서도 아름다운 사랑의 주인공이 되는 꿈을 꾸었다.

"이건 비밀이다. 이 일은 무덤 갈 때까지 우리 셋만 아는 비밀로 남아 있어야 해. 알겠지?"

마지막으로 미정 언니는 이 일이 얼마나 중요한가를 다시 한 번 역설한 다음 무시무시한 말을 보탰다. 무덤 갈 때까지……. 그 말을 듣자 방금 마신 우유가 곤두서 올라오는 느낌이었다. 나는 고개를 끄덕였다.

강희 언니가 계산을 했다. 미정 언니가 핸드백을 들고 일어섰고, 반쯤 엉덩이를 일으킨 엉거주춤한 자세로 나는 식어버린 우유를 홀딱 마셨다. 다방에 가서 우유를 마셨다는 이야기를 하면 아마도 주영인 뒤로 나자빠질 것이다. 주영이의 둥글고 얌체 같은 얼굴이 눈앞에 있기라도 하듯 여유 있는 고소를 머금고 나는 언니들 뒤를 따라 나갔다.

# 배도연

　버스를 타고 다시 30분을 더 들어갔다. 둘 다 음울한 표정으로 바깥 풍경에 눈을 박고 있었다. 저러다가 내려야 할 곳을 놓치는 것은 아닐까 걱정이 될 정도였다. 하지만 그럴 리는 없을 것이다. 오늘처럼 중요한 날, 내릴 곳을 놓치다니. 슬픔과 고통이 그들을 통째로 삼켜버렸다고 할지라도 그들의 시선은 목적지에 점점 가까이 다가가고 있는 창밖 풍경에 닿아 있을 것이다. 쓸데없는 걱정을 할 필요는 없다. 지금 필요한 것은 내릴 곳을 걱정하는 일 따위가 아니라 복습이다. 나는 정신을 집중시켰다.

　'나는 김미옥. 깨끗한 척 좋아하고, 잘난 척 좋아해. 아, 아니지. 참, 김미옥은 나야. 아니 내가 김미옥이야.'

버스가 다리를 지나고 있었다. 열어놓은 창으로 멀리서 날아온 최루탄 냄새가 버스 안 공기를 휘저었다. 사람들이 유리창을 탁탁 닫았다. 또 어디선가 대학생들이 데모를 하는 모양이었다. 대학생들은 모였다 하면 '유신 철폐'를 외치며 거리로 쏟아져 나왔다. 한바탕 대학생과 경찰들 사이에 전쟁 같은 싸움이 일어나면 거리는 난장판이 되었다. 유신이라 하면 삼국통일의 주역인 김유신 장군밖에 모르는 우리에게 선생님은 '낡은 제도를 고쳐 새롭게 한다'라는 뜻이라고 가르쳐주었다. '시월의 유신은 김유신과 같아서~' 하고 〈산토끼〉 노래를 개사해 고무줄놀이를 할 정도였으니 정확하게 모르긴 해도 우리에게 유신은 대단한 어떤 것임에 틀림없었다. 학교에 들어서면 '10월 유신 유비무환'이라는 글자가 현관 유리에 큼지막하게 붙어 있었다. 우리는 그 유신이 우리나라를 부자로 만들어줄 것임을 한 번도 의심해보지 않았다. 부자 나라가 되기 위해 새롭게 하려는 것을 대학생들이 반대하다니 그들을 이해할 수 없었다.

나는 고개를 빼고 우리와는 달리 아무 걱정 없이 흘러가는 물을 보았다. 그리 깨끗해 보이지 않는 물결이 바람을 따라 일렁이며 이리저리 밀려다녔다. 바람처럼 강희 언니의 입에서 길고 무거운 휘파람 소리가 났다. 미정 언니가 강희 언니의 어깨를 감싸 안았다. 검지로 머리카락을 배배 꼬며 요란하게 껌을 씹고 있던 버스 차장이 강희 언니를 쳐다보았다. 인상을 쓰고 강희 언니를 보던 그녀의 얼굴이 어느샌가 울적해지는가 싶더니 껌을 삼켜버린 듯 입을 꾹 다물었다. 잠시 후, 버스가 신호에 걸리자 그녀는 버스 문을 열고 껌을 퉤 뱉었다. 차장의 딱딱거리던 껌 씹는 소리가 들리지 않자 버스 안은 마치 수업 중인 교실처럼 조용해졌다. 금방까지만 해도 떠들며 이야기하던 사람들은 약속이나 한 듯이 모두 입을 다물었다. 슬픔이 전염이라도 된 것일까. 너무 조용한 버스 안이 느닷없이 무서워져서 나는 서 있는 두 사람을 올려다보았다. 검고 큰 강희 언니의 눈에 고인 슬픔의 두께가 너무 두터웠다. 나는 어금니를 꽉 물고 주위를 둘러보았다. 버스에서 내릴 때에도 울적한 기분은 잘 수습되지 않았다.

"됐어. 김미옥, 잊은 건 없지? 여길 봐. 여기가 길목이야. 나중에 여기로 오는 거야."

미정 언니가 어깨를 툭 쳤다. 버스 정류장 입구에 있는 다방 이름은 '길목'이었다. 미정 언니는 임무를 완수하면 버스 정류장 입구의 다방으로 오라고 했다. 다방 이름은 벌써 스무 번도 더 들어서 '길목'의 원래 의미마저 헷갈리는 중이었다.

정류장에서 10분 정도 더 걸어가자, 담쟁이넝쿨이 벽을 에워싸고 있는 저택들이 나타났다. 황토색이나 회색 담벼락은 성벽처럼 높았다. 2층이나 3층 양옥으로 지어진 집들은 사람이 살지 않아 비었거나, 아니면 나쁜 마법에 걸려 모두 잠들어 있는 듯 고요했다. 또각또각 신발 소리를 내며 걸어가고 있는 우리들만이 세상에서 유일하게 살아 있는 생물체 같았다. 그래서 개 한 마리가 대문을 긁어대며 숨이 넘어갈 듯 짖었을 때, 모두 깜짝 놀라 '어억' 소리를 내며 서로의 팔과 손을 붙잡아야 했다. 개 짖는 소리만 들릴 뿐, 개는 보이지 않았다. 우리는 그 집 앞을 빠른 걸음으로 지나갔다.

붉은 벽돌담에 청기와지붕을 얹은 집 앞에 멈추어 선 강희 언니가 나를 향해 몸을 돌렸다. 높은 담벼락 위에는 넝쿨장미가 날카로운 가시 철망을 따라서 위태롭게 피어 있고, 대문은 너무 높아 가까이 가니 지붕 끝이 보이지 않았다.

"여기야, 선생님 큰아버지 댁이야."

선생님 집은 이곳이 아니라고 했다. 먼 시골이라고 했다. 선생님의 큰아버지는 강희 언니가 다녔던 학교의 이사장이라고 했다. 그러니까 배도연이라는 사람은 큰아버지 덕분에 그 학교를 직장으로 얻을 수 있게 되었고, 현재 큰아버지의 집에서 함께 살고 있는 것이었다.

"미정아, 우린 가자."

강희 언니가 먼저 몸을 돌려 왔던 길을 되짚어 가고 있었다. 비틀거리는 강희 언니의 뒷모습은 속이 텅 비어 바람만 불어도 쓰러질 것 같았다. 그 모습을 보니 부아가 치밀면서도 기분은 여전히 울적했다.

'잘해.'

입 모양을 크게 내며 소리 없이 미정 언니가 말했다. 미정 언니와 강희 언니가 골목길을 돌아서 나갈 때까지 나는 그 자리에 꼼짝도 않고 서 있었다. 두 사람이 눈앞에서 보이지 않을 때, 그 집 벨을 누르기로 되어 있었다. 벨은 앞으로 톡 도드라져 있었다. 나는 엄마 젖꼭지처럼 튀어나온 빨간 그것을 힘주어 눌렀다. 딩동 하는 소리가 머리의 핏줄을 타고 발끝까지 짜릿하게 흘러들었다.

"누구세요?"

어디선가 사람 소리가 났다. 순식간에 정신이 나간 것처럼, 나는 입을 꾹 다문 채 멍하니 서 있었다. 가슴이 콩닥콩닥 뛰기 시작했다. 우리는 민족중흥의 역사적 사명을 띠고 이 땅에 태어났다. 난데없이 '국민교육헌장'이 떠오르고, 머릿속은 그 글자들로 가득 채워졌다. 아침마다 기습적으로 담임이 점검하는 터라 늘 입에 달고 살아야 하는 주문 같은 것이었다. 조상의 빛난 빛난 빛난……. 나는 두 손으로 가슴을 움켜쥐었다. 국민교육헌장 속의 글자들이 봄날 꽃가루처럼 풀풀 날렸다. 전깃줄이 바람에 날리는 소리가 귀를 잉잉 울리고, 인절미를 덩어리째 삼킨 것처럼 목이 메었다. 그때였다. 걱정을 가득 풀어놓은 얼굴의 강희 언니가 골목 끝에서 모습을 나타냈다. 강희 언니의 얼굴은 나를 빠르게 변화시켰다. 화선지에 먹물이 스며드는 것처럼 또렷하게, 머릿속에서 국민교육헌장이 사라졌다. 나는 빨간 단추를 다시 한 번 더 세게 눌렀다.

"누가 장난치니?"

날카로운 여자 목소리가 선명하게 들렸다. 후우. 나는 심호흡을 한 후 큰 소리로 말했다.

"배도연 선생님 만나러 왔는데요."

삐이익 하는 금속성이 부딪히는 소리와 함께 '철커덕' 사람도 없는데 대문이 열렸다. 그러더니 곧 얼굴이 계란처럼 동그란 여자가 현관문을 열고 나왔다. 슬리퍼를 소리 나게 짝짝 끌고 나온 여자는 입성을 살피는지 내 아래위를 빠르게 훑어보았다. 나도 여자를 마주 보았다. 정수리에 머리를 동강 묶은 여자는 꼭 이순신 장군과 맞서 싸운 일본 장수 같았다. 여자의 눈두덩은 파란 색칠을 해서 연극에 나오는 저승사자처럼 우스꽝스러웠다.

"선생님을 직접 뵙고 말씀드려야 할 중요한 일인데요."

나는 여자의 눈을 똑바로 쳐다보며 말했다. 여자는 깔깔거리고 웃더니 현관을 향해 소리를 질렀다.

"오빠, 빨리 나와봐. 애인 왔네. 오빠를 직접 보고 말씀하시겠다네."

그는 아주 잘생겼다. 언니가 월부로 사들인 영화음악전집의 표지 모델로 나온 알랭 들롱이라는 외국 배우와 닮았다. (사실 내가 이름을 아는 외국 배우는 그가 유일하다고 할 수 있다.) 잘생긴 얼굴은 살벌했던 내 전의를 순식간에 쪼그라들게 만들었다. 나는 그의 짙은 눈썹과 잘 어울리는 날씬한 콧날을 우울하게 쳐다보았다. 마치 아는 사람처럼 그가 손을 번쩍 들었다. 나는 꾸벅 인사를 했다.

"안녕하세요."

얌전하게 인사를 마쳤다. 이제부터 전략적으로 움직여야 한다. 나는 금빙 그가 나온 현관 쪽으로 눈길을 돌렸다. 현관 옆은 한 벽면이 온통 유리였다. 어두워지기 시작하는 마당에서는 거실 안쪽이 잘 보였다. 오빠라고 부른 여자 외에 노란 옷을 입은 젊은 여자와 나이가 좀 더 들어 보이는 아주머니 한 분이 있었다. 사촌 여동생이 하나 있다고 했다. 오빠라고 불렀으니 이 여자가 사촌 동생임이 틀림없는 것 같았다. 그렇다면 노란 옷의 저 여자는 누굴까. 나는 중대 사건을 맡은 수사반장처럼 고개를 갸우뚱거리며 집 안을 유심히 살폈다. 현관문 앞에 서서 손짓을 하던 그가 눈을 동그랗게 뜨고 마당으로 내려섰다.

"나를 만나러 왔니? 내가 배도연인데."

"안녕하세요? 전 김미옥이라고 합니다. 김종섭 선생님의 딸요."

"그으래? 근데 니가 웬일이지?"

"강희 언니 심부름요."

나는 아주 낮은 목소리로 이야기했다. 목소리가 작았는데도 불구하고 그는 마치 도둑질하다 들킨 사람처럼 질린 얼굴로 얼른 내 팔을 잡았다. 그러고는 노란 불빛이 쏟아져 나오는 거실을 흘끔거렸다.

"잠깐, 이쪽으로 가자."

잘 빚은 항아리처럼 다듬은 향나무 아래 몸을 웅크린 그가 허리를 낮추고, 나보다 더 낮은 목소리로 귀에 대고 물었다.

"니가 강희를 어떻게? 어떻게 니가 여길……."

"우리 언니랑 강희 언니랑……."

아, 하는 표정으로 그가 고개를 끄덕였다. 그의 얼굴은 당황한 기색이 역력했다.

"강희 언니도 같이 왔니?"

그가 목을 길게 빼고 대문 밖을 곁눈질했다.

"아뇨. 언니들이 여기까지 데려다 줬어요. 언니들은 갔고……."

나는 주머니 속에 손을 집어넣었다. 아까부터 호주머니를 아래로 축 처지게 했던, 제법 두툼한 편지봉투가 손에 잡혔다. 문득 궁금해졌다. 어떤 내용일까. 떠나간 사랑이 돌아오게 하려면 그 아픈 눈물과 한숨을 어떻게 적어야 했을까. 지문이라도 새길 듯, 편지를 꼭 한 번 쥐었다가 놓으며 나는 반으로 접은 편지를 꺼내 그에게 주었다. 빼앗듯이 내 손에서 편지를 집어 들고 그는 아무 주저 없이 바지 주머니에 쑤셔 넣었다. 강희 언니가 손으로 몇 번이나 쓰다듬었던 편지는 그의 손아귀에서 순식간에 쓰레기처럼 구겨져버렸다.

알랭 들롱의 눈동자가 빠르게 움직이기 시작했다. 갑자기 비굴해진 알랭 들롱을 보면서 나는 울적한 기분이 싹 가시는 것을 느꼈다. 참을 수 없는 자신감이 솟구쳤다. 나는 어서 시험당하기를 바랐다. 연습한 것보다 훨씬 멋지고 완벽하게 연기할 수 있을 것 같았다. 하지만 그는 아무것도 요구하지 않았다. 그저 주변을 휘휘 둘러볼 뿐이었다. 특히, 그의 눈은 노란 불빛의 거실과 나 사이를 불안하게 왔다 갔다 했다. 잘생긴 그의 얼굴과 안절부절못하는 그의 표정은 정말 대조적이었다. 문득 이것으로 연극은 끝인가 하는 서운한 생각이 들었다. 억지로라도 거실로 데리고 들어가면, 가서 음식을 내놓으면, 그리고 말을 시키면……. 나는 내가 할 일들을 머릿속에 주욱 나열해보았다. 하지만 허리에 손을 얹고 계속 안쪽 눈치를 살피는 그는 완벽하게 준비된 초등학생 따위는 안중에도 없어 보였다.

"그래, 고맙다. 미옥아. 이제 그만 가보아라."

"……?"

"혼자 갈 수 있겠니?"

"네."

"그래, 그럼 가봐."

"안녕히 계세요."

나는 인사를 하고 몸을 돌렸다. 그러고 보니 마당은 흙이 아니라 잔디였다. 잔디를 이렇게 가까이서 본 건 처음이었다. 손으로 만져보고 싶었지만 참기로 했다. 그가 뒤에서 나를 지켜보고 있을 것이다. 나는 어른 걸음 간격으로 알맞게 놓인 돌을 다리를 벌려 콩콩 밟았다. 대문이 가까워지자 누가 잡아채기라도 하듯 발걸음이 점점 느려졌다. 그냥 이렇게 끝나다니. 언니를 버리려는 사람에 대한 원망보다 연습한 것을 시험하지 않는 그의 무지함이 나를 더욱 서운하게 했다.

대문 문턱을 막 넘어설 때였다. 빠른 걸음으로 뒤따라온 그가 내 팔을 잡았다.

"얘."

"네?"

"차비는 있니? 버스는 탈 줄 알고?"

나는 고개를 끄덕였다. 갑자기 호주머니를 뒤적이던 그가 지폐를 내 손에 쥐여주었다.

"아아, 안 받습니다."

나는 받지 않겠다고 도리질을 하며 손을 뒤로 감추었다. 손님이든 누구한테든 이유 없이 절대로 돈을 받지 말 것. 이것은 부모님이 가르쳐주신 절대불변의 진리였다. 더욱이 상희 언니를 아프게 한 남자다. 눈물로 쓴 언니의 편지를 변소에나 가서 쓸 신문지처럼 와락 구겨버린 사람이다. 나는 뒤로 감춘 두 손을 서로 붙잡고 그에게 손을 뺏기지 않으려고 안간힘을 썼다. 그는 등 뒤로 돌아간 내 손을 찾아 억지로 손가락을 펴고 돈을 쥐여주었다. 그러고는 내 손을 자신의 손아귀에 넣고 꾹 힘주어 잡았다. 손을 그대로 감싼 채 그가 대문을 열었다. 나는 그 손을 펴지도 못하고 바보처럼 걸음을 옮기기만 했다.

'길목'에 들어서자 미정 언니가 반색을 하며 벌떡 일어나 나를 향해 손을 흔들었다. 미정 언니는 이것저것 물어보았고, 강희 언니는 아무 말이 없었다. 노란 옷을 입은 젊은 여자 이야기를 할 때에야 겨우 고개를 들었을 뿐이었다. 미정 언니가 숨을 참으며 급하게 물었다.

"그 여자 머리가 어때? 짧아? 얼굴은? 약간 까무잡잡하고?"

나는 고개를 끄덕였다. 강희 언니는 두 손으로 얼굴을 가렸다. 눈물이 손가락 사이를 비집고 나와 손등으로 흘러내렸다. 비에 젖은 헐벗은 흙벽처럼 강희 언니의 손등이 소리도 없이 허물어질 것 같았다.

"아냐, 선생님이 어떻게 그러실 수가. 미정아, 미정아. 어떡하면 좋니? 나 선생님 없으면 못 살아."

"진정해, 강희야. 아닐 수도 있어."

언니들은 무엇을 믿고 싶었던 것일까. 약혼까지 했다는 사실을 알고 있었으면서 내가 여자를 보았다는 말 한마디에 폭풍 맞은 배처럼 저렇듯 술렁이다니. 그녀들의 어리석음을 마음껏 비웃어주고 싶었다. 이미 떠나간 사람을, 그것도 그렇게 냉정한 사람을 잊지 못하다니 강희 언니의 약한 모습에 화가 났다. 하지만 나 역시 슬퍼졌다. 나는 나도 모르게 호주머니 안의 지폐를 만지작거렸다. 돈을 받고야 말았다는 자책감이 몸 구석구석을 바늘로 찔러대고 있었다. 강희 언니의 울음이 길어질수록 손에 쥐어진 돈은 더욱 뾰족하고 날카로워졌다. 아, 심부름 갈 때 외에 지폐를 만져본 적이 있었던가. 동전이 아니라 지폐가 내 돈이 될 가능성이 단 한 번이라도 있었던가. 하지만 돈과 강희 언니의 눈물을 바꿀 수는 없는 일이다. 나는 살며시 자리에서 일어났다. 두 사람 중 누구도 나를 주시하지 않았다. 나는 화장실로 갔다. 구깃구깃 구겨진 돈을 펼쳐보았다. 아버지 낚시 미끼 사러 갈 때나 내 손에 들어오는 천 원짜리 한 장이었다. 이 돈이면 주영이 앞에서 큰소리도 칠 수 있다. 도대체 버터코코넛 비스킷이 몇 봉지야? 하지만 어차피 쓸 수 없는 돈이다. 엄마가 혹시 알게 되면 종아리에 희초리 몇 대로 끝날 문제가 아니었다. 과자를 사 먹는다 해도 그 돈은 어디서 났느냐고 가게 아저씨가 물어볼 수도 있다. 아니, 그런 이유 때문이 아니다. 나는 눈을 꾹 감았다. 그리고 부욱 소리 나게 돈을 찢었다. 돈을 찢은 내 손이 벌벌 떨렸다. 나는 누가 볼세라 얼른 반 토막이 난 지폐를 주머니 속에 넣었다. 돈은, 찢어서 버리기에는 너무나 유혹적인 물건이었던 것이다. 정말 잔인한 토요일 오후였다.

밤은 어쨌거나 더 잔인했다. 강희 언니는 좀처럼 울음을 멈추지 않았다. 길목다방에서 나와 우리는 다시 시내까지 나갔다. 용두산 공원 구석진 벤치에 앉아 언니들이 서로 껴안고 우는 것을 나는 착잡한 심정으로 지켜보았다. 그러다 보니 저녁 식사 시간을 한참 넘겨서 귀가한 것이다. 엄마는 강희 언니에게 늦게 왔다고 잔소리를 해댔고, 나는 오빠한테는 안 그러면서 왜 우리보고만 난리냐고 말대꾸했다가 엄마의 두터운 손바닥으로 머리가 터지도록 얻어맞았다. 저녁밥을 못 얻어먹은 것은 당연한 일이었다. 엄마가 안방에 들어가고 난 뒤 강희 언니가 누룽지를 챙겨주었다. 그걸 씹다가 나는 잠이 들었다.

깜빡 잠이 들었으나 나는 곧 다시 깨고 말았다. 안방에서 들려오는 아버지의 고함 소리 때문이었다. 아버지가 고함을 지르고 있다면 그것은 오빠가 '되도 안한' 소리를 지껄이고 있기 때문일 것이다.

"통일주체국민대위원회에서 대통령 후보를 추천하게 되어 있는데, 그 수장이 웃기게도 현직 대통령입니다. 이게 말이 됩니까? 다른 사람은 아예 추천도 못 한다고요. 국민이 뽑은 사람이 아니라고요."

"도대체 누가 너한테 그런 소리를 하더냐?"

"우리 학교 어떤 선생님이 그랬습니다."

"어떤 놈의 선생이 공부는 안 가르치고…… 중앙정보부에 잡혀갈라고 환장을 했네. 함부로 그런 소리 지껄이지 마라. 지금 때가 어느 땐데 그런 소릴 하고 자빠졌어."

"체육관 선거, 90퍼센트 이상의 엄청난 득표율, 이게 국민을 우롱하는 거지 뭡니까?"

"너는 공부만 열심히 하면 된다. 다른 사람들은 뭐 생각이 없어서 입 다물고 있는 줄 아나……."

"잘못된 거를 알면서도 안 바꾸면 이 나라가 어떻게 되겠습니까? 선생님이 그랬습니다. 행동하지 않는 신념은 쓰레기와 같다고요. 행동하는 자만이 역사 앞에 당당하게 설 수 있다고 했습니다!"

"이놈의 자슥! 입 안 다무나!"

뭔가 묵직한 물건이 방바닥을 '쿵' 치는 소리가 들렸다. 오빠 그리고 아버지 소리는 그것으로 마감되었다. 안방은 조용해졌고, 오빠가 방문을 여는 소리도 들렸다. 몇 시나 되었을까. 마루에 나가서 시계를 보고 싶었으나 아버지가 주무시지 않고 있을 것 같아 그러지도 못했다. 잠이 잘 오지 않았다. 강희 언니 때문이기도 했고, 돈 때문이기도 했다. 솔직히 말하면 돈 때문이라고 할 수 있었다. 집에 오자마자 공책 찢은 종이에 밥풀을 묻혀 두 동강 난 돈을 붙이고 얼른 책상 안에 넣어버렸다. 주영이나 희옥이가 알면 뭐라고 할지 너무 뻔했다. 그런 인간의 돈을 받아오다니 너답지 않다(난 이 말이 제일 무섭다), 돈을 북북 찢어서 그 인간 얼굴에 뿌려주고 와야지, 돈을 받는다는 건 그 인간의 생각에 동조한다는 뜻이다,라고 비난할 것 같았다. 밤새도록 뒤척이면서 나는 괘종시계가 12시를 알리는 소리를 듣고 이불을 뒤집어썼다.

강희 언니의 심부름 이후 한동안 나는 엄마와 아버지 얼굴을 보는 것이 괴로웠다. 부모를 속이고 있다는 생각 때문이었다. 거기다 미정 언니 말대로라면 이 거짓말은 무덤 속까지 가져가야 하는 것 아닌가. 그럼 나는 해명할 기회도 영영 잃어버린 채, 나쁜 아이가 되는 거였다.

약간 경사진 언덕 위에 서 있는데도 우리 집은 길에서 잘 보이지 않았다. 그것은 우리 집 아래에 있는 포플러나무 때문이었다. 포플러는 바람이 불지 않는 날에도 저 혼자 설렁설렁 몸을 움직였다. 그럴 때 나무는 잔잔한 숲처럼 통째로 움직이고, 이파리들은 수다스러운 아이들의 혓바닥처럼 날름거렸다. 피식피식 오래된 풍금에서 바람 빠지는 소리를 내며 색깔 다른 이야기를 하루 종일 나불거리는 나무. 저 속에 무슨 이야기가 숨겨져 있을까. 길에서 우리 집을 올려다볼 때면 나는 이파리마다 붙어 있을 비밀스러운 이야기를 상상하곤 했다. 그러니, 한 가지쯤 다른 이야기를 내가 품고 있는 것이 그렇게 나쁜 일은 아닐 것이다.

내가 그처럼 어려운 전도사 역할을 했는데도 강희 언니는 배도연으로부터 아무런 희망도 받아내지 못한 것 같았다. 아침마다 출근하는 강희 언니의 모습은 멀쩡해 보였지만 그 모습 안에서 바짝바짝 타들어가는 초조와 조바심을 읽어내는 건 어렵지 않았다. 아버지와 어머니의 조신한 맏딸로 지금껏 빈틈이 없었던 강희 언니를 생각하면 그런 모습이 너무나 애처로워 보였다.

# 체육시간

"자, 한번 찾아봐."

희옥이가 우리 앞에 던진 것은 국어사전이었다.

"뭘?"

"월경."

갑자기 방 안이 조용해졌다. 우리가 처음 듣는 단어 때문이었다. 사전을 뒤적거리는 소리가 사전 내지보다 얇아진 우리 귀를 사분사분 건드렸다.

'성숙한 여성의 자궁에서 주기적으로 출혈하는 생리 현상. 임신하지 않는 경우 황체(黃體)에서 호르몬 분비가 감소하기 때문에 자궁 내막(內膜)이 벗겨져서 일어난다. 보통 12~17세에 시작하여 50세 전후까지 계속되는데 임신 중이나 수유기를 빼놓고는 평균 28일의 간격을 두고 3~7일간 지속된다'라고 적혀 있었다. 처음 월경이라는 단어를 들었을 때보다 우리는 더 깊은 미궁 속에 빠져들었다. 도대체 내가 읽은 그 많은 연애소설에서는 왜 단 한 번도 성숙한 여자가 한다는 월경에 대한 설명이 없었단 말인가.

"이게 뭔데?"

"잘 봐봐. 성숙한 여성의 자궁에서라고 되어 있잖아. 자궁이 거기를 말하는 거다. 거기, 오줌 누는 데."

뭐든 물어보라는 얼굴을 하고 희옥이가 말했다.

"그러니까 성숙한 여자는 오줌 누는 곳에서 아프지도 않은데 피가 난단 말이야?"

나의 질문.

"그렇다니까. 저번에 한번 엄마한테 들은 적이 있는데, 그게 무슨 말인지 몰랐거든. 너희들도 잘 알아둬. 곧 성숙해지면 그곳에서 피가 나올 테니까."

"그런데 왜 밖에는 표시가 없는 거야?"

희옥이가 손짓했다. 우리는 무릎걸음으로 희옥이 곁으로 가까이 다가갔다. 희옥이가 바지를 내리고 팬티를 보여주었다. 희옥이는 기저귀를 차고 있었다. 기저귀 안쪽에 검붉은 피가 일본 지도처럼 묻어 있었다. 우리는 모두 얼굴을 있는 대로 찡그렸다. 기저귀!

"이걸 한 시간이나 두 시간에 한 번씩 갈아줘야 한댔어. 집에 와서 이 피빨래를 해야 하고. 증말! 성숙한 여자가 뭐 하러 되려는지 모르겠다. 귀찮아 죽겠어."

처음의 도도하던 표정은 어디로 갔는지 울상을 하고 희옥이가 툴툴거렸다. 우리는 모두 의기소침해졌다. 기저귀를 차고 다녀야 하다니, 나이가 몇 살인데! 이게 여자에게만 일어나는 일이라는 데에 우리는 분개하지 않을 수 없었다.

"야, 야, 무슨 무식한 소리야!"

아까부터 같잖다는 얼굴을 하고 우리가 하는 양을 보고 있던 주영이가 입술을 일그러뜨리며 피식거렸다.

"오줌 누는 데 좋아하시네. 그거 나오는 데는 오줌 누는 데하곤 다르거든."

그리고 한마디 덧붙였다.

"기저귀 그런 거 안 차도 된다. 생리대라는 게 있으니깐."

주영이는 간단명료하게 설명을 했다. 생리대는 돈을 주고 사야 한다는 것, 종이로 되어 있어서 한 번 쓰고 버리면 된다는 것, 그러니 당연히 다시 쓸 필요도, 피빨래를 할 필요도 없다는 것, 기저귀보다 성능도 좋아서 잘 새지도 않는다는 것. 약국에 가면 판다는 것 등등이 요점이었다.

"나는 꼭 생리대 써야지."

고개를 끄덕이는 아이들의 표정은 단호했다. 과연 엄마가 생리대 살 돈을 줄 것이냐는 고민을 우리는 하지 않았다. 지금 우리가 월경을 하는 것은 아니기 때문이었다. 팬티까지 벌려 기저귀를 보여줬던 희옥이는 후회 막급한 표정이었다. 생리대라는 것도 있는데, 아기들이나 차는 기저귀 찬 꼴을 보여줬으니 왜 안 그렇겠는가.

체육시간이었다. 우리는 체육복을 입고 스탠드에 앉아 살구받기를 하고 있었다. 남자애들은 운동장에서 죽을 둥 살 둥 축구공을 따라다녔다. 남자애들 틈에 끼어 희옥이가 짧은 단발머리를 나풀거리며 뛰어다니는 모습이 보였다. 희옥이는 남자아이들과 잘 어울렸다. 덩치도 큰데다가 운동도 잘하고 달리기도 잘해서 남자아이들도 함부로 하지 못했다.

한참을 혼자서 공을 드리블해가던 기호가 갑자기 그 자리에 우뚝 섰다. 앞으로 돌돌 굴러가는 공을 주워 들고는 주변에 있는 남자아이들을 끌어모으기 시작했다. 또 무슨 짓을 꾸미려고 하는 거지? 나는 살구받기를 하다 말고 기호가 하는 양을 지켜보았다. 남자아이들이 기호 주변으로 모였다. 기호가 희옥이를 향해 손가락질을 했다. 남자애들 쪽으로 걸어오던 희옥이가 무슨 일인가 주위를 둘러보는 순간 우리도 모두 그것을 보고 말았다. 희옥이의 엉덩이에 검붉은 피가 점점이 묻어 있었다. 분명 희옥이가 힘차게 뛰어다니고 있었으므로 아프거나 다쳐서 그런 것이 아니라는 짐작만 할 뿐 우리는 그것이 무엇인지 몰랐다. 놀란 희옥이가 손을 엉덩이 뒤로 가린 채 우리 쪽으로 뛰어왔다. 이번엔 남자아이들이 희옥이의 뒷모습을 더욱 잘 볼 수 있는 위치였다. 남자아이들이 키득거리며 웃었다. 내 손바닥에는 막 받으려던 살구 다섯 개가 놓여 있었다. 나는 그것을 기호를 향하여 던졌다. 허공에 포물선을 그리며 날아간 돌멩이를 잽싸게 피한 기호가 혀를 날름 내밀었다.

희옥이의 눈에서 눈물이 뚝 떨어졌다. 한 번도 희옥이가 우는 것을 본 적이 없었기 때문에 우리는 희옥이의 엉덩이에 묻은 피를 보았을 때보다 더 당황했다. 마치 제 것이 아닌 양 생소한 눈물이 굵은 비 듣듯 떨어지고 있었다. 마침 현관에 모습을 나타낸 선생님이 희옥이를 불러 뭐라고 하더니 희옥이 교문을 향해 몸을 돌렸다. 선생님의 호루라기 소리가 났지만, 우리는 멀어져가는 희옥이 엉덩이의 번져가는 붉은 무늬에서 눈을 뗄 수가 없었다. 하얀 체육복 위에 번진 붉은 피는 마치 희옥이가 평생 짊어지고 가야 할 끔찍한 흉터처럼 보였다. 그렇게 희옥이는 4교시 때 학교를 나선 뒤 다시 돌아오지 않았다.

"기호 이 개새끼! 내가 가만 안 둔다."

앙다문 이 사이로 으르렁거리듯이 말을 뱉은 희옥이를 향해 나는 고개를 세차게 주억거려주었다. 녹슨 못에 발바닥을 찔리고 난 후 꼬박 일주일간은 달리기는 엄두도 못 냈다. 걸을 때마다 발바닥의 모서리로 걷느라 기우뚱거리는 몸 때문에 남자아이들의 웃음거리가 되기도 했다. 그렇게 모서리로 걸어도 못에 찔리고 간장에 졸여진 발은 아프고 불편했다. 그 생각을 하면 아직도 울화가 끓어올랐다. 뿐만 아니었다. 오늘 나는 기호 때문에 점심을 굶었다.

"수희야, 오늘 점심 때 그거 기호 짓이지?"

나와 같은 생각을 하고 있었는지 눈치 빠른 주영이가 물었다.

남자아이들은 붉은 자국에 대한 흥분을 쉬 가라앉힐 수 없었는지 희옥이가 가고 난 뒤에도 체육시간 내내 키들거렸다. 선생님이 야단을 쳐도 별 소용이 없을 정도였다. 남자애들과는 다른 이유로 여자들 역시 체육수업에 집중하지 못했다. 희옥이 엉덩이의 핏자국이 여자의 중요한 자존심과 관련되어 있을 거라는 사실을 무의식 중에 느끼고 있던 우리는 남자애들에 대한 화가 머리꼭지까지 퍼져 있던 참이었다. 평소 쌓이고 쌓였던 감정이 폭발한 것이었다.

남자애들은 어떻게 된 일인지 늘 여자들의 치마 속을 들여다보고 싶어했다. 어제 아침에도 조례를 마치고 계단을 올라 교실로 들어가는데, 뒤에서 이상한 조짐을 느꼈던 것이다. 뒤를 돌아보니 기호가 내 치마 속에 몰래 나뭇가지를 집어넣어 팬티를 갉작거리고 있었다. 뒤따르는 남자아이들 몇몇이 손에 든 나뭇가지를 흔들며 킬킬거리고 있었다. 나는 잽싸게 계단을 뛰어올라와 그들을 노려보았다. 하지만 이미 내 팬티를 본 녀석들은 할 테면 해보라는 식으로 당당하게 나를 올려다보았다. 오래오래 입기 위해 진작부터 너무 큰 치수를 산 우리들의 팬티는 고무줄만 새로 해 넣어 아랫배에 고무줄 자국이 선명하게 나 있었지만, 언제나 낡고 헐렁했다. 나는 수치심에 얼굴이 벌겋게 달아올랐다. 하필 그런 팬티를 들키다니 어딘가로 숨어버리고 싶은 심정이었다.

그리고 오늘은 그보다 더한 일이 생긴 것이다. 체육을 마치고 교실로 들어왔는데, 어디서 주웠는지 큼직하고 너절한 팬티 한 장이 막대기에 끼워진 채 칠판 앞에 세워져 있었다. 아예 가운데 부분에 빨간색 물감을 묻혀놓은 그 팬티 옆엔 화살표로 선명하게 '이수희 빤쓰'라고 적어놓았다. 교실은 책상을 치며 몸을 뒤흔드는 남자애들의 웃음소리로 아수라장이 되어 있었다. 특히 기호는 과장된 몸짓으로 바닥을 데굴데굴 구르느라 숨이 넘어갈 지경이었다. 몇몇 여자애들까지 빙글거리는 것을 보고 나는 팬티를 잡아채 밖으로 나가버렸다. 변소 쓰레기통에 팬티를 집어넣고 운동장 계단에 앉아 혼자 씩씩거리면서 배고픈 줄도 모른 채 점심시간을 보낸 것이다. 나쁜 놈! 선생님한테 이르는 것도 한계가 있다. 선생님이 야단치면 그때만 세상에서 제일 잘못한 사람 같은 표정을 짓고 섰다가, 돌아서면 다시 여자아이들에게 쌍욕을 먹이고 희롱을 해댈 것이다. 많은 여학생들을 괴롭혔지만, 기호의 화살은 주로 나를 향해 있었다. 부반장이라는 직위로 담임의 신망을 한 몸에 받고 있는 것이 늘 그 아이의 쌍심지를 켜게 만들었다. 그와 더불어 남학생한테 지지 않고 끝까지 대들며, 불의와 타협을 모르는 내 성격이 한몫 더했을 것이다. 그런 모든 것이 복합되어 기호는 자신이 반느시 맓아 발밑에 엎드리게 해야 할 인생의 직으로 나를 간주하고 있었다. 그건 나도 마찬가지였다.

 다음 날 방과 후, 선생님은 회의에 들어가면서 이거 좀 매겨 놓고 가거라 하고 시험지 한 뭉치와 코코넛 비스킷을 내게 밀어주셨다. 1교시에 친 산수 시험지였다. 월말고사 후 각 반 평균과 등수가 교무실 벽에 공개되자, 담임은 우리 반만 따로 단원별 시험을 치기 시작했다. 그런 자잘한 시험지 채점은 항상 내 차지였다. 나는 먼저 기호 시험지부터 찾았다. 지우개로 모두 지워서라도 빵점을 만들고야 말겠다는 생각이었다. 매기기 전에 먼저 눈으로 쭉 훑어봤다. 기호의 시험지는 지우고 말고 할 것도 없었다. 대충 눈짐작만으로도 맞는 개수가 서너 개밖에 되지 않았다.
 "쳇."
 맥이 빠졌다. 공부 못하는 줄은 알고 있었지만, 참 한심하기 짝이 없었다. 기호의 시험지를 옆으로 밀쳐두고 나는 창민이의 시험지를 매겼다. 100점이었다. 빨간 색연필로 100이라는 숫자를 쓰는 순간 내 입에서 미소가 저절로 번져나갔다. 빵점이 아니라 100점을 만드는 거다. 나는 창민이의 시험지를 보고 기호의 시험지를 고치기 시작했다. 영락없는 커닝인 것이다. 시험지를 다 매기고 나는 창민이 시험지를 맨 위에, 그 아래에 기호의 100점짜리 시험지를 놔두고 집으로 돌아갔다. 창민이 시험지를 들면 기호 시험지가 고스란히 드러나게 되어 있었다. 선생님은 아마 우리 반 꼴통 백기호의 실력을 자신의 손금보다 더 잘 알고 있을 것이니…….

"백기호! 이리 나와!"

선생님의 목소리가 터져 나왔다. 언제나 적당한 소음이 들끓던 교실이 일시에 얼어붙었다. 나는 재빨리 기호를 쳐다보면서 미칠 것 같은 흥분이 가슴속에 차오르는 것을 느꼈다. 기호는 영문을 모르겠다는 듯이 몸을 건들거리며 앞으로 나갔다. 뭐든지 건들거리기부터 하는 건 기호의 버릇이었다.

"시험은 잘 쳤니?"

선생님의 얼굴이 다 타버린 심지에 붙인 곤로불처럼 벌겋게 달아올랐다. 기호가 힐끔 선생님을 보았다. 결코 순종적인 얼굴이 아니었다. 어찌 될지도 모르고 곤로에 기름을 들이붓는 꼴이었다.

"이게, 뭘 잘했다고!"

기호는 맞기 시작했다. 선생님은 한 대씩 내릴 때마다 기호의 시험지를 코앞에서 흔들며 이 말을 반복했다.

"선생님한테 할 말 없어? 솔직히 말하면 용서해줄 수도 있어."

딱딱. 잘 파여진 떡살처럼 기호의 손바닥에 착착 달라붙어 무늬를 새길 선생님의 오죽이 열 대쯤 넘어간다고 생각했을 때였다. 갑자기 기호의 몸에서 뿡 하는 소리가 들렸다. 바로 방귀 소리였다. 몸에 너무나 힘을 준 나머지 맞을 때마다 참느라고 용을 쓰는 바람에 항문으로 엉뚱한 힘이 들어간 모양이었다. 땀으로 범벅이 된 기호의 얼굴이 순식간에 홍당무 색깔로 변했다. 어디선가 킥킥거리는 소리가 들렸다. 나는 얼른 입을 틀어막았다. 그 소리는 내 목에서 나는 소리였다.

진실은 밝혀지지 않았다. 영광스러운 산수 천재라는 훈장의 대가치고 매 스무 대는 약과 아니겠는가. 하지만, 아이들 앞에서 방귀를 열 번씩이나 뀌다니! 기호는 쉬는 시간에도 제자리에 앉아 꼼짝을 하지 않았다.

# 학교 창고

'이야기 좀 하자.'

현성이가 내 책상 위에 '툭' 쪽지를 던졌다. 교실에는 선생님 책상을 정리하던 나 외에 아무도 없었다. 하교하다 말고 다시 교실에 들어온 것 같았다. 현성이는 기호 패거리 중의 한 명이었다. 기호가 나쁜 짓을 하고도 뻔뻔스럽게 당당하다면 현성이에게는 자기가 하기 싫은 것은 싫다고 말할 수 있는 당당함이 있었다. 가끔 현성이는 그들의 방패막이로 활용되기도 했다. 선생님이 현성이에 대한 믿음을 보일 때는 그 활용도가 더욱 높아졌다. 그래서 무력으로 패거리를 진압하는 기호도 현성이를 함부로 하지는 못했다.

현성이는 바로 우리 옆집에 살았다. 현성이 엄마와 우리 엄마는 아주 절친한 사이다. 그래서 우리가 부딪힐 기회는 생각보다 많았다. 솔직히 말하면 나에게 현성이는 특별했다. 가끔 김치나 부침개를 들고 현성이네 집에 심부름 갈 때도 나는 거울을 한번 들여다봐야 마음이 놓였다. 현성이는 아무도 모르는 내 몸 안의 점 같은 아이였다. 현성이도 나와 비슷할 거라고 생각했다. 나는 주머니 속 쪽지를 손으로 만지작거리며 현성이가 적어준 가은교회 뒷마당으로 나갔다.

"무슨 일인데?"

현성이는 나를 보지도 않은 채 교회 십자가만 쳐다보고 있었다. 나도 현성이를 따라서 교회 첨탑 꼭대기에 아슬아슬하게 걸려 있는 십자가를 보았다. 도대체 저기서 구원을 얻을 수 있다는 말을 나는 당최 이해하지 못했다.

"무슨 일이냐니까?"

되물으면서 나는 아마 얼굴이 빨개졌을 거라고 생각했다.

"너, 기호 건들지 마."

"내가 걔를 왜 건드려?"

"니가 건드린 거 나 안다."

"뭘 안다는 거야?"

"채점 니가 했다는 거 우리 반 아이들 중 모르는 애 없다.

빵점이 아닌 100점으로 고쳤다는 걸 멍청이들이 눈치채지 못하는 거지."

아까보다 얼굴이 더 달아올라서 나는 아무 말도 못 한 채 십자가를 쳐다보았다. 십자가의 구원을 간절히 바라면서 말이다.

"무슨 소리야. 난 그런 적 없어. 그것 때문에 만나자고 했다면 됐다. 나 간다."

십자가가 갑자기 떨어져서 현성이 놈 머리를 강타하지 않는다면 내 발로 이 자리를 벗어나는 수밖에 다른 도리가 없었다.

"미선이 말이다. 매일 학교 마치고 어디 가는 줄 알아?"

나는 현성이 얼굴을 똑바로 쳐다보았다. 좋지 않은 예감이었다. 요 근래 청소를 마치면 언제 없어졌는지 미선이는 보이지 않았다.

"미선이, ……학교 마치고 창고로 와. 곧장."

"창고? 거긴 왜?"

"거기서 기호가 기다리거든. 미선이 걔 호떡 하나 받아먹으니까 치마도 훌러덩 잘 올리고 팬티도 잘 내리던데?"

"그게 무슨 말이야?"

"무슨 말인지 모르겠어? 패거리들 중 미선이 거기 안 본 남자애 없어. 기호는 거기 만지고 또……."

나는 눈알이 튀어나오도록 현성이를 째려보았다.

"가만두지 않을 거다."

나쁜 놈. 네놈도 똑같아. 나는 목구멍을 치고 올라오는 뜨거운 말을 삼켰다.

나는 몸을 돌려 달렸다. 내 뒤통수에다 대고 현성이가 소리쳤다.

"내가 그랬다고 말하지 마라!"


기호는 그날 오후 수돗가 뒤에서 아이들을 일렬로 죽 세워 놓고 제 마음껏 주먹을 휘두르고 있었다. 잘못한 것이 없지만, 기호의 방귀 소리를 생생하게 들은 이상 남자아이들은 맞는 것에 불만을 가지면 안 되었다. 남자아이들은 묵묵히 기호의 주먹을 받아들였다. 폭력으로도 성에 차지 않았는지 숨을 씩씩거리던 기호가 말했다고 한다.

"미선이 찾아와."

못쓰게 된 책상이나 걸상 등을 놓아두는 창고문은 항상 자물쇠가 걸려 있었다. 하지만 그 자물쇠가 그저 모양으로 걸려 있다는 것을 모르는 아이는 없었다. 창고문을 닫으면 어둠에 눈이 익숙해질 때까지 눈을 감고 있어야 했다. 동쪽으로 손수

건만 한 창이 나 있긴 했지만 창고는 항상 어두웠다. 시간이 조금 지나면 창으로부터 들어온 빛이 어둠과 뒤섞이면서 실내는 묽은 죽처럼 진득해졌다. 삼팔선이라며 가운데를 칼로 그어놓은 낡은 책상들이 천장까지 쌓여 있고, 어딘가가 고장 난 의자들이 공사장 나무토막처럼 나뒹굴고 있었다. 어른 하나 누울 만한 공간도 안 되는 좁은 바닥엔 누가 갖다놓았는지 군용담요가 깔려 있었다. 실내가 어둡기도 했지만, 담요의 색깔 또한 어두워서 때가 얼마나 묻었는지는 알 수 없었다. 바닥에 엉덩이를 걸치고 앉으면 곳곳에 배인 지린내가 코를 찔렀다. 하지만 냄새난다고 코를 싸쥐는 아이도 없었다. 냄새 자체가 익숙했기 때문이었다. 냄새는 구더기가 스멀거리고 다니는 집의 변소나 거품이 부글거리는 복개되지 않은 동네 하수구에서 늘 맡아오던 것이었다. 가끔 여자 팬티가 발견되었다. 여자아이들은 창고로 가 팬티를 주워오기도 했다. 팬티가 그곳에 버려진 이유를 모르는 아이는 없었다. 우리는 모두 쑥덕거렸다. 어떤 아이는 당당하게 창문으로 직접 본 것을, 어떤 아이는 어른들이 하는 말을 들은 것을, 어떤 아이는 듣기만 해도 몸 어딘가가 근질거리는 상상으로 마음껏 지껄였다. 어른들이 몸을 포개어 무슨 짓을 하는지 알 수 없지만, 그들이 허연 궁둥이를 내어놓고 몸을 열심히 움직인다는 것을 우리는 알았다. 그리고 그곳에 미선이는 끌려갔다.

학교까지는 10여 분이 걸리는 거리였다. 교문에 들어서자 숨이 턱에 닿아 쓰러질 것 같았다. 나는 창고문을 활짝 열어젖혔다. 사타구니를 감싸며 남자애들이 갑작스럽게 드러난 햇살에 눈을 찌푸렸다. 바지를 엉덩이 아래까지 내린 남자애들의 사타구니에서 썩은 군내가 풍겼다. 모두 여섯이었다. 미선이는 그 가운데 드러누워 입 안 가득 뽀빠이과자를 처넣고 아귀아귀 씹고 있었다. 과자 가루가 얼굴에 흩어져 뽀얗게 분칠이라도 한 것 같았다. 남자애들이 급하게 바지를 올리고 창고를 뛰쳐나갔다. 나는 미선이를 일으켜 세웠다. 팬티를 입히고 옷에 묻은 먼지를 떨어낼 동안 미선이는 뽀빠이만 씹고 있었다. 나는 미선이가 들고 있는 뽀빠이 봉지를 뺏어 바닥에 내팽개쳤다. 군용담요 위에 흩어진 과자를 발로 지근지근 밟았다. 울상이 된 미선이의 손목을 잡고 밖으로 나왔다. 미선이가 입술을 핥았다. 곤란할 때 나오는 미선이의 버릇이었다.

"너, 미쳤어?"

"그냥 보여주기만 하면 된다 했다."

"소문나면 넌 시집도 못 가. 애기라도 배면 넌 학교도 못 나와. 배 째고 애기 낳고 싶어?"

내가 알고 있는 최대한의 성지식을 동원하여 나는 미선이를 협박했다. 급기야 코를 훌쩍거리며 미선이가 울기 시작했다.

"다시는, 다시는 창고에 가지 마. 너 한 번만 더 가면 니네 엄마한테 이를 거야. 니네 아버지가 아마 비행기 타고 쫓아올 걸. 그럼 너 죽도록 맞을 거야. 선생님한테도 이를 거고."

미선이는 비행기 타고 아버지가 온다면 제일 무서워했다. 3년 전에 서독에 일하러 간 미선이 아버지는 미선이를 아끼면서도 미워했다. 미선이가 조금만 바보 같은 짓을 하면 매부터 들었다는 것은 온 동네가 다 알고 있는 사실이었다. 미선이의 울음소리가 더 높아졌다. 창고에서 흥분해서 뽀빠이를 집어 던질 때 어디에 부딪혔는지 다리가 아팠다. 나는 다리를 절뚝이면서도 미선이를 앞세우고 걸었다.

기호는 다음 날 내 얼굴을 보고도 당당했다. 기호뿐만 아니라 내게 엉덩이를 보인 다른 남자아이들조차 여전히 예전처럼 잘 놀고 잘 먹었다. 창고에서 무슨 일이 있었는지 이미 전교생 중에 모르는 아이가 없었다. 화장실 벽에 그려진 저질스런 그림과 삼류 영화를 방불케 하는 낯간지러운 대화글만으로도 미선이는 이미 교내 똥걸레가 되어 있었다.

미선이가 벌써 사흘째 결석인 것도 같은 이유일 것이다. 소문은 이미 퍼질 대로 퍼져서 미선이 엄마 귀에도 들어간 모양이었다. 소문은 그 짓을 한 남자애들 입에서 나온 것이 틀림없었다. 선생님은 남학생이고 여학생이고 간에 창고 근처에는 얼씬도 하지 말라고 종주먹을 들이대며 협박을 했다. 그리고는 남학생 여학생을 따로 모아놓고 사건과 관련된 주범들을 캐내려고 애를 썼다. 하지만, 선생님은 절대로 밝혀낼 수 없을 것이다. 화장실 벽의 익명성은 자고로 중앙정보부의 비밀문서만큼이나 철저히 지켜지는 법이었다.

"야, 미선이 집에 한번 가볼까?"

그림자처럼 따라다닐 때는 몰랐는데, 막상 미선이가 학교에 오지 않으니 뭔가 나사가 하나 빠진 듯한 기분이었다. 그게 나 혼자만의 생각은 아닌 듯 신발 밑창을 흙바닥에 질질 끌며 걷다가 문득 성자가 한마디 툭 던졌다.

평소 우리는 미선이 집에 종종 놀러갔다. 미선이 엄마는 미선이를 잘 데리고 다닌다고 우리를 아주 고마워했다. 가끔 과자나 돈을 손에 쥐여주기도 했는데, 집에 가봐야 삶은 고구마

하나도 먹을 게 없는 우리들 부모에게서는 생각할 수도 없는 호의였다. 서독광부로 간 미선이 아버지가 부쳐오는 돈은 어마어마하다고 했다. 거기다가 아이도 미선이 혼자였다. 자식이 한여름의 수세미처럼 주렁주렁 매달린 다른 집들에 비하면 아주 부잣집인 셈이었다. 자식이 밖에 나가서 무슨 짓을 해도 관심이 없는 우리 엄마들과는 차원이 달랐다. 그러니 떠도는 흉한 소문에 미선이 엄마의 마음이 오래 데친 시래기처럼 다 짓물러 터져 있을 것이었다. 집에 간다고 해도 환영받지 못할 것이 틀림없었다.

미선이는 일주일이 더 지나서 학교에 나왔다. 선생님은 쉬는 시간이나 점심시간에 미선이를 교실에서 나가지 못하게 했고, 미선이는 우리와 나가 놀고 싶어서 안달을 했다. 집에 갈 때도 혼자 가지 못하게 했는데, 미선이 곁은 집이 같은 방향인 성자나 희옥이나 주영이나 내 차지가 되었다.

우리는 미선이를 가운데 두고 호위하듯이 몰려다녔다. 교문을 지나가면 꼭 기호가 있었다. 기호는 교문 위 담벼락에 걸터앉아 우리가 지나가면 휘파람을 불었다.

"야, 김미선, 뽀빠이 사줄까? 이희옥, 멘스는 끝났냐? 너 아직도 기저귀 치고 다니냐? 헤이, 최주영! 달리기할 때 보니까

니 젖 엄청 크더라. 막 출렁출렁하던데. 오늘 밤에 창고에 와라. 야, 너희도 뽀빠이 먹고 싶지?"

나는 튀어나올 것 같은 눈알을 부라리며 기호를 향해 악을 질렀다.

"야, 벌레새끼야! 너는 벌레다. 세상에서 제일 더러운 저질 해충새끼야!"

그래도 부반장인데 차마 개새끼라는 말을 아이들 있는 데서 할 수가 없었다. 내 말이 끝나자마자 희옥이가 손가락을 들어 기호에게 엿을 먹였다. 나와 희옥이가 악을 쓰고 연이어 성자가 쌍욕을 해대도 기호는 아랑곳하지 않고 우리 이름을 돌아가며 불러댔다. 나는 미선이의 팔을 꼬집으며 절대로 뒤돌아보지 못하게 했다. 미선이 팔에 시퍼런 멍이 매일 새롭게 생겼다.

미선이를 집에 바래다주고 나오는데 희옥이가 주먹을 불끈 쥐고 우리 앞에 우뚝 섰다.

"우리가 혼내주자. 그 방귀쟁이!"

"어떻게?"

가방을 바닥에 내려놓는 아이들의 동작이 은밀해졌다.

"방법 같은 건 중요하지 않아. 이건 나쁜 놈을 혼내는 일이다."

 아이들의 눈이 서로 마주쳤다. 누군가가 계획만 짜주면 전쟁이라도 일으킬 것 같은 눈빛이었다. 희옥이 손으로 바닥을 탁 내리쳤다. 그 위에 성자가 손을 올렸다. 우리는 모두 손을 포갰다. 파이팅! 우리는 짧고 낮게 외쳤다.

## 마지막 편지

 토요일은 심부름하는 날이다. 벌써 네 번째 편지. 나는 편지를 전해주기 위해 배도연 선생 집으로 갔다. 이제 언니들은 버스만 태워줄 뿐 집까지 바래다주는 일은 하지 않았다. 언니와는 다방에서 만나기로 하고 나는 편지를 가방에 넣어 버스를 탔다. 만날 때마다 호주머니 속의 편지 두께는 조금씩 얇아졌다. 편지가 가벼워질수록 궁금증은 더욱 부풀어 올랐다. 더 애원하고 간절해져야 할 편지가 왜 자꾸 줄어드는 것인지 안타까웠다. 큰 대문을 들어서기 전에 몇 번이나 뜯어보고 싶었다. 하지만 그럴 수가 없었다. 뜯는 순간 강희 언니의 애절한 바람이 조급한 새처럼 푸르릉 날아가버릴 것 같았기 때문이다.

 "음, 또 왔니?"

그는 내가 점점 지겨워지는 모양이었다. 김종섭 선생의 딸이라고 믿고 있으니 망정이지 아니라면 벌써 나를 내쳤을지도 몰랐다. 뭐라고 설명했는지 모르지만 처음과는 달리 그의 사촌동생이라는 여자는 내가 벨을 누르면 반색부터 했다. 응, 너 또 왔구나. 들어와. 여자의 그 말을 들을 땐 너무나 친근감이 들어 내가 이 집에 왜 왔는지 확 불어버리고 싶은 심정이 되었다. 내가 정말 그럴지도 모른다고 생각했는지 세 번째 방문부터 그는 나를 아예 집에 들이지 않았다.

"잠깐 나가자."

내 손을 황급히 끌며 그가 데리고 간 곳은 파란 포장이 덧씌워진 나뭇더미가 가득 쌓인 공사장이었다. 집 오른쪽 골목을 따라 3분 정도 들어가면 우묵하게 들어간 공터가 나왔다. 바깥 큰길에서는 전혀 보이지 않는 곳이었다. 공사가 중단된 모양인지 장비나 인부를 본 적도 없었다. 나에게는 앉으라는 말도 없이 그가 나뭇더미 포장 위에 엉덩이를 걸쳤다.

"그래, 강희 언니는 어떻게 지낸다고 하더냐?"

내가 내미는 편지를 받을 생각도 하지 않고 그는 주머니를 뒤적거리더니 담배를 피워 물었다.

강희 언니는 당연히 잘 지내지 못했다. 가구점에 갔다 오면 저녁밥을 먹고 설거지를 하고 텔레비전을 보고 책을 읽다가 자는 일상은 늘 같았다. 하지만 강희 언니의 얼굴에 드리운 그늘은 갈수록 짙어만 갔고, 눈동자는 누군가가 뽑아낸 듯 텅 비어 있었다. 밤에는 참으려고 하지만 기어이 이불이 들썩였고, 아침에는 베이킹파우더를 넣은 빵처럼 눈이 퉁퉁 부어 있었다. 그것을 이 사람은 모른다. 나는 조각 같은 그의 옆얼굴을 보며 침을 꼴깍 삼켰다. 거듭된 심부름으로 나에게도 익숙한 일이 많아졌다. 그를 빤하게 쳐다보는 것도 그중 하나이다.

"우리 언니가 그러는데……, 밥도 안 먹고, 먹으면 토하고, 잠도 못 자고, 이러다 잘못하면……."

"정말 나도 죽겠다. 그렇게 말을 했는데, 왜 그렇게 말을 못 알아듣는지."

그가 한숨을 내쉬자 입안에 갇혀 있던 연기들이 급하게 허공중으로 흩어졌다.

"강희 언니한테 전해다오. 이제 좀 그만하자고. 나도 힘들다고."

그의 얼굴은 정말 힘들어 보였다. 그가 다시 담배 연기를 뿜었다. 그의 얼굴 위에서 흩어지는 담배 연기가 그를 더욱더 신비롭게 만들었다. 그 모습에 주눅이 들어 나는 머뭇거리며 들고 있던 편지를 내밀었다.

"언니가 이거⋯⋯."

"이제 너도 그만 와라."

그가 내 손에서 편지를 낚아채었다. 그러고는 언제나 그랬던 것처럼 바지 호주머니에 아무렇게나 편지를 쑤셔 넣었다. 역시 답장 같은 건 없는 모양이었다. 그는 언제나 받아가기만 했다.

"다시는 편지 쓰지 말라고 해라. 난 할 만큼 했어. 선생님을 좋아하는 아이가 어디 한둘인 줄 아니? 내가 어떻게 다 상대하겠어? 칭얼거리는 이 어리광을 얼만큼 더 받아줘야 하겠니?"

드라마 속 남자 주인공의 대사 같은 미끈한 그의 말이 내 얼굴을 수세미로 싹싹 문대는 것 같았다. 나는 얼굴이 벌겋게 달아올랐다. 그의 말속에서 강희 언니가 너무나 하찮게 느껴졌다.

"너 같으면 어떻게 하겠니?"

그가 지금 나에게 묻고 있는 걸까? 그가 지금 나에게 하소연하고 있는 것일까? 내가 어떤 대답을 해야 옳을까? 나는 두 손을 맞잡아 깍지를 꼈다. 선생님을 좋아하는 아이들 모두를 선생님이 상대할 필요는 없다. 그 말은 맞는 것 같았다.

"정말 미치겠다."

볼이 홀쭉해지도록 담배를 빤 그의 얼굴이 우리 집 똥개가 나한테 한 대 맞고 신경질이 나서 구겨놓은 아침신문처럼 일그러졌다. 만약 동정심이나 연민의 감정을 그 잘생긴 얼굴에서 조금이라도 읽을 수 있었다면 나는 그를 용서할 수 있었을지도 모른다. 강희 언니를 버릴 마음이 없었는데, 본의 아니게 다른 여자가 죽을 둥 살 둥 매달렸다. 나는 백번 양보하여 이런 결론을 내릴 수도 있었다. 하지만 그의 얼굴은 그게 아니었다. 얼굴에는 짜증이 가득했다. 아침마다 아버지가 들어계신 화장실 앞에 똥구멍을 잡고 선 오빠가 동동거릴 때의 그 표정이었다. 빨리 나오라는 말은 못 하고 닫힌 문 앞에서 온갖 인상을 찌푸리고 서 있는 오빠처럼 이 사람도 빨리 똥을 누고 싶은 것인지 모른다는 생각이 들었다.

"참, 너 김종섭 선생님, 아니 아버지한테 나 만났다는 말 절대 하면 안 된다. 알지?"

나는 피식 웃었다. 그리고 벌떡 일어났다.

"아까 한 말 거짓말이에요. 강희 언니 잘 있어요. 밥도 잘 먹고요……. 아저씬 그냥 잘 먹고 잘 사세요. 안녕히 계세요."

내뱉고 보니 유치하기 짝이 없었다. 하지만 어쩔 수 없었다.

내가 그를 어른처럼 패줄 수도 없으니 하고 싶은 말이라도 해야 할 것 같았다. 그렇다고 욕을 할 수도 없었다. 그동안 꼬박꼬박 선생님이라고 불러준 내 입이 아까울 뿐이었다. 나는 꾸벅 절을 하고 몸을 휙 돌렸다.

그리고 일주일 뒤, 나는 다시 다방 소파에 몸을 파묻고 앉아 있었다. 우유는 여전히 뜨거웠다. 나는 뜨거운 우유를 천천히 한 모금 마셨다. 이 일을 시작하면서 다방 문화는 내 몸에 완전히 배어버렸다. 집에서 매일 우유를 먹지만 다방이라는 곳에 한 번도 가보지 못한 주영이 나에게 완전히 기가 죽었다. 주영이의 죽어버린 기만큼 강희 언니는 눈에 띄게 야위어갔다.

나는 마지막이라는 단서가 붙은 강희 언니의 편지를 전해주지 않았다.

"마지막이야. 수희야, 이거 마지막이야. 이 편지만 꼭 전해지게 도와줘. 다시는 너에게 이런 심부름 안 시킬게."

언니의 마지막 편지는 가벼웠다. 내 손에 부피감도 느껴지지 않을 만큼이었다. 이렇게 가볍다면 아무런 글자도 적혀 있을 것 같지 않았다. 편지에 글자는 쓰지 않고 띄어쓰기만 가득한 것은 아닐까. 고개를 끄덕이면서도 내 머릿속은 복잡했다.

이 편지를 그에게 전해줄 수는 없었다. 지난주에 그를 향해 잘 먹고 잘 살라는 말을 퍼붓고 왔는데 다시 갈 수는 없는 일이 아닌가. 그렇다고 그에게 그런 말을 퍼붓고 왔다고 언니들한테 말을 할 수도 없었다. 나는 알겠다고만 말을 하고 버스를 탔다. 버스에서 내려 그의 집 근처 공사장으로 갔다. 공사장 파란 포장은 그대로였다. 여전히 집은 지어지지 않았고, 나무들을 덮어둔 파란 포장은 먼지를 먹으며 늙어가고 있었다. 나는 편지봉투를 뜯었다. 글씨는 가지런한 강희 언니의 치아처럼 바르고 고왔다.

'선생님, 마지막으로 선생님을 불러봅니다. 당신, 마음 편하게 가지세요. 그동안 힘들게 해서 죄송해요. 맞아요. 사랑이 떠난 걸 저 혼자 이러고 있었어요. 당신이 주신 사랑, 잘 간직할게요. 색 바래지 않도록 영원히 잘 간직하고 있을게요. 나를 잊어도 좋아요. 저만 사랑할게요. 당신은 행복하세요.'

나는 파란 포장을 들춰냈다. 포장이 덧씌워져 있는데도 쌓인 나뭇더미는 검고 축축했다. 엊그제 내린 비에 나무가 지면의 물기를 바짝 빨아들인 모양이었다. 한때 거친 황소처럼 씩씩했을 그 나무의 잎과 가지들을 생각했다. 무성한 잎을 달고 하늘을 가리고 있었겠지. 가지가 가지를 낳아 수많은 새끼가

지들이 하늘을 향해 손을 뻗고 있었겠지. 나는 검은 나무의 몸통을 두 손으로 쓰다듬었다. 기억해줘. 너라면 언니의 설움을 모두 기억해주겠지. 내 가슴이 나무의 습기로 축축해지는 느낌이었다. 나는 펑펑 쏟아낸 눈물 같은 습기 속에 강희 언니의 편지를 넣었다. 그래도 내 마음대로 버릴 수는 없었다. 언니가 원하는 장소에서 거름이 되었으면 했다. 누군가가 이 땅 위에 다시 집을 지을 것이다. 거친 둥치와 푸른 잎과 딱딱한 가지를 기억하는 멋진 기둥이 되어 나무는 이 길 위에 솟아날 것이다. 지상 위에 우뚝 일어설 집처럼 그렇게 강희 언니도 일어서길 바랐다.

내가 마지막으로 다방에 갔을 때, 강희 언니는 울지 않았다.
"고맙다, 수희야. 미정아, 너도 고마워."

강희 언니는 우리 둘에게 자장면을 사주었다. 아, 맛있겠다. 강희 언니가 젓가락을 들며 말했다. 미정 언니와 나는 서로의 얼굴을 멍하게 쳐다보았다. 마치 처음 음식을 보는 사람처럼 강희 언니의 눈이 반들반들 윤을 내고 있었다. 젓가락을 양손에 들고 두어 번 비비더니 강희 언니가 자장면을 입에 퍼 넣기 시작했다. 허겁지겁 먹느라 강희 언니의 흰 블라우스에 자장이 물방울무늬처럼 튀었다. 다 먹고 난 뒤 미정 언니가 행주로 닦아주려 했지만 강희 언니는 미정 언니의 손을 가만히 밀쳐냈다. 그리고 기지개를 켜며 큰 소리로 말했다. 아, 배불러.

# 등화관제

 가슴속에 무거운 쇳덩이를 올려놓은 기분이었다. 강희 언니는 학교에서도, 집에서도, 심지어 꿈속에서조차 나를 따라다녔다. '정말 미치겠다' 내뱉듯이 말한 배도연의 마지막 모습을 떠올리면 용광로라도 된 듯 가슴이 활활 타올랐다. 배도연이 떠오르면 생각그물을 짜듯이 기호도 끌려 올라왔다. 허연 엉덩이를 드러낸 채 낄낄거리던 창고 속의 남자애들도 줄줄이 엮여 나왔다. 하루 종일 연탄 불구멍 막듯이 비닐로 목구멍을 꽉 틀어막고 있는 기분이었다. 화가 나고 답답했다. 집이고 학교고 나는 우울해졌다. 늘 같이 다니던 여자아이들도 내 눈치를 살폈다. 하지만, 그 애들한테 심장에 있는 말을 모두 이야기할 순 없었다. 나는 종종 혼자 있을 때 배도연이 한 말을 그대로 따라 내뱉곤 했다.

'정말 미치겠다.'

이러다가 정말로 미칠지도 모른다는 생각을 했다. 미치지 않기 위해서 무슨 일이든 벌여야 했다. 나는 아이들에게 신호를 보냈다. 우리는 매일 희옥이네 집에 모였다. 우리는 우리 속에 들어 있는 불씨를 밖으로 드러내지 않고 끓어오르는 분노를 삭여야만 했다. 아무리 생각해도 폭력 말고는 없었다.

15일은 민방위훈련 날이었다. 밤에는 등화관제가 있었다. 적기가 야간 공격 시 알아보지 못하게 불빛을 차단하는 훈련이었다. 사람들 눈에 띄지 않으면서 기호가 우리를 알아보지 못하게 하기에 이날만큼 좋은 날이 없었다. 우리가 만나기로 한 장소는 학교 창고였다. 창고는 여전히 문만 닫힌 채 가짜 자물쇠가 걸려 있었다. 학교에서 전혀 신경을 쓰지 않은 것은 아니었다. 미선이 소문이 본격화되고 난 뒤엔 진짜 자물쇠가 걸려 있었다. 문제는 진짜 자물쇠를 건 그다음 날이었다. 아예 자물쇠걸이가 뜯겨져 있었던 것이다. 걸이를 새로 해서 달면 그다음엔 문짝을 뜯어내겠다는 경고처럼 보였기 때문에 학교는 그다음 조치를 취하지 않았다. 한 일주일 정도는 창고 옆을 얼씬거리는 아이들이 선생님들에게 잡히기도 했지만, 열흘쯤 지나자 창고는 원래의 용도로 다시 돌아갔다. 숨바꼭질하는 저학년들이 최종적으로 숨는 장소가 되었고, 선생님 눈을 피해 한판 뜨는 남자애들의 피 터지는 대결장이 되었고, 낮에 무슨 일이 있었든 상관없이 밤에는 남녀의 그렇고 그런 밀회 장소가 되었다.

등화관제가 시작되는 사이렌이 울리면 모든 건물은 물론이고 가로등까지 불을 꺼야 했다. 불이 꺼지기 시작하면 아이들은 일부러 고함을 지르며 골목을 뛰어다녔다. 잡히면 꿀밤을 맞거나 운이 나쁘면 집까지 질질 끌려가서 부모님이 욕을 얻어먹었으나 아이들은 신경 쓰지 않았다. 재수 없게 잡힐 거라고 아무도 생각하지 않았다. 어둠이 지켜주고 있기 때문이었다. 불이 완전히 꺼지기 전까지는 통반장과 민방위대원의 불꺼! 소리보다 아이들 비명 소리가 더 크게 들렸다. 민방위대원은 이불을 뒤집어쓰고 보는 텔레비전 불빛도 귀신같이 잡아내어 창문을 두드려댔다. 텔레비전의 푸른 불빛이 완전히 없어질 때까지 민방위대원의 고함 소리는 창문을 떠나지 않았다. 중요한 물건을 찾느라 불을 조금만 켰다가 꺼도 사방에서 호루라기가 울리고 대문이 뒤흔들렸다.

등화관제가 시작되면 엄마와 아버지는 일찍 자리에 누웠다.

텔레비전도 켜지 못하니 할 일이 없다는 거였다. 강희 언니는 이날이면 꼭 목욕을 했다. 부엌 대야에 물을 받아놓고 하면 평소에 훤히 들여다보이는 뒷집 신경 안 써도 좋다고 했다. 정희 언니와 경수 오빠는 옥상에 올라가 불이 하나씩 꺼져서 결국 모두 깜깜해지는 것을 구경했다. 오빠가 기타를 들고 올라가 반주를 하면 정희 언니는 손을 모아 노래를 했다. 나는 주로 옥상 반열에 끼는 편이었다. 어느 집이 불을 끄지 않았는지 옥상에 올라가면 한눈에 다 보였다. 등화관제 날이 주는 장관이었다. 불은 누군가가 스위치라도 누른 것처럼 착착착착 꺼졌다가 다시 탁탁탁탁 켜졌다. 꼭 끝까지 불을 끄지 않는 집이 있었다. 그러면 우리는 모두 태산 같은 걱정을 했다. 전투기가 지나가다 표적이 되어 폭격을 당할 수도 있으니 말이다.

등화관제가 시작되기 20분 전에 살짝 집을 나섰다. 편지는 낮에 기호의 책가방 안에 넣어두었다. 체육시간이었고, 내가 제일 마지막에 나갔기 때문에 들킬 염려도 없었다. 물론 이름은 적지 않았다. '한판 붙자. 무서우면 혼자 나오지 마라'라고 적어뒀으니 분명 혼자 나올 것이었다.

아이들은 모두 와 있었다. 준비물을 체크했다. 쌀포대와 신문지, 손전등 그리고 부러진 의자에서 빼낸 나무몽둥이 등이었다. 문을 닫고 손전등을 켰다. 등화관제가 시작되려면 아직 시간이 남아 있었다. 손전등 불빛이 새어 나가지 않도록 창문부터 막아야 했다. 창문에 판자를 세우고 그 틈을 군용담요로 막았다. 완벽한 어둠은 실오라기 같은 빛도 허용하지 않았다. 희옥이와 성자가 몽둥이를 움켜쥐었다. 나와 주영이가 쌀포대를 들었다. 들고 있던 손전등을 꺼버리자 우리를 비롯한 창고 속의 물건들이 어둠 속으로 재빨리 사라졌다. 검은 공기를 마셨다가 거칠게 뱉어낸 우리들의 숨소리가 좁은 창고 안에 서서히 녹아들었다. 문득 뜨거운 숨소리를 비집고 누군가의 입에서 '더워'라는 소리가 새어 나왔다. 그 말에 아무도 대답하지 않았다. 후텁지근한 공기는 점점 더 우리를 조여왔다. 얼굴을 타고 흐른 땀은 목을 타고 이제 막 멍울진 가슴으로 흘러내렸다. 옷이 등에 달라붙었다. 몸 어딘가가 가렵기 시작했다. 너무나도 간절히 기호가 기다려졌다. 지금 기호가 오지 않으면 우리는 이대로 질식해버릴 것만 같았다. 그때 갑자기 사이렌이 울렸다. 야간등화관제가 시작된 것이다. 소리가 울림과 동시에 희옥이가 검은 허공을 향해 몽둥이를 휘둘렀다. 흐흑. 헛몽둥이질에 힘이 빠졌는지 희옥이기 그 자리에 털썩 주저앉

앉다. 나는 흠칫 어깨를 떨었다. 땀이 두두둑 떨어졌다.

"일어나, 희옥아."

아직도 불을 끄지 않은 집이 많은지 멀리서는 연신 호루라기 소리가 울렸다. '끙' 신음을 흘리며 희옥이가 자리에서 일어났다.

불 꺼요. 불 꺼. 어이, 거기 불 끄라고! 민방위대원들의 목청이 가까이 들렸다가 멀어졌다가 했다. 그런데 발소리도 나지 않았는데 갑자기 문이 벌컥 열렸다. 이곳까지 까치발로 오다니 역시 기호는 비열한 데가 있었다. 안쪽이 더 어두워서인지 기호는 우리를 발견하지 못한 것 같았다. 어둠 앞에 멍하니 서 있던 기호가 한 발 창고 앞으로 다가왔다. 나는 쌀포대를 잡아당겨 주영이에게 신호를 주었다. 그리고 그것을 기호의 머리에서부터 아래까지 뒤집어씌웠다. 놀라 버둥거리는 기호의 다리를 걸어 바닥에 넘어뜨렸다. 덜컥 희옥이가 문을 닫았다. 세상은 완전한 어둠에 휩싸였다. 어둠이 우리를 보호해주고 있었다. 아무것도 거리낄 것이 없었다. 나는 눈을 감았다. 강희 언니가 떠올랐다. 유령 같은 강희 언니의 흰 얼굴이 떠올랐다. 나는 몽둥이를 높이 쳐들었다가 있는 힘껏 쌀포대를 향해 내리쳤다. 배도연이다. 나는 한 번 더 내리쳤다. 백기호다.

그러자 희옥이가 내 팔을 툭 쳤다. 자기 순서라는 뜻이었다. 희옥이가 몽둥이질을 했다. 퍽. 역시 힘이 있는 소리였다. 그다음은 성자, 주영이 차례였다. 우리는 장단이라도 맞추듯이 몽둥이를 들고 쌀포대를 내리치기 시작했다.

 어깨에 힘이 들어가서 뻣뻣하게 굳는 느낌이었다. 팔이 덜덜 떨렸다. 한 바퀴 돌고 나니 겁이 났다. 다른 아이들도 마찬가지였는지 한 대씩 내리치고는 어둠 속에서 빛나는 서로의 눈동자만 흘깃거렸다. 누군가가, 나 아닌 다른 누군가가 다시 내려치기를, 아니 내가 따라 나갈 수 있게 나 아닌 다른 누군가가 저 창고문을 열고 먼저 도망가기를……. 세상이 정지된 듯 고요했다. 야단스럽게 울려대던 호루라기 소리도 들리지 않았다. 고요 속에서 쌀포대가 바스락거렸다. 그 작은 소리가 천둥처럼 우리 귀를 울렸다고 생각했을 때, 희옥이가 들고 있던 몽둥이를 다시 내리쳤다. 명절날 떡을 치는 것처럼 우리는 번갈아가며 쌀포대를 내리쳤다. 다른 사람의 차례가 되면 우리는 얌전히 기다려주었다. 우리는 차례를 잘 지켰다.

 팔이 아프고 힘이 빠지면 쉬었다가 내리쳤다. 고함을 지르며 반항하던 기호도 조용해졌다. 가끔 목구멍 밑바닥을 긁어대는 신음 소리를 흘리긴 했지만, 동정심은 들지 않았다. 정신

없이 가루가 되도록 깨부숴놓고 말 것이라고 생각했는데, 그게 안 되었다. 시간이 지날수록 폭력 자체에 대한 공포심이 우리를 둘러쌌다. 점점 몽둥이를 내리치는 간격이 길어졌다. 자기 순서가 다가오는 게 두려웠다. 먹을 게 없는 제사상을 들여다보는 엄마처럼 우리 입에서는 도망치고 싶은 겁쟁이들의 한숨이 깊이 새어 나왔다.

높이 올라간 성자의 몽둥이가 뚝 멈추었다. 멀리서 야간등화관제 해제 사이렌이 울린 것이다. 해제 사이렌 소리는 장대비처럼 우리 머리 위로 쏟아졌다. 너무나 간절히 원해서 눈물이 날 지경이었다. 서로 한마디도 하지 않고, 헐떡이는 숨소리도 숨겨가며 몽둥이만 내리치던 우리는 들고 있던 것을 집어던지고 어둠 속을 향해 냅다 달리기 시작했다. 12시가 지나면 마차 대신 늙은 호박을 타고 가야 하는 신데렐라처럼 우리는 우리에게 주어진 어둠이라는 마법이 풀리기 전에 달려야만 했다. 우리가 벌인 일은 우리 자신마저도 보이지 않던 완벽한 어둠 속이었기 때문에 가능한 일이었다. 등 하나라도 켜지기 전에 우리는 이곳을 벗어나야만 했다.

교문을 벗어나 산복도로를 달리기 시작했을 때 학교 아래 펼쳐진 산동네의 집에서 하나씩 둘씩 불이 켜졌다. 1초 아니

10분의 1초 간격으로 집집마다 불이 켜지는 것이 보였다. 하얀빛은 형광등, 노란빛은 백열등이다. 집의 옥상에서 보던 것과는 또 달랐다. 그것은 하늘에서 이 땅을 향해 쏘아 내리는 불꽃축제였다. 오늘 임무를 성공적으로 마쳤다는 축하의 메시지였다. 불꽃은 점점 커져 동네를 가득 메우고 그럴수록 우리의 달리기 속도는 점점 빨라졌다. 잘 가라는 인사도 없이 수고했다는 격려도 없이, 인생 최초의 완전범죄를 완성시킨 우리는 각자의 집으로 뿔뿔이 그러나 힘껏 달려갔다.

기호는 학교에 오지 않았다. 점심시간이 지나자 선생님은 기호가 병원에 입원했다는 소식을 우리에게 전했다. 어젯밤 등화관제를 마칠 시간 즈음해서 집으로 돌아가던 기호가 찻길을 건너면서 버스에 치여 교통사고를 당했다는 것이다. 사고를 낸 운전기사 말로는 등화관제가 끝나면서 버스가 운행을 시작했고, 갑자기 찻길로 뛰어드는 아이를 미처 보지 못했다고 했다. 선생님은 회초리를 휘두르며 고함을 질렀다.

"등화관제 때 뭣하러 밖으로 싸돌아다녀! 선생님이 몇 번이나 말을 했나? 그냥 불 끄고 잠이나 자라고 했잖아. 왜 싸돌아다녀?"

목격자들은 전했다. 버스가 오고 있는데도 마치 넋이 빠진 것처럼 아이는 찻길로 뛰어들었다. 아이는 버스에 부딪히는 순간 몸이 엿가락처럼 휘어지며 하늘로 붕 날아올랐다.

그래서 우리는 위안할 수 있었다. 어쨌든 우리 때문에 병원에 입원한 것이 아니었다. 기호는 교통사고였다. 선생님이 함께 병원에 가볼 사람은 손들라고 했지만 손을 든 아이는 현성이를 비롯한 패거리들뿐이었다. 쉬는 시간이 되고 우리는 화장실로 몰려갔다. 모두 팔짱을 끼고 있었다. 손톱을 물어뜯거나 머리카락을 배배 꼬기도 했다. 서로의 눈을 마주치지 않으려고 먼산바라기를 하거나 바닥을 보거나 벽에 묻은 오래된 낙서를 보았다. 실내화를 벗었다 신었다 하며 희옥이가 손가락 마디를 억지로 구부려 톡톡 소리를 냈다. 희옥이는 불안해 보였다. 자신이 가장 많이 몽둥이를 휘둘렀다고 생각하고 있는 게 분명했다. 희옥이가 뭐라고 중얼거렸다. 아무도 반응이 없자 희옥이는 다시 말했다.

"병원에 가봐야 하는 거 아냐?"

아이들이 모두 희옥이를 노려봤다. 희옥이가 '그게 아니라' 하면서 덧붙였다.

"차가 오는지 안 오는지 그것도 모를 정도로 바보가 돼버린

게, 그렇게 정신없었던 게 나 때문인가 싶어서……. 뭐가 탁 하고 내 손에 느낌이……, 딱딱한 적이 두어 번 있었는데……. 그게 머리를 맞았던 게 아닐까 해서……."

"그 창고에서 기호가 한 못된 짓을 생각해봐. 우린 아무 일도 안 했어."

내가 말했다. 아이들이 고개를 끄덕였다. 주영이가 내 말에 아퀴를 짓듯 단호하게 내뱉었다.

"교실로 가자. 몰려다니지 말고."

수업을 마친 후, 나는 두고 온 손전등을 찾으러 창고로 갔다. 창고문은 여전히 가짜로 잠긴 채 방치되어 있었다. 아침에 누군가가 들어왔는지 쌀포대는 아무렇게나 쌓인 책상 위에 걸쳐져 있고, 몽둥이로 썼던 나무도 한쪽으로 치워져 있었다. 손전등은 보이지 않았다. 창문은 막힌 그대로였다. 창고 안이 워낙 어두우니 창문이 막힌 걸 아직 발견하지 못한 모양이었다. 나는 쌀포대를 집어 들었다. 쌀포대에 검은 얼룩이 져 있었다. 창고문을 열고 밝은 곳에서 보니 핏자국이었다. 쌀포대를 둘둘 뭉쳐 창고 구석에 밀어 넣었다. 쌀포대를 치우자 어젯밤에 아무 일도 일어나지 않은 듯 바닥은 말끔해졌다. 나는 조용히 밖으로 나와 창고문을 닫았다. 이제 창고에 올 일은 없을 것이다. 나는 잠시 눈을 찌푸렸다. 바깥은 창고에 들어오기 전보다 더 눈부시게 밝았다. 순간 축축한 것이 아랫도리에 느껴졌다. 오줌을 싼 것도 아닌데, 축축하고 끈적했다. 기분이 좋지 않았다. 창고 주변에는 아무도 없었다. 손을 팬티 속에 집어넣었다. 손가락 끝에 거무스름한 피가 묻어 나왔다. 나는 놀라지 않았다. 성숙한 여자에게서……라는 말이 머릿속에 떠올랐기 때문이었다. 고개를 뒤로 돌려 엉덩이께를 보았지만 바지에는 묻어나지 않았다. 다행이었다.

사건 이후 우리는 함께 뭉쳐 다니지 않았다. 누가 시킨 것도 아니었는데 각자 다니거나 둘씩 다니거나 했다. 하긴 뭉쳐 다닐 이유도 없었다. 거세게 방어할 누군가가 사라졌기 때문이었다. 아니, 우리는 서로를 보는 것이 불편했던 것이 틀림없었다. 기호가 빠진 학교는 심심할 정도로 조용하고 평화로웠다.

기호가 병원에 입원해 있는 동안 학교가 또 한 번 뒤집어졌다. 기호의 부모가 찾아온 것이었다. 기호 부모는 아이 때린 범인을 잡겠다고 매일 아침마다 교실을 돌아다니며 악을 써댔다. 하지만 범인은 잡지 못했다. 범인 비슷한 애를 봤다는 소문도 나지 않았음은 물론이었다. 기호 부모는 교통사고로 머리가 어찌 된 아들의 착각이었다고 결론을 내릴 수밖에 없었다.

발바닥 상처는 징그러운 흉터를 남기고 아물었다. 이제 녹슨 못은 절대로 밟지 않겠다고 결심할 즈음 기호가 퇴원을 했다. 한 달 만이었다. 목발을 짚고 다리를 절면서 기호는 교실에 들어왔다. 쉬는 시간이 되자 기호 자리로 남자아이들이 몰려갔다. 하지만 이제 그들 중 그 누구도 기호를 두려워하지 않았다. 주먹이 세도 달리기에서 지면 남자는 끝이었다. 기호는 달릴 수 없었다. 달릴 수 없는 기호는 아무것도 아니었다. 가끔 기호 옆을 지나면서 미선이마저 혀를 쏙 내미는 것을 보면 기호는 별로 살아 있을 이유가 없어 보이기도 했다.

# 낙화

 일요일이었다. 아버지와 엄마는 친척 계모임이 있어서 오전부터 나가고 없었다. 시험기간이라 경수 오빠와 정희 언니는 도서관에 갔다. 집에는 나와 강희 언니뿐이었다. 아침 설거지를 하고 집 안 청소를 마친 강희 언니는 방에 들어가 자는 듯 누워 있었다.

 오늘은 배도연 선생의 결혼식 날이었다. 나는 그 어떤 말로도 언니를 위로할 수 없음을 알았다. 텔레비전도 켜지 않고 나는 마루에 걸터앉아 마당을 내다보고 있었다. 오후의 정적이 우리 집 마당으로 다 모여든 것 같았다. 마당은 먼지 한 올도 일지 않았다. 불안했다. 나는 벌떡 일어나 언니가 자고 있는 방으로 들어갔다. 이부자리는 금방 누웠다 일어난 자리 같지 않게 정갈했다. 나는 방방마다 문을 열고 언니를 불렀다. 부엌에도 안방에도 오빠 방에도 언니는 없었다. 마당으로 내려섰다. 언니가 마당을 가로질러 대문 밖으로 나가거나 화장실 가는 것을 보지 못했다. 언니는 그 실오라기 같은 몸을 어떻게 숨겨 현관문을 열고 나간 것일까. 언니는 처음부터 방이 아니라 화장실에 있었던 것일까. 화장실 문은 안으로 잠겨 있었다. 나는 화장실 문이 떨어져라 두드리기 시작했다. 겁이 났다. 연락할 곳이 없다. 모두 바깥에 있다!

"언니! 문 열어! 언니!"

내가 비명을 지름과 동시에 누군가가 대문을 뒤흔들었다.

"무슨 일이야? 수희야! 문 열어!"

대문을 열자마자 미정 언니가 뛰어들어왔다.

"너 가서 딱딱한 종이나 책받침 뭐 그런 것 좀 가지고 와."

나는 얼른 책받침을 갖다주었다. 책받침을 화장실 문틈으로 넣고 아래위로 움직이자 찰칵 문고리 벗겨지는 소리가 났다.

"이럴 줄 알았다. 예감이 이상하더라니까."

화장실은 온통 피투성이였다. 강희 언니의 얼굴은 핏기가 모두 빠져나가 하얗다 못해 파르스름했다. 피는 손목에서 아직도 솟아나는 것 같았다. 엉엉엉 나는 큰 소리로 울음을 터뜨리고 말았다. 미정 언니가 내 볼을 탁탁 쳤다.

"가서 택시 불러. 빨리!"

대문 바깥은 다른 세상 같았다. 아무 일도 없다는 듯이 햇살은 골목을 가득 데워놓았고, 사람들이 느릿느릿 지나가고 있었다. 나는 그 속을 질주하기 시작했다. 포플러나무 그늘을 지나고, 계단을 두 칸씩 건너뛰고 지나가는 사람들과 부딪히면서 넘어지고 다시 일어서 달렸다. 도로 위에 서서 나는 팔딱거리며 손을 흔들었다. 사람이 탄 택시든 자가용이든 버스든 상관없었다. 택시! 택시! 나는 그들을 향해 고함을 질렀다. 세상에 태어나서 내가 그렇게 크게 소리를 지른 것은 아마 처음일 것이다. 곧 팔목을 옷가지로 칭칭 동여맨 강희 언니를 업고 미정 언니가 나타났다.

"선생이 그럴 수 있어? 나쁜 놈. 두 번씩이나 유산시키고. 지가 그럴 수 있는 거야? 남의 신세 망치고, 남의 인생 작살내고 어디 얼마나 잘 사는지 두고 보자. 나쁜 놈. 도둑놈! 이 병신, 억울하게 니가 왜 죽어? 살아야지. 악착같이 살아서 복수해야지."

미정 언니는 택시기사가 듣든지 말든지 이를 앙 사리물고 으르렁거렸다. 백미러로 뒤쪽을 흘끔거리는 기사의 눈길이 느

꺼졌다. 강희 언니를 안고 눈물을 흘리며 연신 욕설을 퍼붓는 틈틈이 미정 언니는 빨리 가자고 기사를 재촉했다. 기사가 비상등을 켰다. 부웅 액셀을 밟자 택시 밑바닥에서부터 기분 나쁜 진동이 느껴졌다. 택시는 신호도 횡단보도도 무시하고 달리기 시작했다.

응급실에는 사람들이 웅성거리고 있었지만 비어 있는 침대가 두어 군데 보였다. 미정 언니는 강희 언니를 빈 침대에 눕히고 링거를 들고 지나가는 간호사를 붙잡았다.

"피가 멈추지 않아요. 손목을 그었어요. 어떻게 좀 해주세요."

강희 언니의 팔목을 감은 미정 언니의 옷은 핏물이 배어나와 벌겋게 물이 들어 있었다. 그것을 본 간호사의 얼굴이 일그러졌다.

"피가 이렇게 흐르는데 팔을 높이 들어 올리고 오셨어야죠!"

언니의 팔을 높이 들어 올린 채 짜증 섞인 목소리로 간호사가 소리쳤다.

"치료부터 하고 사진도 찍어봐야 하니까 밖에서 좀 기다리세요!"

낙화 111

간호사가 아예 우리를 밀어냈다. 우리는 침대에서 조금 물러나 엉거주춤하게 서 있었다. 옆 침대에는 어린아이가 온몸을 떨면서 누워 있었다. 열심히 얼음찜질을 하고 있지만 아이의 열이 내리지 않는 모양이었다. 아버지인 듯싶은 남자가 체온계를 꽂아만 두고 언제 체온을 잴 거냐고 간호사를 향해 고함을 질렀다. 안쪽 침대에서는 아까부터 할아버지 한 분이 계속 소리를 지르고 있었다. 심각하게 모니터를 바라보는 침대 옆 가족들 사이로 간호사와 의사들의 바쁜 걸음이 마치 생명을 재촉하는 사형수의 시계 소리처럼 초조하게 들렸다. 응급실은 전쟁터였다. 고함 소리와 신음 소리와 울음소리가 뒤범벅되어 강희 언니의 손목쯤이야 아무것도 아니라는 생각이 들게 했다. 그들은 모두 살고 싶고, 언니는 죽고 싶은데 어떻게 한공간에 있는 것인지 의아한 느낌마저 들었다.

손에 찰싹 달라붙은 고무장갑을 벗겨내며 의사는 출혈이 심해 조금만 더 늦게 왔더라면 목숨을 건지기 어려웠을 거라고 했다. 저녁 늦게 부모님이 병원으로 달려왔다. 미정 언니를 붙잡고 무슨 일이냐고 물었지만 미정 언니는 아무 말도 하지 못했다. 아버지는 복도 벽을 보고 서계시기만 했다. 저러다 벽 속으로 들어가버리는 것은 아닐까 걱정이 될 정도였다. 이게 무슨 일이냐고 통곡을 하며 울던 엄마는 미정 언니를 비상계단으로 끌고 갔다. 엄마 성격에 배도연을 가만둘 리 없었다. 하지만 결국 엄마도 당하게 될 것이다. 칼을 들고 찍어도 흠집 하나 나지 않을 것 같은 미끈한 그 집 대문 앞에 서면 엄마는 다리가 떨려 얼어붙고 말 것이다.

미정 언니는 9시쯤 집으로 돌아갔다. 가면서 내 손을 끌었다. 엄마와 아버지가 언니 옆에 붙어 있는 걸 보고 나는 미정 언니를 따라갔다.

"남자 때문이라고만 했어. 그 남자가 오늘 결혼을 했다고, 그런데 뭐 하는 남자인지 나도 모른다고. 직장이 어딘지, 집은 더더군다나 모른다고 딱 잡아뗐어. 둘이 어떤 사이였는데 저년이 저런 짓을 하느냐고 어찌나 채근을 하시는지……."

강희 언니는 사흘 만에 퇴원을 했다. 집으로 돌아와서 언니는 무력증 환자처럼 멀뚱히 눈을 뜨고 천장을 보고 누워 있거나, 면벽을 한 채 미동도 하지 않고 앉아 있었다. 세수도 하지 않고 양치질도 하지 않았다. 머리를 빗지도 않고 속옷도 갈아입지 않았다. 강희 언니는 아무도 돌보지 않는 치매 환자처럼 지저분해졌다. 식구들은 건드리면 금방 터질 폭탄처럼 서로 쉬쉬 눈치만 봤다. 아버지는 일요일 아침이 되면 더 일찍 낚시를 가셨고, 나는 낚싯밥을 위해 더 빠른 시간에 버스를 타야 했다. 오직 엄마만이 인정사정없었다. 멍청하게 앉아 있다가도 벌떡 일어나 언니의 머리카락을 쥐어뜯으며 그놈이 누군지 말하라고 패악을 쳤다. 정희 언니는 공부를 하다 말고 훌쩍거렸으며 오빠의 귀가시간은 더 늦어졌다.

죽은 듯이 며칠을 보내던 강희 언니는 점점 이상 증세를 보이기 시작했다. 잠도 자지 못할 뿐 아니라 식사 후엔 화장실로 달려가 헛구역질을 하며 조금 전에 먹은 것을 모두 게워냈다. 낮이고 밤이고 이불을 뒤집어쓰고 흐느끼는 게 일이었다. 새벽에 깨어나 언니가 없어져서 식구들이 모두 찾느라 소동을 벌이는 일도 잦아졌다. 언니는 보통 옥상에 있었는데, 한번은 난간 위에 쪼그리고 앉아 몸을 흔들거리고 있어 우리 모두의 간담을 서늘하게 만들기도 했다. 그 후로 언니는 안방에서 부모님과 함께 잠을 잤다. 엄마는 언니의 손을 꼭 잡고 뜬눈으로 밤을 새웠다. 우리는 자다가도 안방문 열리는 소리만 나면 벌떡 일어나 마루로 나가보곤 했다. 평소 잠이 많아 자고 있으면 귀신이 업고 가도 모른다던 정희 언니조차 할머니처럼 잠귀가 밝아졌다. 그랬는데, 우리 가족을 모두 비웃기라도 하듯 어느 날 언니는 옥상에서 뛰어내려버렸다. 그것도 8시쯤 된 이른 저녁의 일이었다.

현성이 엄마가 고함을 지르며 대문이 부서져라 두드려댔다. 그 소리는 마치 우리 가족이 지금껏 애써 숨겨놓은 비밀을 아래에서부터 뒤흔드는 것 같은 느낌을 주었다. 각자의 방에 틀어박혀 있던 우리는 모두 마루로 튀어나왔다. 짧은 순간 서로의 얼굴을 훔쳐보며 우리는 공포에 질렸다. 그리고 우리 집에 무슨 일이 생겼다는 것을 직감했다.

언니의 머리에서 피가 흐르고 있었다. 수건으로 머리를 감싸고 아버지가 언니를 업었다. 지갑을 챙겨 든 엄마가 뒤따라 뛰었다. 나와 함께 발을 동동거리던 정희 언니가 에이씨라고 내뱉으며 세숫대야를 퍽 발로 찼다. 쿵. 오빠가 주먹으로 벽을 내리치더니 낮게 신음을 흘렸다. 우리는 모두 지겨워지고 있었다. 사랑을 잃은 강희 언니가 가엾어서 밤마다 이불로 눈물을 닦곤 했던 정희 언니도 이젠 그만했으면 하는 것이다. 그놈이 누구인지 잡히기만 하면 주먹으로 박살을 내고 싶었던 오빠도 사랑타령 때문에 온 가족을 불안에 몰아넣는 것도 모자라 또 자살을 결행해버린 큰누나에 대한 원망이 뭉클뭉클 솟아나는 것이다. 이제 큰언니는 해도 너무한 상태가 되어버렸다.

강희 언니는 다시 살아났다. 머리가 터져서 피가 나기는 했으나, 찰과상 정도라고 했다. 온몸에 멍이 들긴 했지만 다리도 멀쩡했고, 부러진 곳도 없었다. 우리 집이 자살을 하기에는 너무 낮은 단층이라는 사실을 몰랐을 정도로 언니는 정신이 나갔는지도 모른다. 대문 바깥으로 나와 있던 화단에 핏빛으로 처연하게 피어 있던 사루비아가 언니의 무게를 이기지 못하고 다 꺾여버렸다. 사루비아 옆에 서 있는 무궁화도 가지가 꺾였다. 무궁화는 막 낙화가 시작되고 있었다. 나는 제 몸을 돌돌 말아 봉오리를 꼭 다문 채 떨어진 꽃잎을 주워 손아귀에 움켜쥐었다.

다음 날, 회사에 휴가를 낸 아버지와 엄마는 강희 언니를 데리고 병원으로 갔다. 이 도시가 아닌 조금 먼 곳이라고 했다. 언니를 그곳에 남겨두고 저녁 무렵 집으로 돌아온 부모님은 절벽을 타 넘어온 사람처럼 해쓱한 얼굴이었다. 엄마는 밥을 할 생각도 하지 않고 이불을 펴고 누워버렸고, 아버지는 어두워지고 있는데 낚싯대를 챙겼다. 아무도 아버지를 말리지 않았다. 낚시 미끼를 사오라는 말도, 어디를 간다는 말도 없이 아버지는 훌쩍 대문을 나섰다. 어깨에 둘러멘 낚시 가방은 아버지보다 더 컸고, 낚싯대는 철근 더미처럼 무거워 보였다.

주말이 되면 집은 거의 텅 비었다. 엄마는 강희 언니가 있는 병원으로 면회를 가고, 아버지는 낚싯짐을 쌌다. 지렁이 심부름은 여전히 징그럽고 끔찍하지만 나는 그전과는 조금 다른 기분으로 충무동으로 가는 버스를 탔다. 내가 지렁이를 사가지 않으면 아버지는 분명 빈 낚싯대를 물에 던져두고 있을 것 같았다. 빈 낚싯대를 들고 있는 청승맞은 꼴은 죽어도 못 볼 것 같았다. 나는 아버지의 엄마라도 된 듯한 기분을 느꼈다. 납득할 수 없는 그 기분을 나는 나에게조차 설명할 수 없었다.

내가 처음 면회를 간 것은 입원 후 거의 한 달 만이었다. 엄마가 챙겨주는 짐을 받아 미정 언니와 나는 버스를 타고 시외버스 정류장으로 갔다.

"지금도 내 발등을 찧고 싶다. 강희 정신병원 들어갔다고 괜히 전화해서……. 그놈이 한번 가면 그래도 저 바보 같은 게 좀 나아질라나 싶어 부탁을 했는데, 들은 체도 하지 않더라. '와이프가 임신을 했는데……'라는 거다. 참 나 기가 차서. 개새끼."

나는 개새끼라는 말에 화들짝 놀라 미정 언니를 쳐다보았다. 미정 언니가 입에 담을 욕설이 아니었다.

"그렇게 져나보지 마. 그건 욕도 아니야. 사람보고 개라고 하면 그게 욕이지."

"누구?"

"얘가 무슨 뜬금없는 소리야? 배도연이 그 인간 말이야."

개새끼가 인간으로 격상되었는데도 '그 인간'이라는 말은 왠지 개새끼라는 말보다 더 하찮고 비루하게 들렸다.

"그런 인간 때문에 지 목숨을 끊으려고……."

미정 언니를 끌어안고 강희 언니는 석고상처럼 가만히 서 있었다. 강희 언니는 꽃씨 하나 피울 수 없는 메마른 황무지 같았다. 핏기 없는 얼굴에 머리는 풀어헤쳐져 도심 한가운데 데려다놓아도 어디서 왔는지 알 것 같은 모습이었다. 그런 언니를 보는 것은 정말 참을 수 없었다. 나는 언니의 팔을 두 손으로 잡고 마구 흔들었다.

"머리 좀 묶어! 이게 뭐야. 머리 좀 묶고, 정신 좀 차려! 진짜 미친 거야? 바보같이 이게 뭐냐고!"

면회실에 있던 다른 사람들이 흘깃거리고 나를 보았다. 미정 언니가 내 어깨를 잡았다.

"수희야, 언니는 지금 아픈 거야. 언니는 곧 나을 거지만 지금은 아픈 중이란 말이야."

"그래도 나는 싫어."

강희 언니가 두 손으로 내 얼굴을 감쌌다. 언니의 손이 따뜻했다. 원래 언니는 손이 따뜻한 사람이었다.

"미안하다. 언니 다 나았어. 아무렇지도 않아. 수희야, 언니 곧 나갈 거야."

화를 내서 미안하다거나 잘못했다는 말을 해야 한다고 생각했으나 나는 아무 말도 할 수 없었다. 언니, 빨리 나아라. 빨리 예전처럼 예뻐져라. 그리고 빨리 복수해라. 바보처럼 이러지 말고 빨리 일어나라. 나는 마음속으로 외쳤다. 마치 내 말을 들은 것처럼 강희 언니가 희미하게 웃었다. 미정 언니는 돌아오는 길에 내내 눈물을 질금거렸지만, 나는 울지 않았다.


아버지가 엄마도 몰래 배도연을 만났다는 사실을 나는 미정 언니로부터 들었다. 남포동의 다방인데 미정 언니와 함께 나갔다고 했다. 아버지는 울분을 참으며 이야기하느라 자주 목이 잠겼고, 배도연은 내내 고개를 숙이고 있었다고 했다.

"네놈 인생이 여기서 작살나도록 할 수도 있어. 그렇지만 내가 내 딸을 위해서 참는다. 저렇게 정신병원에 들어간 내 딸, 내 소중한 딸의 끝이 여기가 아니라는 것을 보여주기 위해서 내가 참는단 말이다."

아무 말도 없이 앉아 있는 배도연의 이마에서 땀이 솟았다고 했다. 한참 후에 양복 안주머니를 뒤적거리더라고 했다. 병원비에 보태라며 아버지한테 돈을 내밀었다고 했다. 아버지는 두툼한 그 봉투로 배도연의 뺨을 후려갈기고 다방을 나왔다고 했다. 배도연이 어떤 표정을 지었는지 미정 언니는 돌아보지 않았다고 했다. 그날 밤 아버지의 입에서는 처음으로 독한 술 냄새가 났다.

아버지는 정희 언니와 나를 불러 앉혔다.

"여자란 깨지기 쉬운 질그릇과 같아. 깨진 그릇으로 밥을 담아 먹고 싶은 사람은 없다. 그대로 버려지는 거다."

아버지의 말을 나는 수긍할 수 없었다. 여자가 질그릇으로 비유되는 것부터가 기분이 나빴다. 여자는 그냥 사람이다. 질그릇도 아니고 접시도 아닌 남자와 똑같은 인간인 것이다.

"정희야, 수희야, 자기 몸은 자기가 지켜야 한다. 결혼하기 전까지 너희는 자기 스스로 지켜야 할 몸이 있는 것이다. 남자가 하는 말을 믿지 마라. 책임지겠다는 남자의 말만큼 가벼운 것은 없다."

아버지는 담배를 피워 물었다. 방문을 나서면서 나는 아버지를 보았다. 안방은 뿌연 담배 연기에 휩싸여 있어서 표정을 잘 읽을 수 없었지만 아버지는 무척 피곤해 보였다.

강희 언니는 이제 공식적인 환자가 되었다. 우리 가족 내에서 강희 언니는 정신병원에 입원한 큰딸이었다. 그것을 인정하고 나니 엄마나 아버지 대하기가 한결 수월해졌다.

## 영부인

 6학년이 되었다. 우리는 이유를 알 수 없는 학교 사정상 편반 되지 않고 담임만 바뀐 채 그대로 올라갔다. 기호를 1년 더 가까이서 봐야 했지만 나는 아무렇지도 않았다. 앙다문 이 사이로 침을 찌익 뱉으며 아이들에게 욕설을 퍼부어대던 기호는 시간이 지날수록 바싹 마른 콩깍지처럼 얼굴이 누렇게 떴다. 아직은 쌀쌀한 봄날, 겨드랑이 닿는 부분에 헝겊을 감은 목발을 따뜻한 담벼락에 기대어놓고, 노인네처럼 혼자 해바라기하는 모습이 종종 눈에 띄었다.
 조용하고 순진하던 5학년도 6학년이 되면 광기 현상을 보인다고 걱정하던 선생님들의 우려와는 달리 우리는 고요한 1년을 보냈다. 기호의 창고 집단폭행 사건이 사실이라는 소문이 아이들의 귓전을 간질이며 교실과 복도 사이를 돌아다녔다. 힘깨나 쓴다는 남자아이들은 여전히 어깨를 건들거리며 돌아다녔지만 누군가가 자신을 표적으로 삼을 수도 있다는 사실을 염두에 두고 있는 것 같았다. 고무줄을 끊어가는 것도, 더러운 욕설을 퍼붓는 것도, 아이스케끼를 외치며 치마를 들추는 짓도 그들의 특권인 양 계속되었지만 그 손짓에서 예전에는 없었던 머뭇거림이 느껴졌다. 어쩌면 그 머뭇거림은 우리들만이 느끼고 있을지도 몰랐다. 아니, 우리는 그렇게 느끼고 싶었다. 그들이 보이지 않는 어떤 힘을 두려워하기를 바랐다. 우리는 그들 중 누구도 두렵지 않았다. 우리는 어떤 깡패보다 우리가 다시 뭉친다는 사실이 가장 두려웠다. 그 두려움이 우리를 아이답지 않게 만들었다.

여름이 가까워오면서 나는 현성이와 좀 친해졌다. 현성이를 가까이에서 다시 만난 것은 과외 때문이었다. 중학교에 올라가 우수 그룹에 속하기 위해서는 혼자 공부만으로는 좀처럼 어려운 일이었다. 1학기 시험이 끝난 후 나는 작정을 하고 아버지를 졸랐다. 정희 언니가 마음에 걸리는지 아버지는 곤란하다는 표정을 지었다. 하지만 정희 언니보다 공부를 길힌다는 사실이 아버지는 몰라도 엄마는 움직이게 한 것 같았다. 썩 유쾌한 낯빛은 아니었지만 나는 엄마로부터 저렴해야 한다는 것을 조건으로 과외를 해도 좋다는 허락을 받아냈다. 머리는 좋으나 대학은 가지 못한 동네의 가난한 청년이 하는 과외집에서 나는 현성이를 보았다. 가까이에서 본 현성이는 작년보다는 확실히 키도 컸고 목소리도 달라졌으며, 코밑도 약간 거뭇거뭇했다. 몸에서 나는 냄새도 여자들과는 조금 다른 것 같았다. 괜히 기분이 야릇해지면서 공부가 잘될 것 같은 예감이 들었다. 학교를 마치면 집에도 들르지 않고 나는 과외집으로 내달렸다.

방학이 되면서 과외는 세 시간으로 늘어났다. 하루 꼬박 세 시간을 앉아 중학교 과정을 공부했다. 과외선생의 집은 창문 하나 없는 꽉 막힌 지하방이었다. 공기는 텁텁하고 눅진했다. 더운 선풍기 바람이 공부보다 우리를 더 질식하게 했다. 그래도 싫지 않은 시간이었다. 과외를 할 때는 남자와 여자 사이에 경계선이 생기곤 했는데, 나는 뭘 그런 걸 따지냐는 듯이 현성이 옆에 가서 풀썩 앉았다. 현성이와 나의 차가운 맨발이 부딪히면 나는 화들짝 놀라 발을 떼곤 했다. 수학책 밑으로 현성이의 편지가 들어오면 가는 발 많은 노래기가 기어 다니는 것처럼 가슴이 근질근질해졌다. 그럴 때마다 젖가슴이 한 뼘씩 커지는 기분이었다. 현성이가 편지를 보내면 나도 짧은 답장을 썼다. 답장을 쓸 때마다 나도 정확히 알지 못하는 문구들을 옮겨 적었다. 아버지 책꽂이에서 뽑은 릴케나 괴테의 시집에서 마음에 드는 말들을 베껴 적는 것이었다. 내 마음을 솔직하게 드러내 보이지 않으면서도 가장 멋있어 보이는 방법이 바로 그것이었다.

영부인이 총살당한 것은 광복절 기념식장에서였다. 범인은 김일성의 지령을 받은 문세광이라는 간첩이라고 했다. 검은 안경을 끼고 있었다. 대통령을 죽이려다가 옆에 있던 영부인을 잘못 맞힌 것이라고 했다. 텔레비전에서는 육영수 여사에 관한 방송을 하루 종일 방영했다. 늘 높은 올림머리를 하고 인자한 웃음을 짓던 영부인은 사진으로만 남게 되었다. 하얀 국화에 뒤덮인 영부인의 사진은 인자하게 웃는 모습이어서 더욱 슬퍼 보였다. 우리는 밤새도록 눈물을 흘렸다. 사람들은 더위도 몰랐다. 늘 싸우던 옆집의 활짝 열린 창을 통해 새어 나오는 것도 울음소리였다. 골목이 그렇게 울음으로 채워진 일은 처음이었다.

현성이는 신문에 나온 육영수 여사의 사진을 모두 스크랩해서 나에게 보여주었다. 우리는 처음으로 얼굴을 마주 대고 나란히 앉아 스크랩한 사진을 들여다보았다.

"어린이대공원에 가보자. 가서 명복을 빌어드리게."

영부인의 죽음으로 우리는 새로운 많은 단어들을 알게 되었다. 명복도 그중 하나였다. 저격, 분향, 추도, 영결식, 명복……. 나는 고개를 끄덕였다. 한 번도 가보지 못했지만 그곳에 '웃고 뛰놀자, 그리고 하늘을 보며 생각하고 푸른 내일의 꿈을 키우자'라는 육 여사의 친필 시비가 있다는 것은 알고 있었다.'우리는 과외를 빼먹고 버스를 타고 초읍에 있는 어린이대공원에 갔다.

공원은 사람들로 북적였다. 시비 앞에는 많은 사람들이 몰려 있었다. 꽃을 두고 가는 사람도 있고, 묵념을 하는 사람도 있었다. 우리도 그 앞에 서서 기도를 했다.

'제발 천당 가세요. 기호 같은 나쁜 새끼도 교통사고로 벌 받았으니 김일성이도 곧 벌 받아서 죽을 거예요. 목 뒤에 혹이 터져서 죽을 거예요.'

내가 김일성에게 쌍욕을 해대도 시비는 말이 없었다. 다만 우리 주위를 둘러싼 사람들의 흐느끼는 울음소리만 뜨거운 햇살처럼 다글거리며 피어오를 뿐이었다. 그때였다. 침을 뱉듯이 짧은 말 한마디가 햇살 속에 날아와 시비에 비수처럼 꽂혔다.

"박정희 개새끼."

나는 화들짝 놀라 뒤를 돌아보았다. 어디선가 피를 토하는 듯 절규하는 목소리가 들렸다.

"박정희는 물러가라! 유신헌법 철폐하라!"

한순간에 주변에 있던 사람들이 이리저리 흩어졌다. 뭔가 다른 구호가 하늘을 찌를 듯이 퍼지기 시작했으나 나는 그 소리를 듣지 못했다. 주파수를 잘못 잡은 라디오를 켜놓은 것처럼 세상이 구호로 왕왕거렸다. 어디에 숨어 있었던 것인지 경찰과 군인들 한 무리가 막힌 둑 터지듯 쏟아져 나왔다. 현성이가 내 손을 잡고 뛰기 시작했다. 버스 정류장까지 어떻게 뛰었는지 몰랐다. 현성이와 내 몸은 물에 흠뻑 빠진 꼴이었고, 잡은 손은 땀으로 범벅이 되어 미끌미끌했다. 버스가 우리 동네에 다다를 때까지 우리는 손을 놓지 않았다. 현성이도 나도 말을 하지 않았다. 대통령이 나쁘다는 말을 어떻게 해석해야 할지 혼란스러웠지만, 그 말조차 밖으로 내지 않았다. 적어도 그런 말을 꺼내었다가는 잡혀간다는 것 정도는 알고 있었기 때문이었다. 그런 말은 북한 공산당이나 지껄일 수 있는 말이었다.

'왜 대통령이 개새끼야?'

우리는 서로 얼굴만 바라보았다. 배도연이 개새끼인 것은 이해가 간다. 하지만 국모가 죽어서 슬프다는데 겁도 없이 박정희 개새끼라고 말하는 사람은 뭔가. 욕하는 그 사람이 오히려 더 무시무시하게 생각되었다. 감히 대통령을 향해 개새끼라는 욕을 백주대낮에 할 수 있는 사람들이 이 땅에 살고 있다는 사실을 나는 믿을 수 없었다. 대통령도 배도연만큼 나쁜 짓을 저질렀는지 궁금했다. 그러나 아무나 잡고 그렇게 물을 수도 없었다. 그런 질문 자체가 불순한 죄악이 된다는 것쯤은 우리도 알고 있었다. 대통령은 위기에서 조국을 구하고 도탄에 빠진 민생을 해결해준 영웅이라고 배웠다. 국토 및 경제개발계획, 조국근대화의 전기를 마련한 민족의 구세주였다. 1968년에 이미 나라의 근본을 바로 세우고자 국민교육헌장을 지은 대통령 각하가 아닌가. 아버지에게 물어봐야겠다고 생각했다. 나에게 아버지는 이 세상의 모든 비밀을 벗겨주는 중요한 열쇠를 가지고 있는 분이었다. 나는 아버지가 오기를 기다렸다.

주말엔 낚시를 떠나지만 평소 때 아버지는 늘 같은 시각에 집에 들어왔다. 여전히 오빠에게 훨씬 많은 관심을 쏟는 엄마와 달리 아버지는 딸들을 걱정스럽고도 아련한 눈빛으로 바라보았다. 밥 많이 먹어라, 공부 열심히 해라 같은 하나 마나 한 말을 하루도 빼먹지 않았다. 강희 언니 사건 이후로 난데없이 사랑한다라는 말을 덧붙여 집안 분위기를 오히려 어색하게 만들기도 했다. 아버지는 어떤 질문이라도 너그럽게 수용해줄 분이라고 나는 믿고 있었다. 나는 아버지 앞으로 다가가 앉았다.

"아버지, 오늘 누가 대통령 각하를 욕하던데요."

"뭐라고 하더냐?"

"개……새……끼라고."

나는 욕 부분에서 기어들어가는 소리로 말했다. 아버지는 욕설을 입에 담는 것은 개돼지나 하는 짓이라고 했다. 그러니 부모님 앞에서는 감히 흉내도 낼 수 없는 상스러운 욕설이었다. 담배 연기를 빨아들인 아버지의 뺨이 홀쭉하게 들어갔다. 아버지 얼굴이 호리병처럼 오목해졌다.

"어디서 들었니?"

"어린이대공원 육영수 여사 시비에 갔다가."

담배를 비벼 끈 아버지가 벌떡 일어나더니 내 등을 철썩 때렸다. 무방비하게 앉아 있던 나는 휘청하며 앞으로 고꾸라졌다.

영부인 129

"지금 시대가 어느 땐데 그 먼 곳까지 나가그래! 그러다가 데모 행렬에 휩쓸려 다치기라도 하면 어떡할 셈이야!"

나는 고개를 푹 수그리고 잘못했다고 다시는 그러지 않겠다고 기어들어가는 소리로 말했다. 속이 상한 것인지 아버지는 내 얼굴을 보려고도 하지 않았다.

안방에서 나오자 홀쩍거리는 내 꼴을 보고 오빠가 들어오라며 손가락질을 했다. 오빠는 요즈음 책상 앞에 앉아 착실히 공부하는 척했다. 물론 오빠가 공부하는 것이 아니라는 것을 나는 알고 있었다. 오빠는 항상 공책에다 뭔가를 잔뜩 적고 있었다. 가끔 신문기사를 오려서 붙이기도 했다. 오빠가 무슨 일을 하든지 책상 앞에만 앉아 있으면 엄마의 기분은 좋아졌다. 엄마에게는 그나마 다행한 일이었다.

"그러게 거길 뭣하러 가냐?"

오빠가 나를 보며 느물거렸다. 나는 눈이 찢어져라 오빠를 흘겨봤다.

"넌 몰라 임마. 영부인이 죽었지만 대통령은 마음속으로 낄낄낄 웃고 있을 텐데. 그러니 사람들이 개새끼라고 그러는 거지."

새로운 사실은 내 호기심을 자극했다. 부인이 죽었는데 낄낄낄 웃고 있을 남편이라니!

"왜 그렇게 대통령을 나쁘게 이야기하는데?"

"박정희는 독재자거든."

오빠는 매우 엄격한 얼굴로 말했다.

"독재자가 뭔데?"

"자기 마음대로 하는 나쁜 임금 같은 거다. 나중에 크면 알게 된다."

"나쁜 임금에, 나쁜 남편이기도 한 거야 그럼?"

"완전 바람둥이에 줄을 선 연예인이 수십 명이라더라. 그거뿐만이 아니야. 억울하게 죽은 사람은 또 몇 명이게."

오빠의 눈에 경멸 같은 게 어른거렸다. 오빠의 말이 사실이라면 더 큰일이다 싶었다. 나는 얼른 방을 나와버렸다. 그리고 마루에 앉아 텔레비전을 켰다. 대통령 얼굴이 보고 싶었다. 어떤 얼굴을 하고 있는지 확인하고 싶었다. 천하의 바람둥이인지는 몰라도 텔레비전 속의 대통령은 따라 죽을 것처럼 슬퍼 보였다.

텔레비전은 매일 눈물 천지였다. 앞유리만 남겨둔 채 하얀 국화로 빽빽하게 뒤덮인 영구차가 지나가는 길에 인파로 둘러싸인 서울의 거리는 비현실적으로 보였다. 온 나라의 국민이 대한민국 땅에서 빠져나와 좁은 텔레비전 화면 속으로 비집고 들어간 것 같았다. 어디서 저렇게 많은 사람들이 쏟아져 나왔을까. 이 여름 어디에 저렇게 많은 국화가 피어 있었을까. 사람들의 어디서 저렇게 많은 눈물이 흘러내릴까. 나는 멍하니 앉아 그 며칠 동안 텔레비전만 보았다. 영결식이 끝이 나도 영결식 장면은 계속 방영되었다. 나는 그 장면을 보고 또 보았다. 많은 사람들이 함께 슬퍼해준다는 것만으로도 슬픔은 위로가 되었다. 강희 언니도 텔레비전을 보고 있을까. 언니가 보고 있다면 저 큰 슬픔으로 언니의 상실감을 조금이라도 이겨냈으면 싶었다.

졸업을 하고 남학생과 여학생은 뿔뿔이 흩어졌다. 여자중학교가 둘이라 대부분의 여학생들은 둘로 나뉘어졌다. 희옥이와 나와 성자는 같은 학교이고, 주영이와 미선이는 다른 학교로 배정받았다. 버스를 타고 다녀야 하는 나와 달리 현성이는 걸어서 10분이면 되는 가까운 거리의 학교에 배정받았다. 과외 집에 가면 현성이를 볼 수 있지만 가끔 등굣길에서도 우리는 부딪혔다. 멀리서 얼굴을 보게 될 때 나는 나도 모르게 옷매무새를 가다듬곤 했다. 중학교 교모를 쓰고 교복을 입고 있으니까 현성이는 훨씬 어른스럽고 멋있어 보였다. 기호와 같은 학교에 배정받은 현성이는 늘 기호와 함께 다녔다. 현성이는 양손에 책가방을 들고 있었다. 하나는 목발을 짚는 기호의 책가방이었다. 기호를 보는 일은 괴로운 일이었다. 멀리서 보는 기호는 다리를 많이 절었다. 신체적인 변화가 성격까지 변화시킨 게 틀림없었다. 옆을 지나칠 때 기호는 빠른 걸음으로 내 시선을 피하고 고개를 숙인 채 지나가버렸다. 그럴 때 나는 나도 모르게 가슴에 손을 대었다. 생마늘을 씹었을 때처럼 맵고도 아릿한 느낌이었다. 어떨 때는 그 느낌이 제법 오래가 콧등이 시큰해지기도 했으나 나는 곧 더욱 뻣뻣해진 자세로 그를 바라보았다. 그런 날이면 심정은 아주 복잡해졌다. 예전의 백기호가 없어졌다는 것에 대한 안도감과 그가 내 눈앞에서 사라져버렸다는 어떤 결핍감 때문이었다. 성취감이 아니라 오히려 텅 빈 것 같은 패배감. 나는 그걸 알 수 없었다.

미정 언니는 한 달에 한 번씩 강희 언니에게 면회를 갔다. 나는 엄마를 따라가지 않고 미정 언니를 따라갔다. 엄마가 강희 언니에게 하는 말이나 행동을 옆에서 보고 싶지 않았기 때문이다. 강희 언니는 조금씩 나아지는 것 같기도 하고, 처음 그대로인 것처럼 보이기도 했다. 사랑을 잃는다는 것이 사람을 저토록 황폐하게 만드는 일일까, 어떤 의사가 사랑의 배신을 치유할 수 있을까라는 처음의 의심과 마찬가지로 여전히 나는 병원이 사랑을 잃은 상처를 치유해주리라 믿지 않았다. 병원은 그저 그녀가 잠시 사랑이 존재했던 세상과 떨어져 있기 위한 방편일 뿐이었다.

강희 언니는 머리도 짧게 잘랐다. 나 때문인 것 같아 미안했지만 짧은 머리가 깔끔한 느낌을 주어 보기 좋았다. 두 사람이 팔짱을 끼고 정원을 거닐면 나는 뒤에서 꼬리처럼 졸래졸래 따라다녔다. 강희 언니는 거의 말을 하지 않았는데, 퇴원하기 전에 나를 보는 것도 아닌 그렇다고 미정 언니를 향한 것도 아닌 시선으로 그런 말을 했다.

"아버지가 편지했더라. 사람마다 살면서 큰 시련이 있기 마련인데, 너는 아마 시련이 빨리 온 것 같다고······."

강희 언니는 내가 중학교 1학년, 여름이 한창일 때 세상으로 돌아왔다. 이미 사라진 자신의 사랑보다 더 낡고 퇴색된 채로였다. 핏기도 표정도 없는 언니 얼굴은 문방구에서 파는 종이 인형 같았다. 아버지는 마당에 들어선 언니의 야윈 어깨를 가만히 껴안아주었다. 잘 왔다. 그 말 한마디를 내뱉을 뿐이었다.

## 아버지

그리고 죽음은 우리 집에도 찾아왔다. 낚시 갔던 아버지가 거짓말처럼 주검이 되어 돌아온 것이다. 그날은 새벽부터 바람이 거세었다. 대문 밖 화단에 무궁화, 백일홍, 사철나무들이 바람에 흔들려 온몸이 뒤엉키는 소리가 요란했다. 서로 부딪히고 흩뿌려서 몸살을 앓는 듯했다. 현관 앞에 서서 우산을 그러쥔 채 낚싯밥을 사러가겠다고 하자, '비바람 치는데 그냥 됐다' 아버지가 말씀하셨다. 대문 밖을 흘낏 내다본 아버지가 무궁화나무 가지가 또 꺾였구나 중얼거리듯 말씀하셨다. 엄마가 낮게 한숨을 쉬었다. 비바람 부는 날 낚시 간 것이 한두 번도 아니고, 말릴 수 없다는 걸 알았다. 낚시가 이제 아버지에게는 어떤 구원 같은 것이라는 것을 우리 식구들은 알고 있었다.

"그렇게 기다리던 딸이 왔는데, 어째 일요일만 되면 기어이 나가려고 그래요."

"오늘 같은 일요일날, 하루 종일 얼굴 마주 보고 있어야 할 건데 그 애가 얼마나 힘들겠어. 다녀오리다. 오후 되면 바람도 괜찮아진다니까 걱정하지 말고……."

아마도 바위에서 낚시를 하다가 파도에 휩쓸린 모양이라고 했다. 낚시 가방은 어디로 떠내려갔는지 보이지 않고 낚시 의자만 남아 있었다고 했다. 그것도 저녁때가 다 되어서야 바위 틈 사이에 끼여 있는 아버지를 다른 낚시꾼들이 발견했다는 것이다.

지나고 생각해보면 아버지의 장례만큼 허망한 일도 없었다. 나는 아버지가 그렇게 빨리 우리 곁을 떠날 것이라고는 한 번도 생각해본 적이 없다. 죽음을 위한 절차는 누군가가 정해놓은 것처럼 착착 진행되었고, 살아 있을지도 모르는 아버지는 무자비하게 포장되었다. 아버지의 몸 구석구석 구멍 난 곳을 무명으로 틀어막고 삼베로 칭칭 감으니 아버지는 제 몸을 번데기처럼 칭칭 감아 떨어져 있던 무궁화와 꼭 닮아 있었다. 강희 언니는 아버지의 시체를 붙잡고 오래오래 오열했다.

상복을 입고 손님을 맞이하는 오빠는 납덩이처럼 무거워 보였다. 기계처럼 작은아버지가 시키는 대로 절을 하고 앉았다 일어서고를 반복하다가도 문득 우리가 있는 쪽을 물끄러미 바라보았다. 그럴 때 오빠의 얼굴은 뿌리째 시들어버린 나무 같았다. 물을 주어도 흡수하지 못하고 흙 속으로 모두 흘려보내고 말 것 같았다. 눈물을 흘리지 않는데도 오빠의 눈은 장례식을 하는 사흘 내내 충혈되어 있었다.

현성이와 현성이 부모가 왔다가 갔다. 현성이 엄마가 엄마를 붙들고 엉엉 우는 동안 현성이는 조용히 내 앞에 앉아 있었다. 희옥이와 주영이 그리고 미선이가 왔다. 미선이가 내 손을 잡고 울먹였다. 중학교에 가면서 미선이는 조금 똑똑해지고 많이 예뻐졌다. 미선이가 말했다.

"기호 그 새끼가 너네 아버지 돌아가신 거 잘됐다고 킬킬거리고 돌아다닌다더라."

주영이가 미선이를 꼬집었다. 나는 아무렇지도 않았다. 그저 그런 식으로 위안을 받는 기호가 불쌍하게 생각될 뿐이었다.

강희 언니는 아무것도 먹지 않았다. 오로지 울기만 했다. 아버지의 영정 앞에 엎드려 온몸의 물기란 물기를 모두 쏟아내고 있었다. 사흘째 되던 날, 마당에 쳐 있던 차일이 걷혔다. 아버지를 영구차에 실었다. 아버지의 목숨을 거둬 갔던 바람과 비는 지구 어느 깊은 곳으로 들어갔는지 고요하기만 했다. 해는 빛났고, 조용하게 부는 바람은 서늘했다. 그 바람 속으로 까치가 울었다. 강희 언니는 영구차를 함께 타지 못했다. 마당에 나온 아버지의 관을 보는 순간 강희 언니는 쓰러지고 말았다. 현성이 엄마가 강희 언니를 업었다. 사람들이 줄초상 나겠다고 혀를 끌끌 찼다. 엄마가 무표정하게 굳은 얼굴로 택시를 잡는 현성이 엄마를 보고 있었다.

아버지를 선산에 묻고 우리는 시골 작은아버지 댁에서 하룻밤을 잤다. 엄마는 작은엄마와 이야기를 나누다가 아이고아이고 밤 내내 곡소리를 냈다. 엄마의 곡소리가 들릴 때마다 작은아버지가 계신 건넌방에서 어험어험 헛기침 소리가 들렸다. 소리 내어 울 수도 없다니 남자는 참 불편하겠다 그런 생각이 들었다. 아버지의 사진을 들고 대나무 지팡이를 짚고 선두에 서서 산을 올랐던 오빠는 이리저리 뒤척거리며 잠을 자지 못했다. 아니 오빠뿐만 아니었다. 우리는 모두 잠들지 못했다. 정희 언니나 나 역시 마찬가지였다. 아버지는 죽음으로써 우리 가족들 간의 관계를 더 가깝게 만들어놓은 것일까. 피곤한데 어서 자, 오빠가 말하고, 오빠 힘들 텐데 눈이라도 좀 붙이지, 정희 언니가 말했다.

새벽에 잠깐 잠이 들었다가 벌떼 같은 것이 웅웅거리는 소리에 깼다. 바깥마당이 훤했다. 창호지문 너머로 허연 빛이 뭉쳐 있는 것 같았다. 방문을 열고 밖으로 나간 나는 그 자리에 털썩 주저앉고 말았다. 마당에, 마당 한가운데에 아버지가 서 계셨다. 콧구멍도 입도 귓구멍도 막지 않았다. 낚시하러 가던 날 아침에 입었던 똥색 체크 남방에 감색 면바지 차림이었다. 귀신인가. 팔다리가 덜덜 떨렸다. 방문을 열고 다시 들어가려고 했으나 다리가 꼼짝달싹도 하지 않았다.

"수희야! 나다. 아버지다."

이가 딱딱거리고 턱이 달달거렸다. 겁이 나면서도 나는 아버지에게서 눈을 떼지 않았다. 아버지는 다가오지 않고 마당 한가운데 그대로 서계셨다. 나는 용기를 내어 아버지를 불렀다.

"아버지!"

"내가 부탁이 있어서 왔다. 강희, 니 큰언니, 내가 죽은 걸 저 때문이라고 생각할까 봐 그래서 다시 병원에 들어갈까 봐 아버지가 무섭구나. 그게 아니다. 아버지가 죽은 건 아버지 불찰이다. 니 큰언니…… 니가 잘 보살펴라. 부탁한다."

"아버지!"

그 말을 끝내자 아버지는 순식간에 사라져버렸다.

나는 작은엄마가 흔들어 깨우는 바람에 눈을 떴다.

"수희야! 왜 여기서 자고 있어? 마루는 추울 텐데. 수희야, 들어가서 자. 들어가서 아침밥 먹기 전까지 조금 더 자."

나는 아버지를 본 사실을 그 누구에게도 말하지 않았다. 말을 해봤자 아무도 믿지 않을 것이기 때문이다. 우리가 집에 도착했을 때는 저녁 무렵이 다 되었을 때였다. 강희 언니는 먼저 집에 와 있었다. 집을 깨끗하게 청소해놓고 저녁밥을 해놓고 기다리고 있었다. 나는 손을 씻고 밥상을 편 뒤에 행주로 닦고 수저를 놓았다. 반찬을 올리고 밥그릇에 밥을 폈다. 강희 언니가 시래깃국을 밥상 위에 올리자 마루에 멍하니 앉아 있던 엄마가 왔다. 우리는 밥을 먹었다. 밥은 아주 맛있었다.

우리 집은 깊은 적막이 깃들기 시작했다. 적막 속에서 남은 식구들이 그림자도 없이 왔다 갔다 하고 있었다. 하지만 엄마는 적막을 오래 견디지 못하는 사람이었다. 이 일 저 일 분주하게 외출이 잦던 엄마가 어느 날 우리에게 선언했다.

"세상일이란 게 한 치 앞도 알 수 없다더니 이제 어떻게 살아야 할지 막막하다. 강희 병원비로 빚도 이만저만이 아니고, 인형 눈알 붙여서는 우리 식구 눈알 하나도 제대로 뜨게 할 수가 없으니……. 먹는 장사가 남는 장사라고, 국밥집 하는 둘째 이모가 도와주겠다고 한번 해보라고 하는데……."

잠시 엄마가 말을 멈추고 우리를 둘러보았다. 둘러앉은 가족들 누구도 입을 떼지 않았다.

"국밥집을 해야겠다."

아무도 이의를 달지 않았다. 그날부터 부지런히 발품을 팔던 엄마는 3주 후, 평생 쓰지 않을 것 같던 아버지의 퇴직금을 털어 국밥집을 시작했다. 재개발지 근처로 목이 괜찮다고 했다. 큰 도로에서 약간 벗어난 곳이지만 주변에는 식당들이 더러 눈에 띄었다. 작은 방이 두 개 달린 열 평 남짓한 공간이었다. 어쩔 수 없이 이사도 해야 했다. 모든 게 갑작스러웠고 또 모든 게 절박했다. 오랫동안 함께 지내온 이웃과 서운함 같은 것들을 나누는 것조차 사치로 느껴질 정도였다. 정희 언니는 대학 가고 싶다는 소리 한마디 하지 못한 채 수업이 끝나면 주산학원에 다녀야 했다. 아버지도 돌아가시고, 대학을 못 간 것은 강희 언니도 마찬가지였으니 끝까지 고집을 부릴 수 있는 처지도 아니었다. 그러니 말 한마디 못 한 것이지만 정희 언니는 대학에 대한 미련을 버리지 못했다. 오빠는 과외를 그만둔 채로 고3을 보냈다. 나 역시 과외를 그만두었다. 현성이가 마음에 걸렸으나 나는 담담하게 과외집을 나왔다. 아버지의 죽음은 과외를 그만두는 나를 한층 성숙하게 만들어주는 것 같았다. 편지할게. 변소 가는 척하며 따라 나온 현성이 내 등 뒤에 대고 나지막하게 말했다.

강희 언니는 엄마의 국밥집에서 일을 했다. 엄마가 일을 시작한 지 한 달도 되지 않아 식당 옆에 10층짜리 건물을 짓는 공사가 시작되었다. 대부분 사무실로 나가는 오피스텔 건물이라고 했다. 먼지와 소음 때문에 하루도 조용할 날이 없었지만 밥때만 되면 흙먼지를 뒤집어쓴 공사장 인부들이 제집처럼 꾸역꾸역 밀려들었다. 공사장 인부들의 외상장부까지 생겼다. 식당은 매일매일 잔칫집 같았다. 아침부터 저녁까지 엄마는 즐거운 비명을 지르며 바쁘게 뛰어다녔다.

"아버지가 지켜보고 계신 거야."

엄마는 이게 무슨 복이니 했다가 얼른 아버지의 은덕으로 돌리곤 했다. 밤만 되면 퉁퉁 부은 다리를 주무르며 끙끙 앓는 소리를 내면서도 엄마의 얼굴에는 웃음이 떠나지 않았다. 공사장 소음보다 더 시끄럽게 코를 골았지만 새벽이면 어느새 일어나 활짝 웃는 얼굴로 아침손님을 받고 있었다. 저녁손님이 모두 돌아가고 설거지와 뒷정리까지 마치고 나면 엄마는 우리 앞에 자랑스럽게 전대를 풀었다. 공사가 끝나면 빚도 갚을 수 있겠다. 빚만 갚으면 니네 오빠 과외를 좀 시킬 수 있을 텐데라고 한탄을 하면 오빠는 기겁을 했다. 학교에서 자율학습을 하고 오기 때문에 과외 받을 시간도 없어, 엄마. 걱정시키지 않게 잘할게. 그윽이 엄마를 들여다보며 이야기하는 오빠의 눈을 보면 이제 다시 '되도 안한' 소리는 하지 않을 사람처럼 보였다. 니가 대학 가야지 니 아버지가 저승에서도 눈을 감는다. 엄마가 타령조로 이야기를 하면 오빠는 입을 꾹 다물었다. 그러면 정희 언니는 엄마한테 눈을 흘기곤 했다. 학교를 마치면 내가, 저녁시간부터는 주산학원을 마치고 온 정희 언니가 홀 일을 거들었다. 강희 언니는 주방에서 뒷설거지를 했다. 가끔 홀이 바쁘면 빈 그릇들을 치우러 바깥으로 몸을 빼기도 했다. 그러면 엄마가 얼른 언니의 등을 떠다밀었다.

"넌 홀에 나오지 마라."

엄마는 강희 언니를 거칠고 상스러운 남자들 앞에 내보이려 하지 않았다. 강희 언니가 홀 일을 거들면 그럭저럭 해나갈 수 있었다. 하지만 엄마는 그러지 않았다. 엄마의 음식솜씨가 입소문을 타서 갈수록 사람이 많아지자 엄마는 일하는 아이를 히니 두었다. 소리도 없이 주방에서 뒷설거지를 하고 있는 강희 언니는 눈 코 입이 거세된 유령 같았다. 형체도 없이 오로지 그림자로만 존재하고 있었다.

# 황 씨

 언제부턴가 아침, 점심, 저녁을 모두 우리 식당에서 해결하는 남자가 있었다. 피부가 유난히 검고, 눈이 선량하게 생긴 남자였다. 객지에 나와 혼자 사는가 보다 하고 생각했다. 엄마는 다른 손님에게 주지 않는 반찬도 특별히 만들어주고, 밥도 수북이 담아 내어주었다. 그는 지나치게 순진해 보였다. 다른 사람과 눈 마주치는 것조차 부끄러워했다.

 그의 시선은 오로지 한곳으로만 향해 있었다. 주방 너머에 눈길을 둔 얼굴에 어두운 고뇌가 스며들기 시작했다. 남자는 열병을 앓는 것 같았다. 입이 마르다며 물을 자주 찾았다. 날이 갈수록 눈 주위가 움푹 패며 양 볼이 수척해졌다. 남자는 제 사랑을 어린아이의 재채기처럼 숨기지 못했다. 식당의 모든 사람들이 알면서 모르는 척 쑥덕거릴 때에도 남자는 금방 쓰러질 것 같은 얼굴을 하고 억지로 태연을 가장한 채 앉아 있었다.

언제부턴가 그는 식당 문을 닫을 때까지 남아 있었다. 구석진 자리에 앉아 이미 다 마셔버려 비어 있는 물잔을 물이 있는 것처럼 마시고 또 마셨다. 마치 아주 중요한 일이 있어서 그러는 것처럼 어제부터 읽던 신문을 읽고 또 읽었다. 그러던 어느 날, 식구들이 청소를 시작할 즈음 그는 갑자기 벌떡 일어났다. 묵묵히 아무 말도 없이 주변을 둘러보던 그는 자기가 앉아 있던 의자를 식탁 위로 올렸다. 엄마가 아유 그냥 두세요라고 말하자 도망치듯 문밖으로 나갔다. 하지만 다음 날 마칠 시간에 그는 또 자기 의자를 올렸다. 그만두라고 엄마가 말하자 고개를 푹 수그리며 다른 의자들까지 올렸다. 그리고 화장실 쪽으로 돌아 가더니 빗자루를 가지고 왔다. 우리는 깜짝 놀랐다. 빗자루가 그곳에 있는 것을 아는 사람이 우리 식구 말고 또 있었다니. 그는 바닥을 쓸고, 밀대로 닦았다. 웃지도 않고 말하지도 않았다. 마치 오늘 처음 일하러 온 사람처럼 청소를 끝낸 바닥에 의자를 내리고 식탁을 닦았다. 그리고 어느 날부터 자물쇠로 문을 잠그는 일까지 그가 도맡았다. 다른 사람은 손도 대지 못하게 했다. 부엌으로 들어와 바닥을 청소하고, 큰 물통과 냄비와 솥들을 씻어 엎고, 행주를 삶고 걸레를 빨았다. 그러면서도 그는 강희 언니에게 말 한마디 하지 않았다. 남들처럼 쳐다보지도 못했다.

언제부턴가 그는 아주머니라 부르던 엄마를 어머니라고 부르고, 어이 학생이라 부르던 나를 수희야라고 불렀다. 이른 아침이면 엄마보다 더 일찍 일어나 어젯밤 자신이 잠근 자물쇠통 앞에서 서성대고 있었다. 쪽문으로 엄마가 열쇠를 들고 나오면 그가 맨 처음 식당문을 열었다. 엄마와 함께 시장을 봐오고, 엄마 손에 어묵 봉지 하나 들리지 않은 채, 저 혼자서 양손 가득 배추며 무 따위를 씩씩하게 들고 주방에 부려놓았다. 사방 문을 활짝 열고 식당 앞길을 쓱쓱 빗자루 자국도 선명하게 쓸어놓고는 공사장으로 나갔다. 깨진 유리를 갈아 끼우고, 부서진 문짝과 식당 의자도 고쳤으며, 오빠의 책상도 만들어주었다. 엄마의 내의를 사오고, 내 양말을 사오고, 군고구마나 군밤을 사왔다. 그는 누구의 손에도 그을음을 묻히게 하지 않았다. 뜨거운 껍질을 고스란히 벗겨내고 제일 먼저 엄마에게 김이 모락모락 나는 군고구마를 바쳤다. 늦은 밤까지 술주정하는 인부들을 달래서 보내고, 술을 먹고 난동 부리는 사람들을 두어 번의 주먹다짐으로 간단하게 처리했다. 한번은 시골에 있는 집에 다녀온다며 그가 오지 않았다. 그날, 사람들은 다른 날보다 더 시끄러웠고 반찬 투정도 많이 했다. 식당 일은 늦게 끝났고, 뒷정리는 더욱 힘들었다. 엄마는 밤늦도록 밖에 나가 그를 기다렸다.

어느 날 취객 한 사람이 주방으로 무작정 들어와 강희 언니의 팔을 잡고 놓아주지 않았다. 엄마가 들어가 그 사람을 떼어놓으려 했으나 취객은 꿈쩍도 하지 않고 강희 언니를 껴안으려고 했다. 그때 어디선가 수호신처럼 그가 달려와 취객의 턱을 날렸다. 그 후로 우리 집에 오는 손님들이 자연스럽게 그를 황 씨 사위라고 불렀다. 그의 성이 '황'이었다.

우리 집에서는 아무도 언니에게 결혼을 말하지 않았다. 황, 그마저도 결혼을 이야기하지 않았다. 모두 언니 눈치를 보고 있었다. 하지만 분위기라는 게 있었다. 나는 그 분위기가 두려웠다. 미적미적 이렇게 세월이 지나서 달력 한 장 넘어가면 덜컥 결혼을 해버릴 것 같았다. 사랑하지도 않는데 가족들의 눈치에 끌려서 아무렇게나 결정할 수는 없었다. 아버지가 그렇게 부탁을 했는데, 나는 가만있어서는 안 된다고 생각했다.

"엄마, 황 씨 아저씨, 가족처럼 저렇게 들락거리다가 진짜 사위 된다 하면 어쩌려고 그래. 나는 반대야."

"그만한 사람도 없다. 그만큼 성실하고 진실되면 된 거다. 똑똑하고 잘난 놈들! 흥, 돈 없는 사람 무시하고 우습게 아는 똑똑하고 잘난 놈들보다 백배 천배 낫지 뭐냐."

"우리 언니, 지금도 밖에 나가면 모두들 언니만 쳐다봐. 언니가 뭐가 부족해서?"

"니 언니 저 꼬인 팔자…… 다 그 꼬라지 때문에 생긴 일이다. ……황 씨 같은 사람 다시없다. 더군다나 우리 쪽에서 이것저것 고를 형편도 아니다."

"언니가 뭐 결혼을 했어, 이혼을 했어. 난 언니가 아까워. 아버지가 아셔봐!"

"아버지도 좋아하실 거다. 사람이 저만큼 신실하면 됐다."

아버지도 좋아하실 거라는 엄마 말에 나는 나도 모르게 고개를 끄덕였다. 그래, 아버지도 좋아하실 거야라고 나 스스로에게 다짐받고 싶었다. 나도 지쳐가고 있는 것일까. 아니 나도 무서웠다. 그들이, 모든 것을 완벽하게 갖춘 그들이 얼마나 냉정하고 무서운 존재들인지 나 역시 어슴푸레하게나마 알고 있었던 것이다.

어느 날 그는 술에 잔뜩 취해서 왔다. 12시가 넘은 시각이었다. 식당 의자에 앉아 머리카락 끝이 탁자에 닿을 듯 고개를 푹 숙이고 있던 그는 어린아이처럼 훌쩍훌쩍 울기 시작했다.

"강희 씨, 전 강희 씨를 넘볼 만큼 잘나지도 않고, 배운 것도 없습니다. 그런데, 전 강희 씨가 없으면 세상을 살 수가 없습니다. 일도 손에 안 잡힙니다. 다리가 붕 떠 있는 것 같아 걸어도 걷는 것 같지가 않고. 입으로 뭐가 들어가도 씹어 넘길 수도 없는 게…… 콱 죽어버릴까 그냥 콱 뒈져버리면 이렇게 괴롭지는 않을 것이다. 몇 번이나 생각했습니다. 내가 어쩌다 이런 바보가 되어버렸을까요? 강희 씨, ……밤마다 꿈마다 강희 씨 생각을 합니다. 마음속으로 강희 씨한테 못된 짓, 안 될 짓 많이 저질렀습니다요. 저를 죽이십시오. 저는 강희 씨 떠나서는 아무 짓도 할 수 없으니, 차라리 죽을랍니다. 저는…… 안 되겠습니다. 으흐흑…… 차라리……."

자다가 우르르 홀로 나온 우리는 엄마의 손짓에 떠밀려 모두 방으로 들어갔다. 나는 문틈으로 강희 언니와 그를 지켜보았다. 형광등 아래 파르르 떨리는 언니의 손이 그를 향해 다가갔다. 언니가 그의 어깨에 손을 얹었다. 그리고 그의 목을 끌어 품에 안았다. 그의 울음소리는 더 격렬하고 높아졌다. 언니가 두 손으로 그의 얼굴을 감쌌다.

어느 토요일 오후, 강희 언니는 그와 결혼했다. 아무런 감동도 없는 결혼식이었다. 동네에 있는 삼보예식장 2층 원앙홀에서 전문 주례사를 사서 결혼식은 간단하게 끝났다. 꼭 그런 것은 아니지만 누가 볼세라 서둘러 치른 느낌이 들 정도였다. 엄마는 가장 가까운 친척 몇 명에게만 알렸다. 언니의 친구와 친척을 합해서 우리 쪽 하객은 스무 명을 넘지 않았고, 신랑 쪽도 비슷해 보였다. 가능한 한 돈이 적게 드는 방향으로 해치운 결혼식이었지만 그래도 신부만큼은 너무나 예뻐서 사람들은 탄성을 질렀다. 오래된 쥐오줌 같은 얼룩이 세계지도처럼 그려진 벽을 등진 강희 언니의 모습은 슬프도록 아름다웠다.

신랑 신부는 식구들을 향해 미소를 듬뿍 날리며 신혼여행을 떠났다. 언니가 떠나고 우리 가족들은 예식장 근처 설렁탕집에서 밥을 먹었다. 배가 고팠지만 입맛이 없었다. 그릇에 들어 있는 국수 가락이 자꾸 젓가락을 빠져나갔다. 미정 언니도 마찬가지였는지 밥을 다 먹지도 않고 자리에서 일어났다. 나는 젓가락질을 포기하고 한쪽 구석 빈 테이블에서 커피를 마시고 있는 미정 언니 앞에 가서 앉았다.

"그 남잔 우리 언니처럼 예쁘고 똑똑한 여자를 왜 버린 건데?"

그 말을 뱉어놓고 나는 나도 모르게 두 손으로 입을 막았다. 내가 한 질문이 오늘의 결혼을 얼마나 보잘것없게 만들었는지 문득 느껴졌기 때문이다. 강희 언니는 자신이 아니라 다른 누군가의 인생을 위하여 결혼을 선택했다. 그 누군가가 황인지 가족인지 따질 필요는 없었다. 미정 언니의 눈이 젖어드는가 싶더니 한숨부터 푹 내쉬었다.

"돈? 권력? 그런 것들 때문이지. 큰아버지의 돈에, 장인의 권력이면 뭐든 안 될 게 없다고 생각한 거지. 마누라는 사촌동생이 소개시켜주었다고 하더라. 그 여자 아버지가 국회의원이야. 배도연이 뭐 인물 말고는 볼 게 있나. 그래서 처음엔 반대도 많았다고 하더라. 근데 큰아버지인 학교 이사장은 정계에 관심이 있었고, 그 여자 아버지인 국회의원은 돈이 필요했고, 두 집안이 꿍짝이 맞았던 거지. 정치자금이라는 명목으로 뒷돈을 많이 대줬다고 하더라고."

"사랑했다며? 사랑하는데, 돈이 무슨 상관이야?"

"사랑? 먹을 만큼 먹었다 이거지. 그놈 눈에는 사랑이 실컷 먹고 버린 상한 음식처럼 보였던 거야."

사랑이 오래된 음식처럼? 냄새나는 음식 찌꺼기처럼? 사랑이 그렇게 하찮은 것이었나? 나는 침과 함께 혓속에 고이는 말들을 삼켰다. 사랑이 변해버릴 만큼 중요한 무엇이 어른들의 세계엔 분명히 있었다.

  나는 막연히 현성이를 향한 내 마음을 떠올렸다. 현성이를 생각하면 마음속이 아침처럼 환하게 밝아졌다. 그런 내 마음을 확인하면 할수록 나는 출구가 막힌 터널에 갇힌 느낌에 빠져들었다. 남자를 좋아하는 건 여자가 해서는 안 될 짓 같았다. 그건 행동이 아니라 '짓'이라고 표현해야 할 것 같았다. 초등학교 시절, 창고에서 엿본 남자들의 모습이 종종 나를 괴롭혔다. 그리고 이미 나는 초등학생이 아니었다. 연애소설뿐만 아니라 신문 연재소설도 종종 읽었다. 특히 남녀가 얽힌 삽화가 보이면 아무도 없는 곳으로 신문을 가지고 가 그 부분을 자세히 읽곤 했다. 이제 나도 남녀 사이에 발생하는 동물적인 관계를 어렴풋이 눈치채고 있었다. 세상의 남자는 모두 배도연이 될 수 있었다. 배도연 같은 남자들은 여자를 만나면 창고 안에서 언제든지 나쁜 짓을 저지를 수 있었다. 그래서 나는 사랑이라는 그 알 수 없는 수수께끼가 내 앞에 놓인 지뢰처럼 무섭고 두려웠다.

# 파경

 엄마의 오랜 바람대로 마침내 오빠는 대학생이 되었다. 그토록 목말라하던 서울대 학생은 못 되었지만 적어도 서울에 있는 대학은 갔다. 그래도 그 정도면 빠지지 않는 대학이라는 것이 엄마의 자존심을 살려주었다. 하지만 대학생이 된 오빠는 또 다른 의미에서 엄마의 근심과 걱정거리가 되었다. 이제 오빠는 완전히 품 안의 자식이 아니었다. 서울로 간 오빠는 전화 연락도 잘 되지 않았다. 하도 엄마가 전화를 해대니 하숙집 아주머니는 짜증을 냈다. 오빠가 들어오는 시간이 일정하지 않으니 약속을 정해서 전화를 하라는 것이었다. 엄마는 하숙집 아주머니 눈치를 보느라 하루에도 몇 번씩 전화기를 들었다가 놓았다. 오빠 목소리를 일주일에 한 번도 듣지 못할 때도 있었다.

오빠가 연락이 안 되어도 엄마는 실망하지 않았다. 텔레비전에서 대학생들이 데모하는 장면이 나오면 엄마는 고개를 휘휘 저으며 혼잣말로 아주 또박또박 말했다. 우리 경수는 공부하느라 도서관에 있을 거다. 엄마가 그렇게 생각할 수 있는 최적의 환경을 만들어주는 사람이 바로 황이었다.

"장모님, 걱정하지 마십시오. 우리 처남이 얼마나 똑똑한 사람입니까? 운이 없어서 예비고사를 잘못 봐서 그렇지, 운만 조금 따라주었더라면 서울대학도 너끈히 갔을 겝니다. 연락이 안 된다고 걱정하지 마시고, 도서관에서 공부하고 있겠거니 생각하십시오."

엄마가 울적하면 술을 받아왔고, 엄마가 피곤하면 식당의 구질구질한 일을 찾아서 했으며, 엄마가 아픈 기색을 보이면 약국으로 달려갔다. 나와 정희 언니를 앉혀놓고 자신의 통장을 보여주며 돈을 모아서 대학에 갈 수 있도록 해주겠다고 약속했다. 설사 그런 날이 오지 않는다고 하더라도 그의 마음은 고마웠다. 그의 노력은 눈물겨운 헌신처럼 보였다. 우리는 따뜻하게 감동받았고 행복하다고 생각했다. 그리고 그는 제 목숨처럼 아내를 사랑했다. 아내를 바라보는 그의 눈은 갓난아기를 보는 엄마 같았다. 눈은 젖어 있었고, 애잔했으며, 헤어날 줄 몰랐다. 그런 그의 모습은 종종 우리에게 놀림감이 되었다. 그래도 그는 아내를 제 손에서 놓으려 하지 않았다. 아내에 대한 사랑은 단단한 바위 같았다.

하지만 그 단단한 바위 같은 사랑이 우리는 불안했다. 강희 언니에 대한 황의 사랑이 너무 깊어 우리는 두려움을 느꼈다. 사랑이 변할 때 그가 어떻게 변할지 그것이 두려웠다. 우리 식구는 사랑은 변하는 것을 전제로 하고 있다는 사실을 온몸으로 체득한 사람들이었다.

결혼을 하고 난 후 엄마는 언니에게 휴일에는 황 서방이랑 재밌게 지내라며 식당에는 아예 나오지도 말라고 했다. 결혼을 하고 한 달쯤 지난 어느 일요일, 언니가 식당 문을 열고 들어왔다. 울었는지 얼굴이 퉁퉁 부어 있었다. 아무 말도 없이 주방으로 들어간 언니는 밀린 설거지부터 시작했다. 오후 4시쯤 되자 황이 찾아왔고, 두 사람은 나란히 식당을 나섰다. 다음 날 엄마는 언니를 앉히고 물었다.

"무슨 일이야? 뭔 사달이 났지?"

엄마의 말에 언니는 고개를 흔들기만 했다.

"이년아, 빨리 말해. 뭔 일인지 이 에미가 알아야 될 거 아냐!"

 엄마의 채근에 못 이겨 언니는 겨우 입을 뗐다. 일요일이라 놀러 간다고 집을 나섰다는 것. 버스 빈자리에 언니가 앉았고, 그 옆에 앉은 남자가 자꾸 언니를 쳐다봤다는 것. 황이 몇 번 싫은 내색을 했으나 남자의 눈길이 멈추지 않았다는 것. 순식간에 황이 남자의 멱살을 잡고 싸웠고, 버스기사가 파출소로 차를 몰고 갔다는 것. 엄마가 벌어진 입을 손으로 틀어막았다. 그러고는 갑자기 언니의 머리를 쥐어박으며 속삭이듯 윽박질렀다. 이년아, 니가 지금 남의 신세까지 망치려고 드니. 고개도 들지 말고 다녀. 엄마의 목소리에 울음이 섞여들고 있었다.

 몇 번 그런 일이 반복된 모양이었다. 식당에 오는 언니의 얼굴은 날이 갈수록 조금씩 어두워지고 있었다. 행복해 죽겠다는 얼굴로 매일 찾아오던 황의 발걸음도 뜸해졌다. 황이 엄마를 찾아와 무릎을 꿇은 것은 파출소 사건이 있은 지 한 달쯤 지나서였다.

 "장모님, 정말 제가 왜 이러는지 모르겠습니다. 아무래도 집사람을 너무 좋아해서 병이 생긴 모양입니다. 일도 하나도 손에 안 잡히고 온통 집사람 생각만 합니다. 여러 가지 잡생각이 머릿속에 본드처럼 붙어서……."

황은 병원에 가겠다고 했다. 그것이 병이라면 치료를 받고 사랑하는 아내와 행복하게 살겠다고 했다. 병원에 가서 상담을 받겠다는 그의 말에 우리 가족은 또 한 번 감동했다. 솔직하게 털어놓고 스스로를 병이라고 진단한 그의 태도는 그가 아내를 얼마나 사랑하는지 우리에게 충분히 알게 해주었다.

그는 의처증 진단을 받았다. 그 순간부터 그는 충실한 환자가 되었다. 오라는 날짜에 빠지지 않고 가 상담받으며, 평소에도 자신의 감정을 조절하려 애썼다. 하지만 병의 원인이 너무나 가깝게 그의 곁에 붙어 있었다. 그는 너무 사랑해서 불행했다. 척후병처럼 그의 심장에 잠복해 있던 질투와 의심은 의사의 상담이나 신경정신과 약처방으로는 치료가 불가능한 모양이었다. 그는 아내가 외출하는 것을 싫어했다. 심지어 식당에 나가는 것도 못 견뎌 했다. 언니는 식당에 와도 주방에만 틀어박혀 있을 뿐 홀에 사람이 있을 때에는 화장실도 가지 않았다. 타인이 조금씩 알게 마련인 부부간의 일들은 텔레비전 드라마처럼 우리에게 환하게 알려졌다. 시간이 지날수록 새끼 낳은 어미토끼마냥 불안한 그의 눈동자가 그것을 말해주고 있었다. 홀에 나와 우리와 이야기를 나누다가 언니는 종종 쫓기는 쥐새끼처럼 주방으로 도망쳤다. 놀란 우리가 밖을 보면 멀리 황의 옷과 같은 작업복을 입은 사람이 지나가고 있었다. 우리는 알았다. 강희 언니의 불행은 이미 시작되었고, 가속도가 붙어 그 진행이 더욱 빨라지고 있다는 것을. 사랑받는 것만으로도 결혼생활이 가능할 것이라고 생각했던 강희 언니는 지쳐가기 시작했다.

어느 날, 질투의 감정이 폭발한 황이 신경과 약을 모두 쓰레기통에 처넣어버렸다는 말을 들은 엄마는 언니를 닦달했다.

"아이가 생기면 마음을 잡을 수 있을 거다. 그 사람 너만 보고 있으려니까 마음이 허해서 그런 거다. 잡으려고 할수록 제 손에 잡히는 것 같지도 않고 니가 자꾸 딴 데만 보고 있는 것 같거든. 남자는 원래 그래. 그러니 얼른 아이를 가져라. 그렇게 금슬이 좋은 부부가 신혼여행만 다녀오면 아이가 생겨야지 이게 뭔 사달인지 모르겠다."

엄마는 불임일지도 모르니 병원에 가보라고 난리였고, 언니는 조금만 더 있어보겠다고 했다. 엄마가 언니의 등을 철썩 때리며 목소리를 낮춰 말했다.

"이것아, 니가 아무 일도 없었으면 내가 이런 말을 하겠니. 이 답답한 것아! 첫애를 떼면 임신하기 힘들다고들 하는데……"

그렇게 강희 언니는 산부인과에 다니기 시작했다. 하지만 그것은 어이없게도 불행의 불씨가 되고 말았다. 황은 병원에 다닌다는 언니의 말을 액면 그대로 받아들이지 않았다. 황은 언니가 병원을 핑계로 다른 남자를 만나고 다닐지도 모른다고 생각했다. 황이 심부름센터 직원을 붙였다는 사실을 언니도 우리 가족도 까맣게 모르고 있었다. 직원은 현재의 이강희뿐 아니라 이강희의 과거 내력까지 친절하게 제 의뢰인에게 말해버렸다. 그때부터 언니를 향한 폭력이 시작되었다.

몇 번 뺨을 때리고 몇 시간씩 후회하고 용서를 빌고 다시 뺨을 때리고 하는 일련의 과정들이 있었다는 사실을 우리 가족은 몰랐다. 우리가 처음 알게 된 것은 언니가 황의 폭력을 피해 맨발로 도망을 나온 그날 밤부터였다. 가게 문을 버럭 열고 황은 먹이를 앞에 둔 굶주린 늑대처럼 달려왔다. 술냄새가 머리꼭지까지 퍼져 있었다.

"여우 같은 년, 말해봐. 정신병원엔 왜 간 거야? 왜 미친 거야? 남자한테 버림받았나? 흥, 난 다 알고 있었지. 처녀도 아니면서 처녀인 척 첫날밤 다리에 힘을 주고 벌리지 않으려고 애를 썼지. 그놈이 누구야? 제일 먼저 니가 다리를 쫙쫙 벌리고 맘껏 받아준 그놈이 누구냔 말야! 그놈을 대."

엄마도 나도 정희 언니도 그의 눈에 보이지 않았다. 그의 눈에는 오직 동물의 본능적인 질투만이 뜨겁게 흐르고 있었다. 다음 날 술이 깨면 그는 엄마 앞에 무릎을 꿇었다. 다시는 손을 대지 않겠다고 부엌에서 식칼을 들고 와 손목을 자르려고 했다. 흉내만 내는 것이 아니었다. 우리가 말리지 않았다면 술만 들어가면 날아가버리곤 하는 그의 결심처럼 그의 손목은 간단하게 날아갔을 거였다. 하지만 결심은 열두 시간을 지속하지 못했다. 밤이 되면 결심은 그의 몸에서 연기처럼 빠져나가고 폭력은 다시 시작되었다.

무서웠지만 나는 밤에 언니집에 있기로 했다. 내가 있으면 언니가 좀 안정되지 않을까 하는 생각에서였다. 아니, 무엇보다 언니가 위험해졌을 때 위험을 알릴 사람이 필요했다. 매일 밤 내가 본 것은 한 마리의 짐승이었다. 방문을 여는 순간부터 발길이 날아왔다. 술을 많이 마시고 들어온 날 폭력은 더 심해졌다. 머리채를 휘어잡고 벽에다 찧어대는 것은 예사였다. 화분을 집어 던져 깨어진 화분 조각에 상처가 나는 일도 있었다. 피를 흘리고 신음하며 만신창이가 되어 쓰러져 있는 언니의 옷을 황은 갈기갈기 찢었다.

"흥, 널 속이고 결혼을 해? 내가 속았어. 감쪽같이 속은 거다. 그 얼굴로 사내를 도대체 몇 놈이나 꼬여낸 거야? 이 여우 같은 년! 왜 날 속였어!"

 황은 울부짖었다. 혼자서 벽을 치고 욕을 하고 그러다가 목을 놓아 울었다. 언니의 목을 끌어안고 왜 그랬어? 불쌍한 것, 왜 그랬어? 발악을 하듯 고함을 지르다가 방바닥에 머리를 쿵쿵 박았다.

 "나 절대로 이대로 넘어가지 않는다. 내가, 내가 속은 것, 이렇게 마음이 아픈 것, 가슴이 찢어진 것, 니가 다 보상해야 한다. 하지만 수십, 수천억 원이 있어도 보상이 안 된다. 니를 죽이고 니 살을 파먹어도 다 보상이 안 된단 말이다!"

 황의 얼굴은 더 깡마르고 검어졌다. 주체할 수 없는 분노가 얼굴 구석구석에 독가스처럼 피어오르고, 퀭하게 들어간 눈은 한층 잔인하고 살벌해졌다.

 "미정이, 그년 전화번호를 대. 그년한테 확인을 해야겠어. 너랑 같이 산부인과에 갔을 테지? 가서 니가 죽어도 못 잊을 그놈의 씨를 떼어버렸겠지? 그때 기분이 어땠냐? 가슴이 아팠나? 눈물을 흘렸겠지. 그러고도 이 세상에서 가장 착하고 선량한 얼굴을 하고, 순진한 척했을 테지. 남자라곤 모르는 얼굴을 하고 내 앞에 나타나 웃지도 않고 내 혼을 빼갔지. 내가 그놈이 누구인지 알아내고야 말겠어. 그놈을 죽여버리겠어. 함께 죽여주겠어."

 황이 언니의 목을 졸랐다. 얼굴은 온통 땀으로 번질거렸다. 일그러진 그의 눈과 코와 입이 괴물처럼 커졌다. 나는 엄마를 부르러 식당으로 뛰어갔다. 엄마가 오고, 언니는 병원으로 실려 갔다. 엄마는 하늘을 보며 아버지를 찾았다. 아버지 외에 그 누구도 이 사태를 해결할 수 없다는 것을 우리는 알았다. 오빠가 오면 달라질 수도 있을 거라고 생각했다. 하지만 오빠는 방학 중에도 바쁘다고 했다. 공부한다고 못 온단다. 괜히 와서 이 꼴 보면 공부하는 애 방해만 된다. 안 오는 게 낫다. 엄마는 딱 잘라 말했다. 공부를 하는지 데모를 하는지 엄마가 어찌 아나 하는 소리가 혀끝까지 올라왔지만 나는 참았다. 오빠가 무엇을 하든 엄마는 오빠 말만 믿었다.

 병원에 실려 가서 누워 있는 하루 동안은 그나마 평화로웠다. 하지만 평화의 시간은 겁에 질린 아이처럼 인색하고 불안했다. 링거액이 다 떨어지기도 전에 언니는 풀이 말라붙은 듯 딱딱하게 굳은 입술을 겨우 떼어내며 말했다.

 "어디에 있든 나를 찾아낼 거야. 식당에 가면 엄마가 얼마나 힘들겠니. 손님이 있을 때 술에 취해 오면 더 곤란할 테고.

집으로 갈래."

　언니는 집으로 돌아가고, 황은 다시 술을 먹고 들어왔다. 삶은 반복되었고, 반복되는 삶은 끊어버리고 싶을 만치 증오스러웠다. 나는 알았다. 이 증오스러운 삶을 처음 시작한 사람이 있다는 것을 말이다. 틈만 나면 벽에 기대고 앉아, 머릿속에 각인되어 있는 알랭 들롱을 향해 날카로운 유리 조각을 날렸다. 그가 맞았다. 사랑은 변해야만 했다. 그렇게 나쁜 인간을 계속 사랑한다는 것은 있을 수 없는 일이었다. 사랑이 변할 수밖에 없다는 진리를 나는 벌써 터득하고 만 것이었다.

　중학교 3년은 증오를 쌓아가며 산 해였다. 현성이가 '너를 좋아한다'라는 편지를 썼을 때 나는 그 편지를 찢어버렸다. 좋아한다는 말을, 사랑한다는 말로 바꾸어 읽었다. 사랑한다는 말은, 나를 폭행하여 깔아뭉개고 시궁창에 버리겠다는 말이었다. 남자라니! 배도연이나 백기호 따위 남자라니! 죽일 듯이 때리면서도 그것을 당당하게 사랑이라고 믿는 남자라니! 답장을 하지 않은 것은 물론 식당까지 찾아온 현성이의 안타까운 눈빛도 무시했다. 나는 공부했다. 공부는 증오의 좋은 안식처였다. 밤만 되면 시작되는 아비규환 속에서도 나는 옆방에 책을 펴놓고 공부했다. 언니가 이 집에 있는 한, 나도 이 집에 있어야 했다. 한번은 황을 말리러 나섰다가 내 몸이 통째로 방문 밖으로 내던져진 적도 있었다. 황이 제 힘을 다해서 내 뺨을 때린 것이었다. 나는 주먹을 쥐었다가 폈다. 아직은 황에 비해 너무나 작았다. 내가 할 수 있는 일은 고작 엄마를 부르거나 병원에 가는 일뿐이다. 경찰을 부를 수도 있을 것이다. 하지만 나는 미래에 그를 죽이고, 나아가 배도연 그 자식도 찾아내 죽이리라 생각했다. 그러려면 힘을 길러야 했다. 나는 공부하고 운동했다. 사춘기는 그렇게 보냈다. 어쩌면 내게 다가올 무거운 운명을 짊어지는 연습을 하느라 체력을 단련하고 있었는지도 몰랐다.

여명의 기미조차 없는 어둠 속에 갇힌 우리 가족을 비웃듯 봄은 재빠르게 다가왔다. 나는 고등학생이 되었다. 미선이하고 같은 학교였다. 입학식 때 만난 미선이는 조금 새침해지고 많이 똑똑해져 있었다. 나를 보면 짓곤 하던 비굴한 표정은 이제 찾아볼 수 없었다. 중학교 때부터 친한 아이가 같은 반이 되었는지 둘이서 팔짱을 끼고 추수 앞둔 벌판의 참새처럼 재재거리며 교정을 돌아다녔다. 주영이, 희옥이는 다른 여고로 갔다. 주영이는 하마디면 인문계 고등학교로 진학하지 못한 뻔했다며 입에 거품을 물었다. 대학생인 오빠가 데모를 하다가 피투성이가 되어 돌아왔다는 것이다. 그 바람에 집안이 발칵 뒤집혔고, 대학에 들어가서 데모나 하고 돌아다니면 인생 종치는 건 시간문제라며 주영이 아버진 괜한 주영이를 다잡았다는 것이다.

"이제 겨우 고등학교 들어가는데 데모대 근처에도 안 간다는 각서 썼다, 각서."

주영이는 눈물을 찔끔거리며 오빠와 아버지를 함께 원망했다. 성자는 가정형편이 어려워 상업학교로 진학했다.

"야, 백기호, 고등학교에 안 갔대."

성자가 그렇게 말했을 때 나는 무슨 잘못이라도 저지른 사람처럼 흠칫 어깨를 떨었다. 그러면서도 짐짓 아무렇지도 않은 척 공부를 워낙 못했나 보지 뭐,라고 대답했다. 성자가 말했다.

"아니 그게 아니고 다리 빙신이 공부는 해서 뭐 하냐며 안 가겠다고 했다던데. 돈 벌겠다고, 돈 벌어서 다른 새끼들 코를 납작하게 만들어주겠다고 그랬다더라."

그 말을 한 성자도 나도 입을 다물었다. 갑작스러운 침묵이 버거운지 주영이가 큰 소리로 말했다.

"다음 주에 현성이 대전으로 이사 간다며? 진짜야?"

나는 고개를 끄덕였다. 그래, 맞다, 현성이가 아버지 직장 때문에 대전으로 간다고 했지. 나는 차라리 잘됐다는 느낌이었다. 찌꺼기처럼 남아 있던 거추장스럽던 감정이 깨끗하게 정리되는 느낌이기도 했다. 자존심 때문에 더 이상 나에게 접근하지는 않았지만 현성이 역시 나를 보는 게 편할 리 없었다. 다음 주가 아니라 당장 내일이라도 가버렸으면 싶었다.

엄마는 언니 이야기는 오빠에게 절대 하지 말라는 함구령을 내렸다. 그래서 더 그렇겠지만 매형이 잘하지?,라는 말로 오빠는 가족에 대한 근심을 먼저 접어버리곤 했다. 더군다나 완전히 서울 사람이 다 된 것처럼 집에는 연락도 잘 하지 않았다.

"엄마, 나 잘 있어. 연락이 없어도 걱정하지 마. 시험도 자주 치고 숙제도 많고, 서울생활이란 게 하도 바빠서 꼬박꼬박 소식을 전할 수 없단 말이야. 무소식이 희소식이라고 생각하라고……."

데모는 하면 안 된다 이놈아, 엄마가 이미 끊겨버린 수화기에 대고 소리를 질렀고, 그 이후로 엄마의 가슴만 태우며 벌써 한 달이 지났다. 우리도 전혀 몰랐는데 오빠가 데모한다는 사실을 엄마는 어떻게 알았을까. 혹시 엄마는 알면서도 그동안 아니라고 스스로에게 믿음을 주며 강희 언니와의 시간을 견딘 것일까.

오빠를 찾으러 험상궂게 생긴 남자들이 집으로 찾아왔다. 엄마는 이게 무슨 일이냐고 악을 썼지만 남자들은 신발을 벗지도 않고 방으로 들어가 내 책장을 쏟았다. 숨겨둔 불온서적을 찾는다고 했다. 하지만 우리는 그것이 무엇인지도 몰랐다. 교과서와 참고서뿐인 내 책장의 어떤 책이 불온서적이라는 것일까. 엄마는 꺼이꺼이 아버지가 죽었을 때보다 더 서럽게 울었지만 남자들은 들은 척도 하지 않았다. 식당의 창고까지 열어서 양파와 감자 주머니를 패대기쳐놓고 남자들은 떠났다.

"이경수, 아줌마 아들! 만약 집에 왔는데 말을 하지 않거나 숨길 시에는 아줌마고 아줌마 딸이고 다 감옥소에 처넣어버릴 테니까, 아들 다시 학교에 보내고 싶으면 오는 즉시 신고하세요. 알았어요!"

감전이라도 된 듯 뻣뻣하게 서서 그들과 대치하던 엄마는 그들의 모습이 보이지 않자 식당 문을 닫고는 바닥에 털썩 주저앉았다.

"이놈들, 우리 경수가 그럴 리가 없다. 이 쳐 죽일 놈들!"

엄마는 그 말만 반복했다.

하지만 해가 바뀌기 무섭게 오빠의 학교에서 제적통지서가 날아옴으로써 엄마의 믿음은 보란 듯이 배신당하고 말았다. 할 말을 잃은 채 엄마는 그것을 들여다보고 또 들여다보았다.

# 열일곱 살

내가 배도연을 다시 만난 것은 고등학교에 들어가고 첫 번째 영어시간이었다. 그는 출석부를 들고 유유히 내가 있는 교실에 들어왔다. 내가 배정된 여고가 강희 언니가 다니던 학교와 같은 재단이라는 사실을 나는 전혀 모르고 있었다. 아이들이 탄식하는 소리가 들렸다. 여고 교실에서의 그는 훨씬 매력적으로 보였다. 아무렇게나 하고 온 듯하지만 약간 물 빠진 콤비에 노타이 차림의 매무새까지도 멋졌다. 자기 자신에 대한 자신감을 가진 젊은 남자만이 가진 활달하고 자유로운 여유를 온몸으로 감미롭게 풍기고 있었다. 나 자신조차도 그가 강희 언니의 인생을 그처럼 간단하게 작살내버린 그리고 뒤이어 아버지의 죽음까지도 몰고 온, 지금의 우리 집 식구들에게 씻을 수 없는 오욕을 심어준 바로 그 저주의 근원이라는 걸 잠시 잊을 만큼 근사한 모습으로 그는 내 앞에 서 있었다. 준비 없는 만남은 순식간에 나를 패닉 상태로 만들어버렸다. 그는 김미옥이 아닌 이수희라는 내 이름을 불렀다.

"24번, 이수희 어딨지?"

나는 얼른 손을 들 수가 없었다. 교실은 죽음처럼 고요했다. 백광 속. 아이들은 보이지 않았다. 교실에는 그와 나. 둘만 남았다. 강희 언니가 홀연히 내 앞에 나타났다. 언니! 언니는 아무 대답이 없었다. 언니가 사라졌다. 그 자리에 한 소녀가 보였다. 초인종을 누른 채 대문 앞에 긴장해 서 있던 열두 살짜리 아이였다. 그러고는 또 아버지였다. 그러고는 다시 언니였다. 산발적으로 일어나는 무수한 환상으로 머리통이 산산조각 나는 것 같았다. 나는 머리카락을 감싸 쥐었다.

"선생님, 애 얼굴이 너무 이상해요. 백지 같아요."

짝이 말하는 소리가 빗소리처럼 아득하게 들렸다. 그가 나를 부축했다. 그의 손을 뿌리치고자 했으나 몸이 말을 듣지 않았다. 나는 본능적으로 짝의 팔을 꽉 잡았다. 그가 나를 알아볼지 모른다는 공포가 나를 옥죄었다. 하지만 아니다. 그는 분명 나를 알아보지 못했다. 하긴 그를 못 본 5년의 시간이 단순

한 5년의 시간은 아니었다. 나는 전혀 다른 아이가 되어 있었다. 2차성징이 나타난데다 고등학교 교복까지 입은 지금의 모습에서 초등학교 5학년 때의 까무잡잡한 선머슴 같던 내 모습을 상상하기란 어려운 일일 것이다. 설사 비슷한 느낌이 들어도 성과 이름이 완전히 다르다. 수많은 여자아이들을 보아온 그의 눈에 아주 사소한 닮음에 지나지 않을지 모른다. 나는 일부러 그를 빤히 바라보았다.

"이수희 괜찮아?"

나는 계속 그를 쳐다보았다. 모른다. 모르는구나. 다행이야.

"양호실에 가서 좀 누웠다 올래?"

나는 고개를 끄덕였다. 나는 그날 그의 수업을 몽땅 빼먹고 양호실에 누워 있었다. 배도연, 갑자기 내 앞에 나타난 그를 어떻게 처리해야 할지 갈피를 잡을 수 없었다. 그를 처리하지 않고서는 아무 일도 할 수 없을 것 같았다. 그런데 아무런 답이 나오지 않았다. 차라리 내가 옛날 어린 김미옥이라고 말해버릴까. 당신 때문에 내 언니가 완전히 파괴되어 정신과 환자가 되었다고 말한 다음 그가 어떤 자세를 취하는지 지켜볼까. 온갖 궁리가 질서 없이 오고 갔지만 그 어느 것도 선택할 수 없었다.

'복수해야 해.'

그가 나를 알아보든 알아보지 못하든 상관없었다. 나는 그를 용서하지 않기로 결정했다. 그가 양호실로 찾아온 것은 어지럽고 뒤엉켜 있던 머릿속이 절간 한가운데 들어와 있는 것처럼 조용해지고 난 후였다.

"이제 괜찮니? 어디가 아픈 거야?"

잘생긴 얼굴, 부드럽고 온화한 목소리. 그는 변한 것이 없다. 알랭 들롱 그대로다. 그가 내 머리를 짚으며 다정하게 미소를 지었다. 그의 손이 이마에 닿는 순간 나는 흠칫 놀라 머리를 베개 깊이 파묻었다. 긴 자벌레가 몸을 늘였다 구부렸다 하며 얼굴을 지나가는 것 같은 느낌에 팔뚝부터 잔소름이 오도독 돋았다.

'이러지 마, 이수희.'

나는 눈을 감았다. 남부민동집 포플러나무가 떠올랐다. 나무가 나를 감쌌다. 햇살에 이파리는 은빛으로 변했다가 다시 녹색으로 변했다. 이파리가 손바닥을 뒤집을 때마다 바람이 빠지며 풍금 소리가 났다. 하지만 바람이 나간 것을 아무도 눈치채지 못했다. 나는 언제까지라도 나를 드러내지 않을 수 있을 것 같았다. 나 혼자쯤 아무것도 아니었다. 눈을 떴다. 여전히 좀 전의 웃음을 그대로 입에 물고 그가 나를 바라보고 있었다.

"평소에도 몸이 좋지 않았니?"

고개를 저으며 나는 몸을 일으켜 앉았다.

"괜찮아. 누워 있거라. 이름이 이수희라고 했지? 건강해야지."

그의 얼굴에도 세월의 잔해가 보였다. 잔주름이 눈초리나 입가에 자잘하게 자리를 잡고 앉아 그가 말을 할 때나 웃을 때 도드라졌다. 하지만 그의 잔주름은 그를 늙게 만든 것이 아니었다. 그는 잔주름으로 인해 더욱 세련되어 보였고, 또 한편으로는 쓸쓸해 보였다. 잔주름이 쓸쓸해 보인 것은 그의 뛰어난 연기력 때문인지도 몰랐다. 그는 아직 늙지 않았다. 그는 세월의 향기를 몸속에 간직한 채 건재했다.

"참, 너, 너희 반에서 연합고사 성적이 1등이라며? 담임선생님 기대가 크시더라. 공부 잘하려면 건강이 최고야. 근데 너, 꼭 아는 사람처럼 낯이 익다."

내 등을 두드리며 그는 손을 번쩍 들어 보이고 양호실 문을 나섰다. 문을 열기 전에 잠깐 다시 한 번 내 얼굴을 본 그의 미간이 약하게 좁혀졌다. 그의 눈에서 가늘고 투명한 거미줄이 내가 있는 자리까지 확 펼쳐지는 것 같았다. 나는 하얗게 질린 얼굴로 그의 눈에 갇혀 있었다. 나와 눈이 마주친 그가 이를 드러내고 말갛게 웃었다. 그리고 잠시 후 손을 흔들며 복도로 나갔다. 슬리퍼를 질질 끄는 소리가 멀어졌다. 나는 자세를 바꾸지 않고, 벌 받는 아이처럼 등을 바싹 편 채 앉아 있었다. 이마에 땀이 배어나왔다. 손바닥이 축축해져왔다. 양호실 창을 통해 들어온 햇살이 눈을 어지럽혔다. 미세한 먼지들이 햇살 속을 떠돌고 있었다. 그의 의식 속에서 강희 언니는 저 먼지와 같을 것이다.

다음 날부터 나는 그를 관찰했다. 성적 덕분에 반장이 된 나는 교무실도 자주 출입하게 되었다. 그의 주변에는 사람이 끊이지 않았다. 학생들에게는 물론이고, 여선생들로부터도 인기가 많았다. 여선생들은 그에게 친절했다. 생글거리며 커피를 뽑아주거나, 괜히 책상 위의 책을 뒤적이며 얼쩡거렸다. 2학년 국어를 맡은 김분자라는 여선생은 노골적으로 그에게 관심을 표했다. 그의 자리에 그녀가 와서 시시덕거리는 것을 나는 자주 목격할 수 있었다.

아이들에게 그는 노총각이라는 딱지가 붙기는 했지만 여전히 총각선생이었다. 그가 결혼했다는 것을 짐작하면서도 아이들은 아무도 그가 결혼했다고 믿지 않았다. 아이들은 오로지 총각이라는 그의 말만을 믿었다. 하긴 남선생들은 결혼을 해도 장난삼아 늘 자신이 '총각'이라고 했다. 흰머리가 수북한 육십이 다 된 물리선생까지 총각이라고 떠벌리고 다니지 않는가. 손가락으로 꼽아보아도 그의 나이는 지금 적어도 서른 중반은 되었을 것이다. 하지만 아이들은 그가 많아야 이십 대 후반일 것이라 생각했다. 아니, 그는 그렇게 보였다.

그의 책상엔 항상 꽃이 꽂혀 있었다. 꽃은 매일 바뀌었다. 그가 하는 수업시간엔 어느 반에서나 탁자 위에 음료수가 놓여졌다. 초콜릿이나 사탕은 기본이었다. 우리 반도 마찬가지였다. 벌써부터 대여섯 명의 아이들이 번갈아가며 음료수와 과자를 탁자 위에 올려놓고 있었다. 영어시간이 다가오면 아이들은 교단을 걸레로 깨끗이 닦아놓는다, 분필 지우개를 털어 온다 하며 수선을 떨었다. 칠판은 거울처럼 반들거리고, 하루 종일 메말라 있던 화초들도 촉촉하게 생기를 머금었다.

학교에는 두 대의 승용차가 있었다. 하나는 그의 것이고, 하나는 교장선생의 것이다. 하루 종일 바람 부는 운동장에서 황토흙 세례를 받고 있어야 할 두 차는 극명한 대비를 이루었다. 그의 승용차는 누군가 닦아놓아 언제나 윤이 났다. 그가 오른 손을 어깨높이만큼 들고 싱긋 웃으며 차에 타는 것을 본 사람은 누구나 영화 속의 한 장면을 떠올렸다. 그가 이사장의 조카라는 사실은 이미 아이들도 알고 있는 사실이었다. 그는 당당했고 거만했다. 그 누구에게도 굽실거리지 않았고, 자기 생각대로 행동했다. 그의 방만한 행동은 용기로 포장되었고, 고집은 심지 있음으로 비춰졌다. 그는 언제나 웃었고, 행복했다. 하지만 그가 행복한 것은 부조리했다. 잘못된 것은 바르게 고쳐야 했다. 그것을 내가 할 수도 있다고 나는 판단했다. 아니, 내가 해야만 했다. 왜냐하면 그가 '나쁜 남자'라는 것을 아는 사람은 나밖에 없기 때문이었다.

나는 그가 맡은 과목인 영어를 열심히 했다. 원래 영어에는 자신이 있었으나 교사인 그보다 더 잘하고 싶었다. 예습은 기본이고, 온갖 문법서를 참조하여 정리하고 예문을 외웠다. 영어시간에 나는 침묵을 지켰다. 그가 얼마나 잘 가르치는지 보고 싶었다. 하지만 그는 한 번도 틀리지 않았다. 그는 실력 있는 교사라고 소문 난 사람이었다. 그는 다정했으며 유머와 재치도 있었다. 공부를 못하는 아이에게도 친절하고 자상했다. 음악시간보다 더 재미있게 수업을 했다. 가끔 팝송이나 영화의 한 장면으로 번역 수업을 하고, 멋진 대사를 외우도록 시키기도 했다. 나는 하마터면 그를 미워하고 있다는 사실을 망각할 뻔했다. 그는 완벽했으며, 특히 나에게 친절했다. 나는 그의 시간에 웃는 법이 없었는데, 나를 의식해서인지 웃기는 이야기를 하고 나면 꼭 나를 바라보았다. 가끔, 그를 위해서 웃어주어야겠다는 생각을 하는 자신을 발견하고는 깜짝 놀란 적도 있었다. 나는 자신이 조금씩 변하고 있는지도 모른다는 생각이 들었다. 그런 내 생각에 제동을 걸어준 사람은 바로 그였다.

# 첫사랑

비가 오고 있었다. 오후가 되었는데도 비는 멈추지 않았다. 누군가 하늘에서 똑같은 속도, 똑같은 양으로 쏟아붓고 있는 것 같았다. 더 가늘어지지도 더 빨라지지도 않고, 줄기차게 하루 종일 내리는 비는 아이들을 기진맥진하게 만들었다. 아이들은 모두 설사병 환자처럼 힘이 없고, 매 맞은 것처럼 우울했다.

아이들은 모두 영어시간을 기다리고 있었다. 하루 종일 비에 지친 끝이라 그런지 마땅히 슬픈 일도 없는데, 괜히 눈물이 나는 오후였다. 아이들은 아침부터 켜두었던 형광등을 꺼버렸다. 교실은 이른 새벽처럼 어스레해졌다. 비의 내부에 무엇이 들어 있는지 알 수 없지만 비는 아이들을 변화시켰다. 사선을 그으며 달려드는 빗줄기에 속수무책으로 빠져들었다. 수업종이 울리지 않았다면 모두가 우울증 환자가 되어버릴 것 같았다.

"기다린 보람이 있을 거야. 그럼 그분이 누구신데. 아― 선생님……."

출입문을 향해 선생님을 외쳐 부르는 바람에 아이들이 모두 웃었다. 자칭 그의 애인 권기숙이었다. 기도를 하듯 두 손을 모으고 기숙이는 더욱 신이 나서 '선생님―' 하고 큰 소리로 외쳤다. 그때, 그가 출입문에 모습을 나타냈다. 아이들이 '와아' 다시 웃음을 터뜨렸다. 우스갯소리를 잘하고, 노래를 잘 부르는 명희가 벌떡 일어났다.

"알지? 〈비와 찻잔 사이〉, 시이작."

지금 창밖엔 비가 내리죠. 그대와 난 또 이렇게 둘이고요. 비와 찻잔을 사이에 두고 할 말을 잃어 묵묵히 앉았네요…….

그는 다른 선생들처럼 탁자를 지휘봉으로 탁탁 두드리지도, 칠판을 주먹으로 쾅쾅 치지도 않았다. 그는 조용히 창가로 갔다. 옆얼굴을 덮은 머리카락을 쓸어 올릴 생각도 하지 않고 무연한 시선을 빗속에 담아두고 있었다. 아이들이 모두 그를 쳐다보았다. 언뜻 그의 눈에서 반짝이는 물기를 보았다고 느낀 것은 나 혼자만이 아니었다. 아이들이 노래를 마쳤을 때에도 그는 창에서 얼굴을 떼지 않았다. 선생니이임 하고 아이들이 그를 부르자, 그는 손바닥으로 눈을 꾹 누르며 고개를 돌려 아이들을 보았고, 그리고 싱긋 웃었다.

"야, 멋진 노래네. 한 번 더 불러봐."

아이들은 '와' 하고 환성을 질렀다. 그는 멍하니 쓸쓸한 눈을 유리창에 고정시켰다. 빗물은 눈물처럼 맺혔다가 곧장 흘러내렸다. 명희가 '시이작'이라는 말을 하지도 않았는데 아이들은 어디선가 반주가 나왔고 그래서 노래가 시작되었다는 듯이 지금 창밖엔 비가 내려요 하고 다시 노래를 불렀다. 아주 잔잔하고 애절하게 부르려고 아이들은 애쓰고 있었다. 선생님이 느끼고 있는 분위기를 깨뜨리고 싶어하지 않았다. 그의 눈속에 그의 머릿속에 잉잉거리며 떠올랐을 가슴 아픈 사연이 훼손되지 않기를 바랐다. 노래는 음정과 박자와 화음이 그 어떤 합창단보다 완벽했다. 비와, 그의 모습과, 스스로의 노랫소리에 아이들은 마법처럼 빠져들어갔다.

그대 모습 낙엽 속에 있고, 내 모습은 찻잔 속에 잠겼네. 그대 모습 낙엽 속에 낙엽 속에 낙엽 속에 잠겼네요…….

노래가 끝나자 정지된 화면처럼 정적이 찾아왔다. 아이들은 뒷모습을 보인 채 꼼짝 않고 서 있는 그를 불러 돌려세우지 않았다. 떠들지도 않았다. 나는 그가 들어올 때 무심코 쓴 복수라는 글자를 손톱으로 긁어 지우고 있었다. 손톱이 아플 만큼의 시간이 지났을 때, 그가 칠판을 향해 돌아섰다. 그리고 하얀 분필을 들어 'Lesson 4'라고 썼다. 죽은 고양이처럼 앉아 있던 아이들이 고개를 빳빳이 들고 일어나 아우성치기 시작했다. 아이들의 야유가 교실을 울렸다. 명희가 벌떡 일어났다.

"선생님, 듣고 싶습니다."

우울한 표정이 걷힌 얼굴로 아이들을 돌아보며 그가 활짝 웃었다. 그의 미소에 아이들이 '끼악' 비명을 질렀다. 머리카락 떨어지는 소리도 들릴 것 같던 좀 전의 고요는 온데간데없었다. 교실은 바깥 날씨와는 달리 화창한 봄날처럼 들뜨기 시작했다.

"뭘?"

"창을 스치며 떨어지는 빗방울이 선생님 가슴속에 일으킨 엄청난 해일을 저희들이 눈치채지 못했을 거라고 생각하시지는 않겠지요! 선생님 가슴을 맹렬하게 할퀴고 가버린, 아, 흑흑, 눈물 없인 볼 수 없는 감동의 러브스토리, 그 드라마의 주인공, 비련의 여인에 대해 말입니다."

"그게 누군데?"

"선생님 첫사랑요."

아이들이 입을 모아 외쳤다. 그가 다시 한 번 웃었다. 웃음을 신호로 아이들은 떼를 쓰기 시작했다.

"첫사랑이라."

"빨리요."

"으음. ……영화 이야기 해줄게. 소설이기도 하지. 첫사랑 말야. 아버지의 애인을 사랑하는……."

그의 말이 채 끝나기도 전에 아이들은 고함을 질러댔다. 어깨를 조금 들었다 놓으며 그는 할 말 없음에 대해 무언의 항변을 했다. 아이들은 책상을 두드리며 고함을 지르기 시작했다.

"첫사랑! 첫사랑! 첫사랑!"

오른손을 높이 쳐들고, 일시에 '첫사랑!'을 외치는 아이들의 모습에 그가 설레설레 고개를 흔들었다. 곧 졌다는 표정의 그가 조용히 하라는 손짓을 했다. 쉿쉿. 아이들이 서로를 둘러보며 손가락을 입에 대었다. 순식간에 숨소리도 나지 않을 만큼 교실은 조용해졌다. 오랫동안 연습된 공연을 하는 것처럼 아이들의 행동은 일사불란했다. 갑자기 시끄러웠고, 갑자기 조용해졌고, 한결같이 앞으로 쏠릴 듯한 똑같은 포즈를 취했다.

"이 이야긴 한 번도 공개된 적이 없는데 말이야. 비와 너희들의 노래 때문에 난 금방 나와의 약속을 깨뜨리기로 결심을 했다. ……어쩔 수 없다는 기분마저 드는걸…….''

"와—."

아이들이 환호를 질렀다. 벌써 뭔가가 시작되고 있었다.

"발령 난 첫해. 그때 난 열일곱 살 난 소녀를 사랑했어."

누군가가 우와 하고 감탄사를 내질렀고, 수많은 눈동자들이 그 아이를 향해 조용히 하라는 비난의 화살을 쏘아 보냈다. 나는 영어사전에서 눈을 떼고 그를 빨아들일 듯이 쳐다보았다. 제발 그가 그쯤에서 이야기를 마쳐주었으면 했다. 듣고 싶지 않았다. 언니의 이야기를 이 자리에 앉아 듣는다면 속이 다 타버릴 것 같았다. 하지만 그는 심각한 얼굴을 하고 창밖을 바라보며 이야기를 계속했다.

"난 남들보다 군대를 조금 일찍 마쳤고, 덕분에 어린 나이에 첫 발령을 받게 되었어. 그곳에서 그녀를 만났지. 그 앤 여러분들과 똑같은 고등학교 1학년이었지. 오늘처럼 비가 오는 날이었어. 난 그날 출장이어서 수업만 마치고 급히 나가고 있는 중이었어. 운동장에 내려섰을 때, 여학생 하나가 비를 맞고 걸어가고 있는 걸 보았어. 내가 뛰어가서 우산을 씌워주었지. 아파서 조퇴하는데, 교실에선 비가 오는 줄 몰랐다고 하더군.

무슨 생각에 빠져 있었기에 비가 오는 줄도 몰랐냐고 했더니 나를 보고 그냥 웃었어. 아, 그 순간……."

그는 말을 멈추었다. 뭔가를 찾는 듯한 그의 눈이 아련해졌다. 애타는 그리움에 한껏 젖어 있는 그의 두 눈은 아이들을 흥분시키기에 충분했다. 나도 모르게 샤프펜슬 끝으로 책상에 홈을 팠다.

"너무나 아름다웠어. 아름답다는 말만으로는 표현될 수 없는 신비가 있었어. 현기증이 일었지. ……사실 난 그 애를 알고 있었어. 수업시간에 그 애를 보았고, 이미 나의 어리석은 가슴앓이는 시작되고 있던 참이었지. 나는 주로 2학년 수업을 맡고 있었는데, 다행히 몇 안 되는 1학년 수업에 그 애가 있는 3반이 끼어 있었어. 2층에서 수업을 하는 날에는 일부러 1학년 교실 복도를 가로질러 교무실로 들어가는가 하면, 가능한 한 자주 3반 옆을 지나가려고 애를 썼지. 1년의 긴 시간이 지났어. 난 여전히 짝사랑에 빠져 있었고, 학생을 사랑한다고 말할 자신이 없었지. 난 사랑하기 너무 힘든 상대를 골랐던 거야. 선생이 학생을 사랑한다고 하면 모두들 비난을 보낼 것임에 틀림없었지. 학생을 여자로 보다니 하면서 말이야. 그 학생은 2학년이 되었고, 난 또 그 반의 수업을 맡게 되었지…….

그 앨 똑바로 쳐다볼 수가 없었어. 그 반에 들어가면 무슨 말을 하고 나왔는지도 모를 지경이었어. 그 앤 공부도 무척 잘했지. ……공부시간에 가끔 나를 쳐다보고 있는 그 아이의 시선을 느끼기도 했지."

그가 잠시 말을 멈추고 꿀꺽 침을 삼켰다. 그의 목울대가 위아래로 움직였다. 나도 알고 있는 이야기. 그가 사랑에 빠지던 순간의 뜨거운 열정은 열두 살 어린 나를 환상 속에 빠지게 했었지.

"사랑은 고통이야. 난 아무 일도, 하고 싶었던 공부도, 교사로서의 책임도 다하지 못했지. 난 사랑에 구속되고 만 거야. 하지만 어쩔 수가 없었어. 사랑은 이미 시작되었고, 어쩌면 그 아이도 나를 사랑하고 있을지 모른다는 생각이 들었어. 나는 그 아이의 손을 잡고 말하고 싶었어. 사랑해, 너를 사랑해라고. 하지만 말할 수 없었어. 매일매일 생명이 조금씩 사그라지는 기분이었어. 죽을 것 같았지. 사랑이 이렇게 힘들고 괴로울 줄 몰랐던 거야. 난 그만 끝내고 싶었어. 더 이상 아무렇지도 않은 얼굴로 내가 망가지는 꼴을 지켜볼 수가 없었다. 속이 숯검정처럼 새까맣게 타는 걸 더 이상 두고 볼 수가 없었지. 나는 결국 2학기 때에 같은 재단의 남자 중학교로 옮겨버리고 말았다."

그가 말을 마쳤고, 아이들은 그를 보았다. 이게 아니야. 아이들은 서로의 눈길을 주고받았다. 아직 끝나지 않은 이야기야!

"……끝이야."

아이들은 갈급했다. 그냥 끝나서는 안 된다.

"에이이ㅡ, 아니잖아요."

아이들이 고함을 질렀다.

"끝까지 들려주세요!"

"그 학생은 어떻게 되었는데요?"

"편지가 오지는 않았나요?"

"마지막으로 한 번은 만났을 거 아네요?"

"첫키스도 안 하셨어요?"

"이야기해주세요!"

이야기! 이야기!,라며 아이들이 달리기 응원을 하듯 입을 맞추어 고함을 질렀다. 다시 역습이 시작되었다. 아이들은 좀 전과 같이 일사불란하게 움직였다. 잠시 고개를 떨어뜨리고 있던 그가 슬픈 눈으로 우리를 바라보았다. 읍. 아이들이 입을 다물었다.

"듣고 싶니?"

"네—!"

"뭘 듣고 싶지?"

"마지막요, 그래서 어떻게 되었는지 궁금해요."

"마지막이라······."

"선새앵니임—."

"······그녀는······ 죽었어."

나는 고개를 반짝 들었다. 턱이 덜덜 떨렸다. 움켜쥔 주먹으로 흔들리는 허벅지를 눌렀다.

"······교통사고였어. 그 애가 그리워 찾아간 학교 앞에서 하교하는 그 애를 보았어. 그 애가 나를 보았다고 느낀 순간이었을 거야. 신호가 바뀌고 그 애가 나를 향해 달려왔는데······, 순식간에 덤프트럭이 그 애를 덮쳤어."

아이들이 두 손으로 입을 틀어막았다. 그래도 손가락 틈을 비집고 빠져나오는 소리를 모두 막을 수는 없었다. 여기저기서 울음 섞인 비명이 새어 나왔다.

"난 처음으로 그 아이의 손을 잡을 수 있었지. ······내 생애 단 ······한 번뿐인 사랑이었어."

"······."

"그 사랑으로 충분해. 앞으로도 그런 사랑이 올 거라고 나는 기대하지 않아."

 죽음 같은 정적이 찾아왔다. 정적과 함께 내 손끝에서 샤프심이 툭 하고 부러졌다. 분노가 조용하고도 격렬하게 나를 휘감았다. 결국 네가 죽이고야 말았다! 자신을 멋있게 만들려고, 겨우겨우 목숨 붙이고, 힘겹게 살아가고 있는 강희 언니를 간단하게, 너무나 쉽게 죽이고 말았다! 죽이고야 말았다! 입안이 비릿했다. 입술을 깨물어 순간적으로 피가 배어나온 것이다. 나는 주먹으로 가슴을 쓸어내렸다. 그래, 언니는 여러 번 죽었지……. 한두 번이 아니야. 네놈 때문에 여러 번 죽었어. 죽고 또 죽었지!

 흑 하고 기숙이가 먼저 울음을 터뜨렸다. 기숙이를 따라서 정연이 자경이 그리고 몇몇 아이가 손수건으로 눈물을 찍어냈다. 감정을 가까스로 수습한 듯한 얼굴로 그는 수업을 시작했다. 아무도 에이이라는 소리를 하지 않았고, 떠들지도 않았다. 아이들은 끝나는 종이 칠 때까지 그의 마음을 집중 탐구하느라 눈동자도 움직이지 않고 그에게 열중했다.

 그가 한 이야기는 비탈길에 물이 흘러가듯 전교에 빠르게 번져나갔다. 그를 보는 아이들의 시선이 달라지고 있었다. 선생님과도 이성 간의 사랑을 나눌 수 있다는 가능성을 아이들은 발견했고, 그가 또다시 그런 역할을 훌륭히 해낼 것이라고 믿었다. 그의 부드럽고 온화하며 우수 젖은 모습을 위해 기꺼이 죽어준 여자에 대해 안도의 한숨을 내쉬었다. 나는 그를 그만 관찰해도 된다는 생각을 했다. 인간이 얼마나 잔인해질 수 있는지 그를 통해 알게 되었다. 그에게 가르침을 받은 만큼 나는 그에게 가르쳐줄 생각이었다. 청출어람. 나는 그보다 더 훌륭한 선생이 될 수 있었다.

학원이 끝나는 시각은 밤 10시였다. 나는 학원 앞의 공중전화에서 매일 밤 10시 10분, 그에게 전화를 했다. 전화번호는 교감선생의 책상 책꽂이에 꽂혀 있던 직원주소록에서 알아냈다. 주소록을 찾기 위해 나는 사흘씩이나 새벽별을 보며 집을 나섰다. 그의 집은 부자들이 많이 산다는 해변의 고층아파트였다. 그의 아내가 전화를 받으면 나는 그를 바꾸어달라고 했다. 그가 전화를 받으면 끊어버렸다. 열흘이 지나자 그의 목소리에는 이성이 남아 있지 않았다.

"너 누구야! 가만두지 않겠어. 계속해봐. 당장 경찰에 신고해서 추적할 테니까, 어디 할 때까지 해보라구!"라는 고함을 듣고 전화 거는 것을 중단했다. 나를 찾아낼까 두려워서가 아니었다. 협박은 짧고 다양한 방법이 좋았다. 한 가지 방법은 지루하고 식상하다. 그쪽에서도 쉽게 포기하고 곧 안도할 것이다. 그가 편안해지는 것은 내가 바라는 일이 아니다.

다음에 한 것은 잡지 오리기였다. 나는 잡지에서 한 글자씩 오려 가나다순으로 배열해 모아두었다. 그것으로 글자 모자이크를 했다. 삐뚤삐뚤하긴 하지만 익명성과 협박성이 가장 짙어 보였다. 수신자는 그의 아내였다. 당신 남편은 살인자라는 내용이었다. 일주일에 한 번씩 다른 우체통을 통해 편지를 부쳤다.

한 달이 지났을 때, 나는 글자 오리기도 그만두었다. 다른 방법이 없을까. 좀 더 충격적이면서도 섬뜩한 그런 방법은 없는 것일까. 전화나 편지 따위로 그가 망하지는 않았다. 익명의 협박은 그에게 아무런 피해도 주지 않았는지 그의 잘생긴 얼굴은 조금도 달라진 것이 없었다. 뭘 어떻게 하겠다는 구체적인 계획이 없었으니 다음 대안이 있을 수가 없었다. 좀 더 신중하게 생각해볼 필요가 있었다. 그의 파렴치한 과거를 낱낱이 고발해버릴 수 있는 어떤 음모가 필요했다. 아니, 그는 여전히 나쁜 놈이었다. 또 다른 피해자가 생길 수도 있었다. 그를 이 사회에서 영원히 추방시켜야만 했다. 그렇게라도 해야 현재진행형인 강희 언니의 고통스러운 삶이 조금이나마 위로받을 수 있을 것 같았다. 그가 웃고 있을 때 언니의 몸은 만신창이가 되었다. 마음은 더했고, 그래서 들여다볼 수조차 없었다.

# 사랑이 너무 힘들다

 강희 언니가 병원에 입원했다. 갈비뼈가 부러지고 다리가 골절되었던 것이다. 언니를 본 사람들은 모두 똑같은 말을 내뱉었다. 도대체, 어떻게, 사람을 이 지경으로 만들었나. 언니는 2층에서 굴러떨어졌다. 방에서부터 언니를 밀고 치던 황이 현관문 바깥으로 언니를 던져버렸다고 했다. 계단 아래로 굴러떨어진 언니는 화단 가장자리 돌멩이에 부딪혀 피투성이가 되어 마당에 내동댕이쳐졌다. 주인집 아주머니가 놀라서 나왔고 엄마를 불렀다. 순식간에 사람들이 몰려들었다. 내가 학교 갔다 오니 생긴 일이었다. 황은 언니가 병원에 실려 가고 난 뒤에도 온몸이 술에 전 채 주인집 화단에 코를 박고 엎어져 있었다. 동네 사람 중 누가 신고를 한 것인지 곧 경찰차가 왔다. 경찰이 팔을 붙잡아 일으키자 화단 흙을 콧등에 묻히고 황은 겨우 고개를 들었다. 비틀거리며 대문을 나서는 황이 뒤도 돌아보지도 않고 말했다. 장모님, 죄송합니다. 제 얼굴만큼이나 지겨워진 말이었다. 결국 황은 파출소로 끌려갔다.

황은 이틀 뒤에 풀려났다. 강희 언니 때문이었다. 언니는 황을 풀어주지 않으면 치료를 받지 않겠다고 이상한 고집을 부렸다. 언니는 모든 것을 다 알고 있어서 고통을 초월한 사람이거나 아니면 삶의 고통을 빨리 알아버려서 그에 대한 희망도 일찌감치 포기한 사람처럼 보였다. 엄마는 황을 찾아가 소리를 질렀다.

"다시는 강희 볼 생각하지 말게! 이혼서류 만들어놓겠네!"

엄마가 금족령을 내렸기 때문인지 파출소에서 풀려난 후에도 황은 언니가 누워 있는 병원에 오지 않았다. 나는 학교를 마치면 병원으로 갔다. 언니집이나 식당보다는 훨씬 조용하고 편안해서 언니가 매일 아팠으면 하는 생각마저 들었다.

"언니, 어떡할 건데? 어떻게든 해야지 계속 이렇게 살 순 없잖아."

"그 사람, 불쌍한 사람이야. 이게 그 사람이 날 사랑하는 방식이라면 어쩔 수 없지 않겠니? 어쩌겠어……."

"그럼 계속 이렇게 맞고 살겠단 말이야? 짐승처럼?"

나는 언니의 하염없이 바보스러운 이런 식의 말투가 싫었다. 그런데 언니는 항상 여기에 한술 더 뜨곤 했다.

"난, 지금 죗값을 받고 있다고 생각해. 예전에 잘못한 거 지금 벌 받고 있는 거야."

"무슨 신파영화 찍어? 형부를 봐. 그게 과거 있는 여자 괴롭히는 남자 수준이 아니잖아. 인간 이하야."

"술 때문에 그런 거지. 날 너무 사랑해서 그런 거지 뭐……."

"미쳤어. 이게 무슨 사랑이야? 사람을 이렇게 걸레처럼 만들어놓는 게 무슨 사랑이냐고?"

"……힘들면 언젠가는 그만둬야 하겠지."

돌아누우려던 언니가 아픈지 인상을 찌푸렸다. 그 모습을 보니 갑자기 가슴이 애잔해졌다.

"언닌 왜 만날 이렇게 힘든 사랑만 해?"

눈을 감은 언니가 한참 만에 대답했다.

"사랑은 그냥 사랑이야."

파괴와 전쟁뿐인 사랑. 처참한 상처. 비참한 잔해. 비겁하고 잔인한…… 이것이 사랑? 나는 치가 떨렸다.

일주일이 지나도록 황은 조용했다. 그의 침묵은 불안을 몰고 왔다. 언니는 안절부절못하며 손톱을 물어뜯거나 허옇게 붙은 입술 거스러미를 떼어냈다. 언니가 말했다. 니가 형부한테 전화 한번 해봐라.

집에선 아무도 전화를 받지 않았다. 내가 막 끊으려고 할 때 동전 떨어지는 소리가 딸깍 들렸다. 황이 받았다. 거친 숨소리만으로도 알 수 있었다. 수화기에서 술냄새가 쏟아지는 것 같았다. 푸—푸—푸— 황소처럼 숨을 쏟아내던 황은 처제 하고 나를 불렀다. 그리고 한참 만에 말했다.

"처제, 사랑이 너무 힘들다."

형부! 하고 내가 불렀지만 아무 대답도 없었다. 수화기를 틀어막고 흐느끼는 것인지 우물 깊은 곳에서 웅웅 울리는 듯한 소리가 들렸다. 전화는 끊어지지도 않았고, 황이 들고 있는 것 같지도 않았다. 나는 공중전화 수화기를 내려놓고 병실로 돌아와 언니에게 말했다.

"걱정할 것 없겠다. 전화는 받더라. 술 마시고 있는 것 같던데, 설마 병원까지 쫓아오지는 않겠지. 이렇게 엉망진창을 만들어놓고…… 그럼, 진짜 사람도 아니다."

언니에게 대놓고 황을 욕하고 있는 동안에도 내 머릿속에는 황이 한 말이 계속 맴돌았다. 황의 행동들이 뭔가를 상징하고 있을 거라는 생각은 꿈에도 한 적이 없었다. 폭력이 사랑의 표현이 될 수는 없는 일이니까 말이다. 그저 질투에 사로잡힌 속좁은 남자의 애끓는 몸부림 정도로 이해하고 있었다. 그런데 그것을 사랑이라고 이해하며 맞고 사는 여자 이강희나, 그것을 사랑이라고 믿으며 오장육부를 쥐어짜는 황이라는 인간이 있었다. 도대체 그들의 머릿속에는 어떤 생각들이 숨어 있는 것일까. 마음속에 어떤 말들을 숨겨놓고 있기에 그는 주먹을 휘두르면서 사랑이 힘들다고 탄식하는 것일까.

이주일이 지나도 그는 병실로 전화 한 번 하지 않았다. 엄마는 저도 염치가 있는 것이지라고 했지만 우리는 그가 그렇게 참을성이 많은 사람이 아니라는 것을 알고 있었다. 그는 염치 같은 것 때문에 이렇게 오랫동안 강희 언니를 보지 않고 지낼 수 있는 사람이 아니었다. 언니가 퇴원하겠다고 하는 걸 막기 위해서라도 우리가 그에게 가봐야 했다.

정희 언니와 내가 갔을 때 현관문은 잠겨 있지 않았다. 마루에 들어서자 찌든 술냄새가 온 방 안에 진동을 했다. 우리는 안방문을 열어젖혔다. 커튼을 드리운 안방은 웅덩이에 고인 물처럼 어둡고 적막했다. 황은 그곳에 쓰러져 자고 있었다. 소주병이 일곱 개였다. 며칠 동안 마셔댄 것인지 경대 밑에도 빈

병이 서너 개 굴러다녔다. 나는 황을 흔들었다. 모로 누워 있던 황의 몸이 벌러덩 뒤집어지더니 천장을 보았다. 그는 팔과 허벅지에 옷가지를 칭칭 감아 그러안고 있었다. 물방울무늬가 있는 주황색 원피스였다. 강희 언니가 신혼여행을 가면서 입었던 옷이다. 황은 언니가 그 옷을 입는 것을 제일 좋아했다. 입이 벌어져 있고, 눈은 반쯤 뜬 채였다. 눈 밑이 파르스름했고, 수염이 뒤덮인 볼은 거무죽죽했다. 내가 황을 한 번 더 흔들자, 정희 언니가 내 등을 툭툭 쳤다.

"이거 좀 봐라."

정희 언니가 들고 있는 것은 약봉지였다.

황은 사흘 만에 의식을 회복했다. 치사량의 술을 마신데다 수면제 과다 복용이 원인이라고 했다. 그가 자살을 시도한 것이다. 강희 언니는 가슴에 붕대를 감고 다리에 깁스를 하고 황의 병실에 가서는 통곡을 하고 울었다. 사랑과 폭력을 위해 사용했던 그의 팔에는 링거가 한 방울씩 힘겹게 들어가고 있었다. 정신을 차리고도 말 한 마디 없이 천장만 바라보고 있던 황은 다 회복되지 않은 상태에서 병원을 나가버렸다. 그리고 그는 우리 앞에서 사라지고 말았다.

황이 사라지고 난 후에야 우리 가족은 오랜만에 단잠을 잘 수 있었다. 하지만 강희 언니는 잠들지 못했다. 벌겋게 충혈된 눈을 또랑또랑 뜨고 벽에 머리를 기대고 앉아 있을 뿐이었다. 그러더니 일주일 만에 일어난 언니는 큰 가방을 들고 식당으로 들어왔다.

"집은 전세 내놨습니다. 짐은 대충 정리했는데, 가구는 새거니까 엄마집 거 버리고 쓰면 될 거 같고…… 냉장고도 식당에 하나 더 있으면 요긴할 거고요."

"덜떨어진 년."

"엄마."

엄마의 등이 크게 올랐다가 내렸다. 마치 등뼈 속에서 마그마가 드글드글 들끓고 있을 것 같았다.

"엄마, 저 이대로 있다간 무슨 일이 일어날지 자신 없습니다. 정말 자신 없어요."

"그래서 또 죽기라도 하겠다는 거야!"

엄마의 눈은 핏발이 서서 벌겠다.

"엄마, 제게 마지막으로 시간을 좀 주세요. 마지막으로요. 제발요."

강희 언니는 제 발로 정신병원에 다시 들어갔다. 우리 집은 무덤처럼 소용해졌나. 식당에 오는 사람들이 유령처럼 보였다. 손님을 맞이하는 엄마의 얼굴은 아무리 웃어도 굳어 있었다. 그동안 황 때문에 오빠 걱정을 맘 놓고 하지 못하기라도 한 듯 엄마는 밤만 되면 개다리소반에 물 한 그릇을 떠놓고 손바닥을 비비며 정체불명의 신에게 빌고 또 빌었다. 이만큼 떨어져서 보면 엄마의 마디 굵은 손만 공중에 둥실 떠 있는 것 같았다. 부업으로 식당일로 이력이 붙은 손은 엄마의 몸에서 가장 커 보였다. 종교도 없는 엄마가 이제는 그 손으로 기도를 하고 있는 것이다. 그래서 나는 오빠가 무사하리라 믿었다. 엄마 몸에서 가장 크고 가장 든든한 손으로 하는 일이니 틀림없을 것이라고 믿었다.

오빠만 있으면 엄마의 슬픔이 훨씬 덜어질 것 같았다. 하지만 오빠가 오는 것을 엄마는 원하지 않았다. 엄마에게 무소식이 희소식이라는 말은 부처님과 하느님이 하신 모든 말씀들을 제치고 최고의 명언이 되었다. 가끔 수상한 아저씨들이 식당을 기웃거렸다. 엄마는 오빠를 기다리면서도 오빠가 오지 않기를 간절히 바랐다.

하루에도 몇 번씩 이불을 뒤집어쓰고 악악 고함을 지르며 몸부림치던 정희 언니는 어느 날 결혼을 하겠다며 키가 큰 남자를 데리고 왔다. 언니보다 나이가 열 살이나 많은 남자였다.

정희 언니는 말했다. 결혼이 아무리 지옥이라고 하더라도 여기보다는 나을 거야. 상견례를 마치고 결혼은 빠르게 진행되었다. 시댁에는 이미 오래전에 인사를 마친 듯했다. 엄마는 정희 언니에게 아무 말도 하지 않았다. 오히려 잘됐다는 표정이었다. 남자 문제를 일으키지 않고 공식적으로 남자와 사는 일이 엄마에게는 최고의 효도처럼 보였다. 정희 언니가 결혼하던 날 우리 가족은 처음보다 반으로 줄어 있었다. 아버지와 강희 언니와 오빠가 참석하지 못했다. 엄마는 조금, 아주 조금 웃었다. 결혼식이 끝나고 신혼여행을 다녀온 정희 언니가 시댁으로 들어가자 엄마는 껍데기만 남은 사람처럼 보였다. 엄마와 나는 죽음을 앞둔 노인네처럼 기대도 바람도 없이 하루하루를 보냈다. 무거운 침묵이 엄마와 나 사이를 장악했다. 입을 다물어버린 엄마는 가을 햇살에 말라가는 까치감처럼 쪼글쪼글해졌다. 식당 마치는 시간이 되면 나는 방구석으로 파고들었다. 면벽을 한 엄마의 기도는 잠도 자지 않고 계속되었다. 저러다가 도가 통해 도사라도 되는 것은 아닐까 걱정이 될 정도였다. 집은 고요했다. 그 고요 속으로 떠오르는 얼굴이 있었다. 알랭 들롱이었다.

# 스승의 날

 기회는 생각지도 않게 빨리 왔다. 그에게 강희 언니의 이야기를 들려주겠다는 생각을 한 적은 없었다. 지금에 와서 그 어떤 방법을 동원한다고 하더라도, 그가 가진 모든 것을 버린다고 하더라도 강희 언니의 실패한 삶을 되돌릴 수는 없기 때문이었다. 더군다나 나는 그에게 용서받을 기회를 제공해주고 싶지 않았다. 그럼에도 불구하고, 나는 그에게 첫사랑의 이야기에나 써먹을 것이 분명한 이강희라는 이름을 되새겨주게 되었다. 아니, 어쩌면 나는 그가 이강희라는 이름을 마음 깊이, 화인처럼 붉게 새기기를 간절히 바라고 있었던 것인지도 몰랐다.
 스승의 날이었다. 아이들은 모두 비밀을 공유한 공범자가 되어 두 눈을 반짝이고 있었다. 오늘이 디데이였다. 벌써 일주일 전 반장 모임 때 2학년으로부터 작전 계획이 통지되었다. 3학년은 입시 때문에 참석할 수 없다는 내용과 함께였다.

"겉으로는 '그런 악습은 이제 그만둘 때가 되었다. 우리도 반성하고 있다. 그건 스승을 생각하는 행사가 아니라 괴롭히는 행사다. 후배들이여, 참아다오'라고 하지만 눈빛은 그게 아니었어. 너희들 잘 들어. 우리가 내년에 3학년이 되어도 올 3학년 선배들처럼 똑같은 말을 할 수밖에 없어. 하지만 그건 진심이 아니라는 것만 알아둬. 1학년, 너희들이 성공해야 이 전통은 이어질 거야. 위치상 너희들이 유리하거든."

전통이라고 하기에는 너무나 어처구니가 없었다.

'스승의 날은 선생님들이 실컷 놀아야 되고, 편히 쉬어야 한다. 그러기 위해서는 학생들이 없어야 한다. 그래서 우리가 선생님 몰래 학교를 빠져나간다. 우리가 없어지면 선생님은 쉴 수밖에 없다.'

말도 안 되는 논리였으나 아이들은 아무도 말이 안 된다고 생각하지 않았다. 생각만 해도 신나고 재미있는 일이었다. 5월에 들어서면서 전설 같은 이야기가 교실에 환각제 같은 냄새를 피우고 다녔다. 모두들 그 냄새에 도취되어 15일만 손꼽아 기다리고 있었다.

기다리는 아이들만큼 선생들의 반응도 재미있었다. 고개를 절레절레 흔들며 제발 이번 스승의 날만큼은 평소처럼 열심히 근무하게 해달라고 애원을 하는 선생부터 한 번만 더 그런 야비한 짓을 벌이면 퇴학시키겠다고 으름장을 놓는 선생까지 각양각색이었다. 무섭기로 소문난 역사선생은 사천왕 같은 얼굴을 하고, 이상한 눈치만 보여도 죽여버리겠다고 협박했다.

"너희들, 그게 선생님을 생각하는 행사라고 생각하나? 스승의 날만 되면 교내의 모든 선생님들이 초긴장 상태가 되어 쉬는 시간 10분도 쉬지 못하고 교실 문 앞에서 보초를 서야 한다. 그게 말이 되는 소리냐? 평소처럼 쉬는 시간이라도 쉬게 해주어야 할 것 아니야! 이 야비한 놈들. 이번에 한 번만 더 그런 일을 벌이면 내가 가만두지 않겠어. 너희들은 임마, 재미로 하는 일인지 모르지만 학교에서 공부해야 할 시간에 학생들이 없어지면 선생님은 시말서, 심하면 직위해제까지 당할 수도 있어. 한 사람 인생 끝나는 거지. 너희들 그러면 뭐가 되는지 알아? 가정파괴범이 되는 거야."

역사선생의 가정파괴범이라는 소리가 귀를 번쩍 뜨이게 했다. 나는 망설임 없이 스승의 날을 디데이로 잡았다. 다른 많은 아이들처럼.

1학년 교실 중에서도 6반과 7반은 위치상 도망가기가 제일 쉬웠다. 1학년 6반 앞문과 7반 교실 뒷문 옆에 매점으로 나가는 구름다리가 놓여 있었고, 매점은 바로 뒷산과 연결되어 있었다. 매점 뒤쪽은 등산로였다. 3학년 중에서는 야간자율학습이 하기 싫으면 그쪽으로 해서 슬쩍 도망가는 아이들이 많았다. 자율학습시간에 매점을 폐쇄할 수도 없고 해서 그냥 두기는 했지만 감독하는 선생들한테는 늘 골칫거리였다.

'5월 15일 2교시 후. 3학년을 제외한 전교생이 무슨 수를 써서라도 학교를 빠져나간다.'

이것이 반장회의에서 전달받은 사항이었다. 선생들이 모르는 반장회의가 진행되는 동안 교무실에서는 이번 스승의 날을 무사히 보내기 위한 교무회의가 오랫동안 이어지고 있었다. 종례시간을 훨씬 넘긴 시각에야 전의가 충만한 레슬링 선수 같은 얼굴을 한 담임이 교실 앞문을 벌컥 열어젖히며 들어섰다. 칠판을 땅땅 두드린 그의 손만으로도 분위기는 충분히 전투적이었다.

"15일. 내일 시간 계획을 이야기하겠다. 모두 잘 듣고 한 사람도 빠짐없이 잘 지키도록! 알겠나?"

담임의 이마에 그려진 갈지자가 성난 뱀처럼 꿈틀거렸다.

몇 시간에 걸친 교무회의에서 결정된 사항을 전달하는 것이겠지만 담임의 목소리는 마치 자신의 생각을 말하는 사람처럼 확신에 차 있었다. 말을 안 들으면 정말 퇴학이라도 감수해야 할 듯싶었다.

"모든 교사들은 다음 시간 담당과 교대를 한 후에 그 교실에서 나갈 수가 있다. 다시 말하면 모든 교실에는 쉬는 시간이나 공부시간이나 항상 교사가 상주한다. 거짓말로 선생님께 전화가 왔다든지 선생님을 누가 부른다든지 하는 말은 전혀 통하지 않는다. 그러니 아예 거짓말이나 장난칠 생각은 안 하는 게 좋다. 또한 화장실 가는 일 외에 일절 교실을 나갈 수 없다. 전화도, 매점 사용도 금지다."

그러므로 탈출이 가능한 시간은 선생들이 다음 수업을 위해 교실을 옮기는 1분 내지 2분의 짧은 시간뿐이다. 하지만 그 짧은 시간에도 다음 수업을 들어가기 위해 복도에 오가는 선생들이 있기 때문에 올해의 거사는 거의 불가능한 것처럼 보였다.

미리 조사한 바에 의하면 6반의 2교시는 영어였다. 7반이면 더욱 좋겠지만 6반이라도 상관없었다. 나는 미리 준비한 쪽지를 펴보았다.

'배도연 선생님 전화—이강희라는 여자분. 지금 바로 교무실로.'

대부분의 아이들은 나와는 다른 이유로 2교시 공부를 잘 하지 못했다. 아이들은 괜히 엉덩이를 들썩거렸으며 은밀한 시선을 주고받으며 몰래 웃었다. 놀자고 선생님에게 떼를 쓰지는 않았으나, 제대로 공부하는 아이도 없었다. 이 거사, 아니 놀이는 아이들의 기대감만으로도 재미가 충족되었다고 나는 느꼈다.

"에이, 이게 무슨 꼴이야. 쉬는 시간에 쉬지도 못하고."

2교시 수업을 마친 지리선생은 뒷문으로 의자를 하나 끌고 가서 앉았다. 앞문은 출입금지였다. 화장실 가는 아이들은 뒷문으로만 허락을 받고 가야 했다. 나는 쪽지를 넣은 손에 지그시 힘을 주며 자리에서 일어섰다.

"저어, 화장실 좀."

내 얼굴을 힐끗 본 선생이 갔다 오라는 손짓을 했다. 나는 천천히 6반을 향해 걸어갔다. 그리고 6반 앞에서 아무나 나올 때까지 기다렸다. 내 얼굴을 알아도 상관없었다. 나 역시 누군가에게 받았다고 하면 그만이다.

화장실을 다녀오는 6반 아이에게 쪽지를 전해주고 나는 몸을 돌려 천천히 교실을 향해 걸어갔다. 내 뒤로 드르륵. 6반의 교실 문을 여는 소리가 들리고, 곧 바쁘게 슬리퍼 끄는 소리가 들렸다. 학생들은 아무도 슬리퍼를 신지 않는다. 나는 침착하게 뒤를 돌아보았다. 배도연, 그가 급하게 계단을 뛰어내려가고 있었다. 무엇이 그를 이 비상시에 앞뒤 재지 않고 뛰어가게 했는지 나는 안다. 그것이 사랑이라고? 천만의 말씀이다. 나는 사랑을 믿지 않지만, 그에게는 내가 믿지 않는 그 사랑조차 없다. 그는 지금 불안한 것이다. 그가 가진 것들이 깨어질까 두려운 것이다. 허둥거리는 그의 발자국 소리만으로도 나는 그의 두려움을 알 수 있었다.

계단을 내려가는 그의 발소리가 신호라도 되는 것처럼 6반 아이들이 책가방도 들지 않은 맨몸으로 우르르 쏟아져 나왔다. 매점을 향해, 매점 뒤편 등산로를 향해 아이들은 썰물처럼 빠져나갔다.

"성공이야."

내가 아이들을 보며 중얼거리고 있는 사이, 수상하고 어수선한 분위기를 느꼈는지 교실을 지키고 있던 선생들이 험악한 얼굴로 복도로 뛰쳐나왔다. 6반 아이들의 꽁무니를 발견한 선생들은 몽둥이를 들고 아이들 뒤를 쫓았다. 장엄한 활극이었다.

"정문!"

 누군가가 소리쳤다. 선생들이 모두 6반 아이들의 뒤꽁무니를 쫓아 산으로 갔다는 사실을 어떻게 알았는지 여기저기서 아이들이 한꺼번에 쏟아져 나왔다. 아이들은 비명을 지르고 깔깔댔다. 들뜬 얼굴로 복도를, 교정을 내달렸다. 아이들은 이제 선생이 지키고 있든 없든 상관하지 않았다. 그들은 이미 시작을 해버린 것이다. 아이들은 뒷산을 포기하고 정문을 향해 뛰었다. 어떤 선생도 아이들이 정문으로 빠져나갈 것이라는 상상을 하지 못했다. 하지만 선생들도 만만치 않았다. 교무실에 있던 선생들이 정문을 향해 달렸고, 큰길을 채 건너기도 전에 아이들은 모두 붙잡혔다. 달리기를 잘해 이미 버스 정류장에 가 있던 아이들도 건너편 선생의 악에 받힌 고함 소리에 주눅이 들어 모두 다시 길을 건너왔다. 문제는 6반 아이들이었다. 반수 정도는 산을 타고 넘어 시야에서 사라져버린 것이었다.

 책상 위에 걸상을 들고 꿇어앉아 등과 엉덩이와 뺨을 무자비하게 얻어맞았다. 아파서 눈물이 뚝 떨어지기는 해도 아이들은 반성하지 않았다. 때리는 선생을 원망하는 것도 아니었다. 아이들은 일을 해내고 말았다는 성취감에 빠져 있었다. 손가락 자국이 난 뺨을 들이대며 맞은 볼살이 아프도록 마주 보고 웃었다. 그들이 우리에게 속아 넘어갔다는 사실 하나만으로도 우리는 고무되었다. 매를 맞으면서 그런 공통된 감정을 가질 수 있다는 사실이 대견스러워 아이들은 감격의 포옹을 주고받았다.

"야, 수고했어."

하지만 결과는 참혹했다. 전날보다 더 길어진 교무회의. 어둑해져서야 들어온 담임의 부어터진 얼굴과 그들의 전문수법인 퇴학과 정학. 뭐 그 정도는 귀엽게 또는 그냥 무시하고 넘어갈 수 있는 예정된 사안이었다. 문제는 다음 날이었다. 다음 날 아침, 1, 2학년 전원이 운동장으로 나가 양팔 간격으로 꿇어앉은 채 교장의 길고 긴 설교를 들었다. 설교는 시간을 초월한 채 끝도 없이 이어졌다. 장황한 설교의 요지는 너무나 간단했다. 스승의 은혜도 모르고 사리 분별도 할 줄 모르는데다 남이 하는 대로만 따라 하는 주관도 없는 바보 멍청이라는 것이다. 우리가 말이다. 전통이라고 이름만 붙이면 똥이라도 주워 먹을 것들이라고 했다.

아직 못다 한 말이 남았다는 듯 찌푸린 얼굴로 미적거리며 교장이 단상을 내려간 뒤, 우리는 꿇어앉아 반성문을 썼다. 운

운동장엔 볼펜 딸각거리는 소리 하나 나지 않았다. 미리 준비해 간 노트를 바닥에 받치고 8절지 시험지 두 장의 반성문을 빽빽이 채워서 써냈다. 그것으로 끝이 아니었다. 그다음은 벌이었다.

"모두 엎드려뻗쳐!"

가정의 달 5월의 햇살은 징그럽게도 뜨거웠다. 하늘은 바람 한 점 없이 매끈한 얼굴로 우리를 조롱하고 있었다. 엉덩이를 쳐들고 있어 스커트 안쪽 허벅지가 훤히 다 보였다. 조금이라도 움직이면 몽둥이가 날아들었다. 땅에 박은 주먹에서는 돌멩이가 살갗을 파고드는 아픔이 느껴졌다. 치켜든 엉덩이가 훤히 드러나도 수치심이 느껴지지 않을 만큼 고통스러웠다.

하루가 온통 지난 것 같은 시간이 흘렀는데도 일어서라는 말은 나오지 않았다. 순시하는 선생들의 발걸음은 느렸다. 그들의 한적한 걸음이 일으킨 뽀얀 흙먼지가 콧구멍과 벌어진 입으로 들어왔다. 흙과 땀이 뒤범벅이 되어 얼굴과 목을 덮었다. 헉헉. 끙끙. 가쁜 숨 사이로 쓰러지는 아이가 하나둘씩 생겼다. 몇 명은 양호실로 업혀갔다. 아이들의 신음 소리는 고통을 가중시켰다. 귓바퀴를 간질이며 흘러내린 땀방울이 뚝 바닥으로 떨어섰다. 그때, 가정선생과 생물선생이 낮은 목소리로 도란거리며 내 쪽을 향해 다가오고 있었다. 다리 모양만 봐도 우리는 그들이 누구인지 알아낼 수 있었다.

"정말, 미쳤지? 전화 왔다는 아이 말을 그대로 믿다니. 이게 보통 일이니? 교장이 오늘 오후에 교육청에 불려간단다. 조금 심각한가 봐. 배 선생님 고생 좀 하겠어. 그렇게 순진한 줄 몰랐는데……."

그는 오늘 운동장에 나오지 않았다. 사건의 발단은 그가 교실을 비움으로써 시작된 것이었다. 아침에 오니 그에 대한 이야기가 무성하게 나돌았다. 시말서를 냈다는 둥, 두 달 동안 감봉이 되었다는 둥, 파면되어 어쩌면 학교를 그만두게 될 거라는 둥의 이야기였다. 아이들은 그 쪽지를 전해준 어리석은 아이가 누구인지 알고 싶어 안달복달했다.

"어떻게 배도연 선생님이 우리 때문에 희생자가 되어야 하느냔 말이야?"

그의 추종자들은 하루 종일 입에 거품을 물고 뒤로 쓰러질 것 같은 표정으로 교정을 나돌아 다녔다. 하지만 그는 아무렇지도 않은 얼굴을 하고 그다음 날 수업에 모습을 나타냈다. 나는 그에게서 고통과 불안을 읽어내려고 애를 썼다. 시말서나 감봉이나 파면 따위가 이사장의 조카인 그를 두렵게 하지는 않을 것이다. 이강희라는 이름을 보고 그가 정말 아무렇지도 않았는지 나는 그것이 알고 싶었다. 그는 약간 마르고 초췌한 모습으로 그러나 변함없는 다정다감한 목소리로 말했다.

"대단해. 정말 대단한 아이들이야. 이번에 너희들이 선생님들한테 기똥찬 선물을 했더군. 너희들 덕분에 내년 스승의 날은 정말로 수업을 안 하게 되었다. 내년부터는 사생대회를 가기로 했어."

아이들은 이를 환히 드러내놓고 활짝 웃으며 환호성을 질렀다. 그러나 그는 웃지 않았다.

나는 그가 모래처럼 바스러지기를 원했다. 아니 모래로 남는 것조차 용납할 수 없었다. 그런데 그는 보란 듯이 건재했다. 6월로 들어서기도 전에 그의 얼굴에서는 티끌만 한 고뇌의 흔적도 찾아볼 수 없었다. 학교에 가면 맨송맨송한 얼굴로 웃고 있는 그를 봐야 하는 일이 제일 괴로웠다.

# 김분자 선생

 열쇠를 들고 책상서랍 맨 아래칸을 열었다. 그곳에는 그동안 모아둔 일기장 몇 권과 친구에게서 받은 편지가 들어 있었다. 초등학교 5학년 때의 일기장을 찾았다. 일기장을 펼치자 맨 앞장에 돈이 끼여 있었다. 그가 준 돈이다. 벌써 몇 년 동안 잊고 있었던 돈. 찢었다가 다시 밥풀로 붙인 돈, 늘 내 양심을 찔러대던 돈. 나는 그것을 꺼내 문방구로 가서 편지지와 편지봉투, 우표를 샀다.

 처음 시작하는 기분으로 나는 그의 주변에 얼쩡거리는 모든 사람들을 찬찬히 살펴보았다. 김분자 선생, 우리 반의 기숙이나 명현이, 반반마다 다른 자칭 그의 마누라들, 그리고 미선이도 있다. 미선이가 배도연을 좋아한다는 소문은 익히 들어 알고 있었다. 그냥 좋아하는 게 아니라 거의 미쳐 있다……, 아이들은 이렇게 말을 불렀다. 그들 중 하나를 고르는 일은 힘들었다. 그들은 모두 내가 어떻게 하느냐에 따라 그를 파멸의 구렁텅이에 빠뜨릴 수도 있는 사람들이었다. 배도연, 그뿐만 아니라 그들 중의 누군가가 다칠 수도 있었다.

고민 끝에 김분자 선생을 표적으로 삼았다. 알아본 바로 그녀는 아이도 없이 혼자였고, 놀랍게도 3년 전에 이혼을 한 상태였다. 김분자 선생 이웃에 사는 아이의 입에서 나온 말이니 믿을 만한 정보임에 틀림없었다. 여러 명의 후보 중에 그녀를 택한 것은 그녀가 어른이라는 것, 설혹 상처를 받게 되더라도 충격이 아이들보다는 덜할 것이라는 이유에서였다. 이혼이라는 상처를 이미 겪었기에 지금쯤은 딱지가 딱딱하게 굳어 둔해졌을 것이고, 다시 아픔이 온다고 해도 빨리 이겨낼 수 있을 것이라고 생각했다. 상처는 덧날 때 더 아프다는 사실을, 상처가 아물고 난 뒤 다시 상처가 나더라도 익숙해지기는 어렵다는 사실을 그때 나는 몰랐다.

방학 보충수업이 시작되자, 배도연을 교실에서 볼 수 없었다. 그는 2학년과 3학년 일부 반만 보충수업을 맡게 되었고, 1학년 교실에는 들어오지 않았다. 가끔 매점에서 음료수를 마시는 그를 먼발치에서 보곤 했다. 방학 때에도 여전히 그의 손에는 아이들이 들려준 커피가 떠날 날이 없고, 그의 책상에는 선풍기 한 대만이 겨우 돌아가는 교무실의 후텁지근한 공기 속에서도 장미가 싱싱했다.

김분자 선생은 보충수업이 없는데도 자주 학교에 나왔다. 그와 함께 교무실에 나란히 앉아 이야기를 나누는 그녀를 보았다. 조용조용한 그녀의 웃음 속에서 얼핏 교태가 느껴지는 날도 있었다.

집에 가면 나는 하루에 30분씩 시간을 정해두고, 그와 그녀의 필체와 사인 연습을 했다. 다행히도 그가 직접 써서 복사해준 영화 삽입곡의 한글로 쓴 해설과 영어로 적힌 노래 가사 유인물이 있어 그리 어렵지는 않았다. 국어시간마다 칠판에 판서를 하는 그녀의 글씨를 흉내 내는 일 역시 마찬가지였다.

'당신의 눈 속에 잠긴 우울과 슬픔을 보면 나는 마치 사막을 걷고 있는 기분이라오. 당신을 만나고 싶소. —배도연'

사인을 하고 약속 장소와 시간을 적었다. 우표를 붙이고, 김분자 선생의 집으로 편지를 보냈다. 배도연의 편지는 짧게, 김분자 선생의 편지는 길고 애절하게 적었다. 그녀의 편지는 우체통을 이용하지 않기로 했다. 그의 집으로 보내면 아내에게 발각될 위험이 있다. 미리 발각되면 일을 그르치게 된다. 김분자 선생의 편지는 약속된 시간인 사흘 뒤, 그의 책상 위에 두게 될 것이다.

이른 아침, 교무실은 간밤의 무더위가 낮게 가라앉아 있어 시원한 바깥 공기와는 달리 후텁지근했다. 교무실에는 아무도 없었다. 새벽부터 와서 교실마다 설치며 다니는 수학선생 '꼭두새벽'도 아직 오지 않았다. 나는 눈으로 교무실을 한 바퀴 휭 둘러보았다. 노란 프리지어와 안개꽃이 눈부시게 만발한 그의 책상은 말끔히 정리가 되어 있었다. 옅은 분홍빛 편지봉투 겉면에는 배도연 선생님이라는 이름 외에는 아무것도 적지 않았다. 너무 눈에 띄어도 안 되고, 그가 쉽게 찾아낼 수 없는 곳에 두어서도 안 된다. 편지를 책상 고무판 밑에 넣었다. 모서리가 보이도록 넣었으므로 알아채지 못하지는 않을 것이다. 교무실을 나오는데 지리선생 책상 위에 만화책 두 권이 있었다. 『캔디 캔디』였다. 아마도 누군가가 수업시간에 읽다가 뺏긴 것이리라. 아직 내가 읽지 않은 5권과 6권이었다. 나는 캔디 두 권을 가슴에 안았다. 편지를 두기 위해 교무실에 온 것이 아니라 빼앗긴 책을 되찾기 위해 살짝 들어온 아이처럼 나는 책을 등 뒤로 감추고 교무실을 나섰다.

갑자기 뒤통수가 서늘했다. 김분자 선생이 마음에 걸렸다. 이래도 되는 것일까. 나는 양호실을 지나면서 잠시 그 자리에 멈춰 섰다. 아니야. 그녀를 위한 일이야. 나는 침울해진 마음을 다잡고, 자리에 앉아 캔디를 펼쳤다.

자습시간이고 수업시간이고 상관하지 않고 아이들은 캔디를 읽었다. 그래서 선생들한테 가장 많이 뺏기는 단골 책이기도 했다. 아이들은 용돈을 모아 서점에서 나오는 대로 캔디를 사들였고, 교실에 가져와서 돌려 읽었다. 선생들은 압수한 책을 교무실에 들고 가 읽었다. 아이들에게서 뺏은 캔디를 읽다가 홀쩍거리고 우는 생물선생을 보았다고 누군가가 이야기하는 바람에 아이들은 뺏기는 일조차 예사롭게 생각하게 되었다. 선생들, 다 읽으면 돌려주겠지. 캔디에 관한 한 모두 너그러워졌다.

추운 겨울날, 고아원 앞에 버려진 채로 발견된 아이. 주근깨 투성이의 얼굴에 인정 없는 어른들한테 구박받는 불행을 타고났지만, 불굴의 끈기와 배짱으로 모든 어려움을 헤쳐 나가는 들장미소녀 캔디. 그녀에게 열광하는 것은 그녀의 낙천성이나 인내심 또는 삶에 대한 강한 의지력 때문만은 아니다. 밤새도록 그녀를 읽고 몸부림치며 가슴 떠는 이유는 그녀의 사랑과 그녀를 사랑하는 남자들 때문이다. 안소니, 아치, 스테아, 알버트, 그리고 테리우스. 그녀는 사랑받는 여자다. 모두 캔디를 꿈꾼다. 테리우스와의 깊은 입맞춤이 그려진 만화책을 가슴에 껴안고 아이들은 온몸을 비틀며 발을 굴렀다. 하지만 그녀의 사랑은 그리 행복하지 못하다. 안소니의 죽음과 테리우스와의 이별……. 죽음과 이별을 겪으면서도 캔디는 좌절하지 않는다. 결코 울지 않는다. 그것은 그들의 사랑이 진실이었고, 그래서 슬픔과 이별이 오히려 힘이 되고, 삶을 포기하지 않을 이유가 되기 때문이다.

그러므로…… 어리석은 사랑은 깨우쳐주어야만 한다. 짐승의 아가리에서 고통 없이 발을 뺄 수는 없다. 살이 찢기는 아픔 정도는 각오해야만 한다. 김분자 선생도 오랜 시간이 지나면 나를 원망하지 않을 것이다. 나는 고개를 크게 끄덕이며 책장을 한 장 넘겼다.

그리 넓지 않은 길이라 거리 이편에서도 커피숍 유리 안이 잘 보였다. 그녀는 벌써 두 시간째 호텔 로즈마리 커피숍에 꼼짝도 하지 않고 앉아 있었다. 처음 얼마 동안 그녀의 기다림은 즐거워 보였다. 어깨를 들썩이며 싱글싱글 웃기도 하고, 물을 마신 뒤엔 꼭 콤팩트를 꺼내 얼굴을 살폈다. 분첩으로 얼굴을 탁탁 두드리거나 루주를 새로 바르기도 했다. 한 시간이 지나자 그녀는 지나가는 사람 보는 일을 유일한 소일거리로 삼는 노인네처럼 창밖에 눈을 주고 있었다. 그러다가 가끔 고개를 길게 빼 입구를 쳐다보기도 했다. 약속이 뒤틀린 것일까. 그는 나타나지 않았다. 시간이 갈수록 그녀를 보는 일이 지겨워졌다. 잠시 후, 무겁게 몸을 일으킨 그녀가 커피숍 입구의 공중전화 앞으로 다가갔다. 통화를 하는 것인지, 그녀는 수화기를 들고 장승처럼 서 있었다. 나는 참담한 기분으로 그 자리를 떴다.

문제는 그녀가 바람맞은 데서 끝나지 않았다. 편지는 아침 일찍 꽃을 바꿔 꽂으러 온 그의 열성팬 중 한 사람에 의해 발각되었다. 내가 쓴 김분자 선생의 편지가 아이들의 손을 돌고 돌아 내 손에 들어왔을 때는 귀퉁이가 다 해어지고, 접은 부분이 찢어져 구멍이 나 있었다. 그의 팬들 중 한 사람에 의해 쓰레기처럼 구겨졌다가, 주책없는 이혼녀의 치부를 좀 더 많은 아이들에게 보여주기 위해 다시 펼쳐진 흔적이 상처처럼 또렷했다.

"야, 이거 선생 맞어? 이렇게 노골적으로 편지질을 해도 되는 거야?"

"거기 잘 봐라. 호텔 로즈마리 커피숍? 커피숍은 무슨 커피숍. 뻔할 뻔 자야. 배도연 선생님을 꼬드겨서 방으로 올라가려고 했겠지?"

"매일 밤 당신 꿈을 꾸어요. 외로움은 죽음처럼 다가오고, 당신은 바다처럼 내 가슴속에서 출렁인다? 우리가 이런 여자한테 무슨 교육을 받겠니? 비도덕적이고, 불결해."

흥분한 아이들은 가만있지 않았다. 다음 날, 누군가에 의해 편지는 수십 장 복사되었다. 그들만의 사랑을 잃을 뻔한 아이들은 잔인했다. 비장한 얼굴로 대여섯 명의 아이들이 셀로판테이프와 가위, 복사 편지를 한 뭉치씩 들고 뛰어다녔다. 그들 중에 우리 반 기숙이는 물론 미선이도 있었다. 평소 배도연을 가운데 두고 머리를 쥐어뜯으며 싸울 듯이 사이가 좋지 않았던 그들이 한마음 한뜻으로 일치단결한 것이다. 복사 편지는 사람들이 언제든지 오가는 곳에 '무찌르자 공산군'으로 시작하는 반공 표어처럼 붙어 있었다. 화장실 벽이나 매점 한구석에 붙여둔 편지를 몰래 떼어내는 일은 어렵지 않았다. 하지만 교장실, 교무실에 이미 배달된 복사 편지는 내 힘으로도 어쩔 수가 없었다. 교무실 책상마다 편지가 놓였고, 신생들은 담징 길

김분자 선생 221

은 얼굴을 하고 편지를 읽었다. 오로지 그녀의 감정이지만 자기한테도 잘못은 있다는 듯 침울하게 고개를 수그린 채 책상 앞에 앉아 있는 그의 어깨를 지나가던 선생들이 툭툭 두드려 주었다. 상상하지도 못한 풍경이 펼쳐지고 있었던 것이다. 아아, 다시 되돌릴 수는 없을까. 모든 것은 내 실수였다. 편지가 그의 손에 안전하게 들어가는 것을 확인해야만 했다.

그나마 다행인 것은 그녀의 얼굴을 볼 수 없다는 것이었다. 남은 방학 동안 그녀는 한 번도 학교에 나오지 않았다. 나는 죄책감을 느꼈다. 가끔 꿈을 꾸기도 했다. 꿈에 나타난 그녀는 아무 말도 없이 나를 그녀 앞에 꿇어앉혔다. 다리가 저려서 눈을 뜨면 마치 바닥에 자갈이라도 박힌 것처럼 무릎이 아팠다. 하지만 그를 사랑한 대가로 그 정도는 아무것도 아니지 않은가. 그를 사랑했다는 사실 때문에 다시는 일어설 의지조차 없이 짓뭉개진 여자도 있다……. 나는 죄책감을 무력화시키기 위해 내가 아무 짓도 하지 않았음을 거듭 강조했다. 실수로 엄마의 지갑에서 돈을 조금 가지고 간 것뿐인데, 내가 어떻게 천하의 날도둑놈으로 낙인찍힐 수 있겠는가.

2학기가 시작되어서도 김분자 선생은 학교에 나오지 않았다. 시골에 있는 학교로 자청해서 전근 갔다는 소문만이 무성

할 뿐이었다. 시간이 지날수록 죄책감은 햇빛에 노출된 수성 물감처럼 점점 희미해져갔다. 그녀가 학교를 떠난 것은 다행스러운 일이었다. 물에 빠져 죽을지도 모르는데, 실신만 했다면 그것은 그녀에게 얼마나 다행한 일인가.

12월이 되자 학교이사장이 제10대 국회의원에 당선되었다는 소식이 들렸다. 학교에서 배도연의 입지는 더욱 강력해졌다. 배도연이 이사장에 취임하거나, 설사 이사장이 안 되더라도 학교의 실질적인 권력을 쥐게 될 거라는 소문이 무성했다. 그렇게 내버려둘 수 없었다. 김분자 선생의 일은 내가 너무 조급했다는 결론을 내렸다. 애꿎은 희생 없이 일을 치르려면 완벽한 작전이 필요했다.

# 미선이

2학년이 되자 아이들은 인문반, 자연반으로 나뉘었다. 나는 어떤 확신도 없이 인문반을 선택했다. 같은 반이 된 미선이는 나를 보자마자 기호 욕을 해댔다. 기호가 엄마랑 포장마차를 하는데 그 꼴을 네가 봤으면 고소해서 죽었을 거야. 한번은 포장마차를 끌고 집으로 가는 걸 봤는데 기호가 몸을 움직일 때마다 리어카가 한쪽으로 쏠리면서 냄비 부딪히는 소리가 쩔렁쩔렁 나더라 하면서 깔깔거리고 웃었다. 무거운 책이라도 올려놓은 듯 미선이의 웃음소리가 내 가슴을 짓눌렀다. 나는 미선이의 눈을 피한 채 물었다. 어디서 하는데? 송도 아랫길 있잖아. 거기서 해. 나는 고개를 끄덕였다. 더 이상 듣고 싶지 않았다. 왠지 들춰내고 싶지 않은 일이 가득 적힌 일기장을 훔쳐보는 기분이었다.

  선생들은 입시는 이제부터 시작이라며 겁을 주었고, 아이들은 며칠 가지 않을 3월의 각오를 굳게 다졌다. 나는 점심을 먹고 나면 목화동산으로 올라갔다. 학교 뒤쪽으로 목화를 심은 넓은 밭이 있었다. 1학년 체육시간에 두어 번 목화밭 잡초를 매느라 올라와본 곳이었다. 그때 잡초를 뽑으면서 꼭 혼자 다시 찾게 될 것이라는 생각을 했다. 나는 그곳이 정말 마음에 들었다. 아늑하고 조용해서 그 누구에게도 방해받지 않고 어지러운 내 생각을 풀어놓을 수 있을 것 같았다. 밭 위쪽으로 몇 구의 무덤이 있어 무섭다는 아이들도 있었지만 그것마저 나에게는 낭만적으로 보였다. 밭과 이어진 오른편으로 군데군데 긴 의자가 놓인 오솔길이 운치 있게 이어져 있었다. 점심시간이면 나는 목화밭 벤치에 앉아 교정을 내려다보았다. 강희 언니가 닿을 수 없었던 남자가 행복하게 살고 있는 곳. 교정은 마치 배도연이 주인공으로 사는 궁전 같았다.

  간혹 복도에서 그곳을 올려다보면 특별한 이유도 없이 눈물이 났다. 복도에서 본 그곳은 너무나 외로워 보여서 마치 유배지 같았다. 언니가 있는 곳. 그곳이 저럴 것이다. 스스로 유배를 자청해서 간 언니를 생각하면 목구멍 저 아래에서부터 통증이 올라왔다.

"이수희, 여기서 뭐 하니? 응?"

배도연이었다.

"저번에도 그러더니 또 목화동산을 보고 있네. 거기 자주 가나 보네. 조심해. 조용하고 좋긴 하지만 거긴 인적이 드물어 어두울 땐 위험해. 예전에 저기서 살인미수 사건이 일어난 적도 있었어. 조심하라구."

살인미수. 나는 그를 똑바로 노려보았다. 그가 저지른 살인미수는 어떡할 셈인가. 내 눈빛을 전혀 읽지 못한 그가 어깨를 툭 치고 지나갔다. 그의 손바닥이 찍힌 어깨에 고압 전류가 지나간 듯 경련이 일었다.

가끔 강희 언니가 있는 병원으로 엄마 몰래 전화를 했지만 언니와는 잘 통화가 되지 않았다. 이젠 엄마마저 건망증처럼 강희 언니를 잊어가고 있었다. 엄마를 지치지 않게 하는 유일한 사람은 오빠뿐이었다. 전화가 와도 놀라고, 전화가 오지 않아도 걱정하는 엄마의 일상은 변함이 없었다. 어느 날 오빠의 친구가 찾아와 오빠 것이라며 책을 맡기고 갔다. 엄마는 그것을 김장독처럼 땅에다 파묻었다. 어머니, 아마 전화가 도청되고 있어서 경수가 집으로 전화를 못 할 거예요. 그래도 잘 있으니 염려 마세요. 어머니 아들 믿으시죠. 어머니께서 건강하셔야 경수도 잘 있습니다. 전라도 사투리가 섞인 그의 말투는 수배 중인 아들들의 엄마를 열 명쯤은 찾아다닌 사람처럼 믿음직스럽게 들렸다. 눈물을 보이지 않으려고 말문을 닫아버린 엄마는 할 수 있는 모든 반찬을 만들어 그를 대접하고 오빠에게 전해달라며 돈봉투를 손에 쥐여주었다. 그의 방문만으로도 우리 집은 숨통이 트여 누군가의 속임수 같았던 오빠의 실종을 한동안은 잊을 수 있었다.

  하지만 학교에만 가면 감옥 속인 것처럼 답답했다. 매일 배도연을 보고, 매일 강희 언니를 떠올렸다. 교실은 숨이 막히게 갑갑해서 그렇지 않아도 몸에 딱 맞는 교복 솔기가 터져버릴 것 같았다. 목화동산까지는 너무 멀어 쉬는 시간에는 은행나무 아래 벤치에 갔다. 바람에 배를 뒤집는 은행나무 이파리 사이로 학교 앞 떡볶이집이 보였다. 학생주임의 눈을 만족시키면서 적당히 층을 내어 촌스럽지 않게 잘라주는 경 미장원과 예쁜 여자아이들을 보면 눈길을 주체하지 못하는 대머리 아저씨의 문방구도 보였다. 그런 것들을 보고 있으면 금방 쉬는 시간이 끝나는 종이 쳤다. 수업시간에 늦어 야단을 듣는 일이 잦아졌다.

　배도연이 점심시간에 일정하게 은행나무 벤치에 나타난다는 사실을 알게 된 것은 뒷산의 연초록 이파리들이 조금씩 짙어갈 무렵이었다. 그와 함께 있는 사람은 미선이었다. 미선이의 옆얼굴은 쳐다보기에 민망할 정도로 벌겋게 달아올라 있었다. 적당히 그을린 배도연의 목덜미가 발그대대해지면서 그의 얼굴에 여유만만한 웃음이 떠올랐다. 수줍은 듯 고개를 숙이고 있지만 미선이의 몸은 이미 그에게 반쯤은 기울어져 있었다.

　미선이는 고등학생이 되고부터 얼굴이 화사하게 피어났다. 우연히 길거리에서 미선이를 한번 본 엄마가 예뻐졌다는 말을 하면서 진저리를 쳤던 기억이 났다. 예쁘다는 것은 엄마에게 아니 우리 가족 모두에게 두려움의 다른 말이었다. 어릴 때는 미선이를 보고 사람들이 예쁘다고 해도 그러려니 했다. 예쁜 만큼 부족한 점이 많았기 때문에 미선이는 부러움이나 시기의 대상이 될 수 없었다. 여전히 공부를 못했지만 열여덟의 미선이는 그렇지 않았다. 예쁜 것은 공부를 잘하는 것과 마찬가지로 특권이자 자랑거리가 되었다. 그것은 공부와는 달리 열심히 노력하지 않아도 저절로 얻게 되는 복권 당첨 같은 것이었다. 남자들에게 예쁜 여자는 공부를 잘하는 여자보다 훨씬 매혹적으로 보인다는 것을 우리도 알았다.

은행잎처럼 눈이 약간 아래로 처진 미선이는 동양적인 미인형이었다. 특히 단아한 콧날과 붉고 작은 입술은 매혹적이었다. 덩치도 작고, 키도 그만그만한 수준이었다. 웃을 땐 아예 눈이 보이지 않게 눈웃음을 치면서 애교를 부렸다. 1학년 때에는 남자처럼 생긴 3학년 선배로부터 선물 공세를 받기도 하면서 이름이 제법 알려지기도 했다. 하지만 그 이후 미선이는 배도연의 극성스러운 반짝이 중 하나로 더 유명해졌다.

나는 미선이의 아주 사소한 행동까지 어려운 수학 문제를 풀 듯 꼼꼼히 체크해 나갔다. 미선이는 매일 그의 주위를 배회했다. 틈만 나면 하루 종일 그를 기다리며 은행나무 벤치에 앉아 있었다. 그 역시 마찬가지였다. 그만을 바라보는 많은 여고생들 중 미선이가 특별히 마음에 들었던 것이 틀림없었다. 눈에 띄게 예쁜데다 어수룩하기까지 하다. 비밀스러운 그의 레이저가 작동하기 시작한 것이다. 미선이를 보는 그의 얼굴에서 꿈틀거리고 일어서는 욕정의 그림자를 나는 놓치지 않았다. 키가 작은 미선이는 교실에서 앞쪽에 앉았다. 그는 자주 미선이의 눈을 보며 웃음을 지었다. 아이들이 야유를 보내면 미선이의 볼은 더 붉어지고, 그의 잘생긴 얼굴은 더욱 뻔뻔스러워졌다. 하지만 학교라는 공간 때문인지 선생이라는 직위 때문인지 배도연은 더 이상 발전된 행동을 보이지 않았다. 나는 종종 그가 좀 더 과격해지기를 기도했다.

자율학습시간이었다. 미선이는 도서실에 있었다. 나는 미선이와 같은 책상에 자리를 잡았다. 책을 펴놓고 있었지만 미선이는 공부를 하고 있지 않았다. 연습장에다 끊임없이 낙서를 하면서 왼손으로 머리카락을 뱅뱅 돌리고 있었다. 한숨을 길게 쉬며 가끔 손가락으로 눈을 꾹꾹 누르기도 했다. 잠시 이마를 책상에 박고 죽은 듯 있던 그녀는 화장지로 코를 닦으며 자리에서 일어났다. 저녁을 먹은 지 30분도 채 지나지 않은 시각이었다. 도서실 문이 조심스럽게 열리는 소리를 들으며 나는 조용히 의자를 뒤로 뺐다. 미선이의 연습장에는 그의 이름이 어지럽게 적혀 있었다. 영어로, 한자로, 한글로 온통 그의 이름뿐이었다. 나는 미선이의 연습장을 덮었다.

미선이는 옥상에 있었다. 옥상은 아이들이 커피를 뽑아 들고 올라와 쉬는 쉼터이기도 했다. 미선이도 역시 커피를 손에 들고 난간을 향해 걸어가고 있었다. 스스로를 기만하여 사랑에 빠뜨리고 상처받기를 간절하게 바라는 여인의 뒷모습은 위태로웠다. 언젠가 난간을 밟고 죽음 앞에 선 강희 언니의 먹먹

했을 가슴이 떠올랐다. 언니를 보는 듯 나는 숨이 턱 막혔다.

"미선아!"

미선이가 휙 돌아보았다. 어? 의외라는 듯 미선이가 눈을 동그랗게 떴다. 미선이의 머리 위로 노오란 달빛이 부서져 내렸다. 미선이가 커피를 입으로 가지고 가더니 '마실래?' 하는 표정으로 커피 잔을 내밀었다. 나는 고개를 흔들었다.

"너 집에 무슨 일 있니? 아님 고민이 있는 거야?"

"……아니. 그냥 죽고 싶어."

그녀의 눈 속에 외로움이 거미줄처럼 뒤엉켜 있었다. 사랑은 외롭다. 혼자 하는 사랑은 더욱 그럴 것이다. 나를 물끄러미 보던 미선이가 푹 고개를 떨어뜨렸다. 그러고는 종이컵을 쥐고 빙글빙글 돌리기 시작했다. 비밀은 서로 공유할 때에 더욱 비밀스러워진다. 내 비밀을 먼저 털어놓을 때 상대방은 자신의 이야기를 토해내고 싶은 갈증으로 목이 마를 것이다.

"죽고 싶지 않은 사람도 있을까. 나 역시 그래. 정말 죽고 싶던 때가 있었어. 하루에도 수십 번. 아니, 수백 번."

거짓말이 시작되자 마음이 오히려 차분해졌다. 나는 일부러 미선이 쪽을 보지 않았다. 그런데도 미선이의 시선이 느껴졌다. 미선이는 내 입을 보고 있었다. 사기와 비슷한 이야기가 나오기를 고대하고 있으리라. 함께 목 놓아 울 친구를 찾고 있을 것이다.

"넌 그런 생각 안 할 줄 알았어. 넌 언제나 냉철하고 무슨 일이든지 똑 부러지게 하잖아. 어른들한테도 칭찬만 듣고."

"그런 게 어딨어. 나도 가슴이 하루에 몇 번씩 무너져 내리는 때가 있는데……."

미선이가 반가운 얼굴로 내 손을 덥석 잡았다.

"정말?"

머릿속이 백지처럼 하얗게 변했다. 이야기를 만들어야 한다. 불가능한 사랑 이야기를. 연예인도 아닌, 선생님도 아닌, 그 누구를 사랑한다고 말해야 할까.

"이런 이야기, 해도 될까? 나……, 사촌오빠를 무지하게 좋아해. 오빠도 그렇고……. 친척으로 느껴지지가 않아. 어른이 되면 멀리 도망가 살자고 오빠가 그랬지. 정말 말도 안 되지."

사촌오빠, 상투적이긴 하지만 특별한 사람은 오히려 의심받을 수도 있다. 나는 사랑에 지친 슬픔으로 나를 위장했다. 더 절절한 사연을 기다리기라도 하는 것일까. 미선이가 초조한 듯 연신 입술을 핥았다. 흑 하고 흐느끼는가 싶더니 미선이는 옥상 난간을 붙잡고 엎드렸다.

"꿈에서도 그분이 나타나. 그러면 얼마나 행복한지 몰라. 꿈을 꾸지 않은 날 아침은 그 서운함을 말로 표현할 수 없어. 그분이 보이지 않으면 눈을 감고 상상해. ……너무나 보고 싶으니까. ……공부도 되지 않고."

"너, 그럼, ……선생님?"

미선이가 고개를 끄덕였다. 눈물에 젖어 번들거리는 미선이의 얼굴은 상실감으로 가득했다.

"……단둘이 이야기하는 시간을 갖고 싶어서 있지도 않은 집안 문제를 만들어 매일 점심시간에 상담을 받아. 덕분에 우리 엄만 졸지에 새엄마가 되어버렸지. 난 하루아침에 새엄마한테 미움 받는 신데렐라가 됐고. 나 정말 우습지?"

"아니, 우습지 않아. 이해한다. 그 맘."

"그의 숨결, 손짓, ……느껴져. 한 번만이라도 안겨볼 수 있다면 정말 ……죽어도 좋아. 나 어떡하면 좋니?"

미선이는 고백을 해버려서 더 불행해지기라도 한 것처럼 몸을 파르르 떨었다. 나는 미선이의 손을 두 손으로 감싸 쥐었다. 아무도 알아채지 못하는 우리 둘만의 비밀이 막 시작된 것이었다. 우리는 암호 같은 눈빛을 주고받으며 맞잡은 손을 흔들었다.

미선이와 나는 공범이 되었다. 서로 목적은 다르지만 목표는 같았다. 미선이는 초등학교 때의 미선이로 돌아갔다. 내가 어떤 제안을 하더라도 따르겠다 했다. 그것이 그를 만난다는 최종 목표에 닿아 있기만 하면 되었다. 첫 번째 목표는 아는 사람이 없는 곳에서 선생님과 만날 기회를 갖는 것이었다. 그런데 그런 기회는 좀처럼 오지 않았다. 교회를 다니는 그에게 일요일은 불가능했다. 어쩌다 있는 공휴일도 전화를 하면 난감해했다. 일이 무산될수록 결심은 단단해져만 갔고, 둘의 결속력은 더욱 굳건해졌다.

"선생님의 팔짱을 끼고, 하루 종일 돌아다니는 것이 내 인생 최대의 꿈이자 희망이야."

　먼발치에서 그를 보기만 해도 미선이는 다리를 비틀거리며 내게 어깨를 기대어왔다. 그녀는 마법에 걸린 한 마리의 작은 새였다. 그녀가 앞으로 어떤 모습으로 변신하게 될지 알 수 없지만, 그녀는 다시 만들어져야 했다. 그릇된 사랑의 마법을 풀어주고 냉정한 현실을 인식하게 해주는 것이 내 임무였다.

# 수학여행

 2학기가 시작되자 아이들은 수학여행 분위기에 잔뜩 젖어들었다. 어떤 옷을 사고, 어떤 노래를 부르며 어떤 춤을 출 것인가? 반별 장기자랑이 있을 것이라는 예고가 떨어지자마자 춤출 아이들을 뽑았다. 뽑힌 아이들뿐만 아니라 거의 모든 아이들이 점심만 먹고 나면 한데 모였다. 집에서 가지고 온 카세트를 틀어놓고, 어깨를 들썩이며 춤 연습을 했다. 손가락으로 하늘을 찌르고 온몸을 흔들며 디스코를 추고, 십자형으로 늘어서서 대열을 맞춰가며 허슬춤을 연습했다. 술을 가지고 올 사람, 콜라병 속에 간장을 넣어올 사람, 밀가루, 날계란을 가지고 올 사람. 그런 것들로 어느 선생을 골탕 먹이고, 어느 선생에게 술을 먹일 것인가? 누구와 힘께 밤을 지새우고, 목이

쉬도록 노래를 부를 것인가. 수다는 매일 교실에 넘쳤고, 그 속에서 아이들은 허옇게 밀가루를 뒤집어쓴 선생들을 눈앞에 그려보곤 했다. 특히, 그의 추종자들은 마치 신혼 첫날밤을 기다리는 신부처럼 달떠 있었다. 그도 2학년 담당이었기에 수학여행을 함께 가게 되었던 것이다. 책상을 치며 엉덩이를 들썩이는 아이들의 웃음소리가 식전행사의 전주처럼 장엄하게 들렸다. 아이들 속에서는 뭔가가 이미 잉태되고 있었다. 무슨 일이 일어날 것이라는 짜릿한 예감은 낯선 곳에서의 밤에 대한 기대를 한층 높여주고 있었다.

여관 마당에서는 각 반별로 장기자랑이 벌어지고 있었다. 사이키 조명이 번득일 때마다 춤을 추는 아이들의 팔다리가 로봇처럼 꺾였다. 즐거운 비명이 설악의 차가운 공기를 뒤흔들었다. 나는 미선이가 누워 있는 방을 일별하고 복도로 나왔다. 긴 여관 복도는 마당에서 울리는 음악 소리 때문인지 구불구불 휘어져 보였다. 쌀쌀한 날씨에도 불구하고 손바닥에서 땀이 배어나왔다. 미선이는 저녁밥도 먹지 않고 방에 혼자 누워 있었다.

나는 평상에 앉아 다른 선생들과 함께 술을 마시며 아이들이 놀고 있는 모습을 흐뭇하게 바라보고 있는 그에게로 다가갔다. 눈이 마주치자 그가 나를 보고 싱긋 웃었다. 모든 것을 알고 있는 듯한 그의 웃음이 내 이마에서부터 발끝까지 정오의 햇살처럼 훑어 내렸다. 나는 입안에 고인 침을 꼴깍 삼켰다. 수학여행 사흘 전에 미선이는 그동안 사 모은 것이라며 수면제를 나에게 보여주었다. 나 죽어버릴 거야. 네가 도와주지 않으면 정말 죽어버릴 거야. 나는 어쩔 수 없다는 듯 고개를 끄덕였다. 그래서 시작된 듯하지만 사실 오늘의 사건을 유도한 것은 바로 나였다. 나는 끊임없이 미선이의 마음을 충동질했다. 있지도 않은 사촌오빠와의 사랑 이야기를 꾸며대며, 키스니, 포옹이니 신체적 접촉에 대해 떠벌리곤 했던 것이다.

문득 한 소녀가 떠올랐다. 소금을 한 움큼 집어 먹은 것 같은 갈증 속에서 마른침을 삼키던 소녀의 초조함. 벨을 눌러야 하는데, 손가락이 떨리고 피가 빠져나간다. 금방이라도 울음을 터뜨릴 것만 같다. 저만치에서 강희 언니가 보고 있다…….

나는 어린 시절처럼 그를 불렀다.

"배도연 선생님!"

그가 휙 고개를 돌렸다.

"저기 잠깐 할 얘기가 있어요."

"그래? 뭔데?"

"저어, 잠깐 저쪽으로."

"무슨 일인데 그래?"

나를 따라오면서도 그는 계속 무슨 일이냐고 물었다. 나는 아무 말도 하지 않고 그를 미선이가 누워 있는 방으로 안내했다. 이미 그의 얼굴은 저녁밥을 먹고 난 뒤 마신 술로 인해 제법 불콰해 있었다. 그가 내 뒤에 바싹 붙어서 따라왔다. 뜨겁고 가쁜 숨이 발정 난 짐승처럼 뿜어져 나와 뒤통수에 닿았다. 나는 미선이가 누워 있는 방을 손가락질했다.

"미선이가 꼭 선생님께만 드릴 말씀이 있다고. 저녁밥도 먹지 않고 내내 저러고 있네요."

"무슨 이야기지?"

"글쎄요. 전 잘 모르겠는데요."

고개를 끄덕이며 그가 돌아섰다. 나는 복도를 빠져나가는 척하며 그가 방 안으로 들어가는 것을 확인했다.

장기자랑은 극에 달해 있었다. 디스코 음악이 나오기 시작하자 자리에 앉아 있던 아이들까지 모두 일어나 엉덩이를 흔들어대기 시작했다. 나는 아이들 속에 끼어들어가 춤을 추었다. 아이들의 환호와 비명이 하늘을 찔렀다. 눈앞이 빙글빙글도는 조명 아래서 춤을 추면서도 내 관심은 온통 객실 쪽으로 향해 있었다. 최악의 사태가 오기 전에 미선이는 구해야 했다. 시간을 오래 끌면 순결 따위는 아무것도 아니라며 이미 몸을 허락하기로 마음먹은 미선이가 먼저 그에게 달려들지도 몰랐다. 아니, 그는 야비한 짐승이었다. 동료와 학생들에 둘러싸여 있다고 하더라도 자신의 더러운 욕구를 드러낼 것임이 분명했다. 음악이 바뀌고 있었다. 나는 아이들의 무리에서 살짝 빠져나왔다.

나는 선생들이 모여 있는 곳으로 갔다. 여관집 주인이 특별히 마련해준 평상에는 맥주와 도토리묵, 파전 따위의 안주가 어지럽게 널려 있었다. 나는 윤리선생에게 시선을 고정시켰다. 사이다 잔을 입으로 가져가고 있던 윤리선생이 흘깃 쳐다보았다. 나는 꾸벅 인사를 했다. 윤리선생은 노처녀였다. 그녀는 평소 공공연하게 자신이 시집을 가지 않는 이유는 단 하나, 남자들을 믿지 못해서라고 했다.

학교에 오기 전에 그녀는 '사랑의 전화 상담원'이었다. 대학에서 윤리교육을 전공했지만 오랫동안 발령이 나지 않았고, 그사이에 평소 관심이 많았던 상담 공부를 했다고 했다. 그녀는 종종 전화 상담 경험담을 들려주곤 했다.

"너희들이 열광하는 남자, 그중에서도 특히 인자하고 자상한 척하는 남자, 모든 여자들이 멋진 자신의 외모를 경외해 마지않을 것이라고 착각하는 남자. 그런 남자일수록 짐승이 많아. 한순간 끓어오르는 성욕을 주체하지 못하고, 한 여자의 일생을 망치지. 웃기는 건 전혀 모르는 사람보다는 오히려 가까이에 있는 남자들에게 당하는 경우가 많다는 거야. 내 말 알겠니? 절대로 남자를 믿지 말란 거야. 절대로!"

그런 이야기를 할 때 그녀의 눈빛은 그 어느 때보다 형형했고, 두 볼의 살은 심한 경련을 일으켰다. 하지만 분노는 언제나 그녀 혼자의 것이었다. 잠시 그녀와 엄숙한 분위기 속에 휩싸이기는 해도 아이들은 쉬는 시간만 되면 그녀의 말을 금방 잊었다. 아이들에게 잘생긴 남자는 캔디의 테리우스처럼 영원한 로망이라는 것을 그녀만이 모르고 있었다.

내 얼굴을 본 윤리선생의 눈이 커졌다. 사색이 된 채, 숨을 헐떡거리며 말을 잇지 못하는 척하고, 나는 준비한 말을 하나도 빼먹지 않고 또박또박 말했다. 그녀가 상체를 일으켰다. 팽팽한 그녀의 아랫배가 내 긴장을 고조시켰다.

"미선이가…… 아무래도…… 이상해요. 배가 아프다고 방에 들어갔는데, 207호 방문이 안으로 잠겼어요. 문을 두드리려고 보니까 남자 신발이……"

그녀가 벌떡 일어났다. 너무나 급하게 일어나는 바람에 상 위에 있던 맥주병이 평상 아래로 굴러떨어지면서 깨져버렸다. 함께 앉아 있던 다른 선생들의 눈이 일제히 내게로 쏟아졌다. 하지만 나는 아무 동요도 없이 윤리선생만을 쳐다보고 있었다. 빈약한 그녀의 가슴이 눈에 띄게 오르락내리락거리고 먹이를 입에 문 늑대처럼 아래턱이 울근불근 움직였다.

"신 선생, 무슨 일이야? 응? 무슨 일인데 그래?"

"이수희, 너 무슨 일로 온 거야?"

선생들이 나와 그녀를 번갈아 보며 물었다. 그녀는 아무 말 없이 카운터로 가서 열쇠를 받아왔다. 그러고는 빠른 걸음으로 207호를 향해 걸어갔다. 그 뒤를 내가 따라갈 필요는 없었다. 2학년 선생 모두와 교감선생이 사열하는 병사들처럼 윤리선생 뒤를 따라가고 있었다. 나는 땀을 뻘뻘 흘리며 몸을 흔들어대고 있는 아이들 무리 속으로 천천히 쓸려 들어갔다. 노래는 절정에 다다르고 있었다. 여자가수의 가성이 땀으로 범벅이 된 아이들의 몸을 독 오른 뱀처럼 휘감고 있었다. 둘리스(Dooleys)의 〈Wanted〉였다. 나는 소리를 지르며 노래를 따라 불렀다.

그들이 여관 복도로 들어간 지 3분도 채 지나지 않았을 때, 학년주임이 입구에 얼굴을 나타냈다. 사회를 보고 있던 2학년의 명물, 추미를 손짓하여 부르더니 귓속말을 했다. 추미는 활짝 웃으며 고개를 끄덕였다.

"와우, 디스코 타임이 연장됐어! 지금부터 한 시간 더! 단, 한 사람도 춤추지 않으면 안 된다는 거야. 알았지? 춤 안 추고 방으로 들어가는 사람은 입구에서 잡혀. 저기 학년주임 보이지? 와우!! 레츠 고우!"

아이들이 환호성을 질렀다. 나는 머리를 흔들며 춤의 열기 속으로, 오로지 둘리스의 음악 속으로 뛰어들어갔다.


교감선생과 그는 다음 날 아침 일찍 학교로 돌아갔다. 아이들은 모두 사진도 같이 찍고 싶고, 무엇보다 남은 밤을 함께 보내고 싶은 그가 학교 사정으로 먼저 돌아갔다는 사실에 대해 아쉬워했다. 그러나 대부분의 아이들은 잊었다. 여행의 들뜬 기분은 그런 아쉬움을 금방 잊게 해주었다.

문제는 미선이었다. 그날 밤, 병원에 입원한 미선이는 열이 너무 올라 여행기간이 다 지나도록 정신을 차리지 못하고 있었다. 미선이가 입원해 있는 시내의 병원에 가보았지만 미선이는 나를 알아보지 못했다. 밤새도록 기차를 타고 달려와 초조한 낯으로 아이 얼굴을 쓰다듬고 있는 미선이 엄마의 눈물 젖은 얼굴을 보았을 뿐이었다. 엄마는 단지 미선이가 심한 복통으로 인해 정신을 잃고 쓰러진 것으로 알고 있었다. 사실을 있는 그대로 알아야 하는 사람은 바로 미선이의 엄마였다. 미선이는 이미 어릴 때 상처가 있었다. 딸이라면 끔찍하게 생각하는 미선이의 아버지가 그를 가만둘 리 없었다. 그렇다면 미선이의 엄마에게…… 누가 그 사실을 알려줄 것인가. 나는 고개를 흔들었다. 나는 단순한 심부름꾼에 불과해야 했다. 엄마가 사실을 알게 된다면 그것은 내 입을 빌려서가 아니라 학교장을 통해서여야 했다. 하지만 선생들만 알고 있다면 쉬쉬하고 넘어갈지도 모른다. 그가 여전히 가식적인 얼굴을 하고 아이들의 사랑을 받을 것이라는 생각을 하자, 벌에 쏘인 것처럼 머리가 쑥쑥 아리고 뒤집혔다. 이번에는 절대로 그런 일이 있어서는 안 되었다.

  수학여행 뒤 험상궂은 얼굴로 담임과 학년주임이 우리 집 앞까지 와서 나를 불러냈다. 이 일은 없었던 일로, 못 본 걸로 하는 게 네 신상에도 좋을 거다라는 협박과 함께 이사장의 힘이 장사하는 엄마에게까지 미칠 수 있음을 강력하게 시사했다. 그렇게 말하는 그들은 마치 조직폭력배 같았다.

"만약에 누가 이 사실에 대해 눈곱만치라도 물어오면 무조건 모른다고 해. 만약 새 나갔을 시에는, 그땐 모두 니 입에서 나온 거라고 알겠다."

그들의 바람은 그러나 실현되지 않았다. 역시 윤리선생에게 간 것은 탁월한 선택이었다. 윤리 노처녀가 알아서 일을 터뜨려준 것이다. 그녀는 미선이의 부모와 그의 아내에게까지 전화를 했으며, 실명으로 신문사에 알렸다고 했다. 만약 증인이 필요하면 네가 꼭 나서주어야 한다는 말을 하며 내 손을 덥석 잡고 흔들었다. 윤리선생은 지원군을 등에 업은 의기충천한 군인 같았다.

"난 그런 파렴치한이 계속 아이들을 가르치는 교육자로 남아 있다는 사실을 인정할 수 없어. 그런 놈은 이 사회에서 없어져야 해. 이사장의 조카 아니라 아들이라도 말야. 흥, 부동산으로 졸부가 된 이사장이 정계에 빌붙어 뒷돈을 갖다 바치더니 국회의원이 된 거 아냐. 그 집안 식구들 피가 어디 가겠어? 그놈이 얼마나 나쁜 놈인지 니들은 아무도 몰라. 예전에도 이런 비슷한 일이 있었지. ……증거가 없었어. 피해자가 입을 다물고만 있었으니……. 이번엔 이사장을 직접 찾아가 담판을 지을 작정이야. 정치에 눈이 먼 이사장이 도덕심에 치명적인 결격사유가 될 조카를 옆에 두고 싶어할 리가 없어. 한두 번도 아니고."

나는 알고 싶었다. 그 인간이 어느 정도까지 갔는지 확인하고 싶어서 안달이 날 것 같았다. 밖에 학생들과 동료들이 그렇게 많이 모여 있는데 천연덕스럽게 아랫도리를 내놓고 휘두를 수 있는지 알고 싶었다. 몇 미터 바깥에 동료와 제자들을 세워 두고 오로지 욕정에만 열중할 수 있는지 알고 싶었다. 그의 내부가 정말 철저하게 동물성으로만 이루어져 있는 것인지 너무나 궁금했다.

"두 사람, 엉켜서 뒹굴고 있었지. 미선이의 윗옷이 목까지 올라가 있었을 뿐 아니라 체육복 바지는 아예 문 앞에 나뒹굴고 있었고 말야. 급하게 움직이는 그의 허연 엉덩이를 모두 보고 말았지. 그런데 그 야비한 놈은 문이 열리자 벌거벗겨진 미선이보다 자신을 먼저 수습하느라 허둥거렸거든. 제 옷을 다 입고 나서야 옷을 찾지 못해 얼굴을 손으로 감싸고 울고 있는 미선이를 발견한 거야. 짐승만도 못한 놈!"

잠깐 망설이는 듯하더니 윤리선생은 내 결심에 도움이 되겠다고 생각했는지 '예전에 있었던 비슷한 일'을 이야기하기 시작했다. 3년 전에 담임을 맡고 있는 반 아이를 건드리고 그 대가로 성적을 조작했다고 했다. 그런데 그 애가 임신을 하게 된 것이다. 배도연은 아이를 지우라고 강요하고, 그 사실이 두려워 불안에 떨던 아이가 윤리선생에게 상담을 신청해왔다는 것이다.

"그 일을 사건화하려고 했지. 근데 막상 내가 일을 시작하려고 하자 아이가 입을 다물어버렸어. 중절수술도 이미 한 뒤였고."

윤리선생은 내 눈을 파고들듯이 쳐다보았다.

"자기는 그런 일이 없었다는 거야. 나한테 그런 말을 한 적도 없었다는 거지. 심지어 부모조차도 나서서……, 그땐 아주 내가 미친 여자 취급을 다 당했다. 하도 억울해서 배 선생 부인한테 말을 했어. 하지만 부인도 입을 다물더라구. 오히려 무고죄로 걸려들어갈 뻔했어."

나는 배신 따위는 있을 수 없다는 신뢰의 뜻으로 고개를 힘차게 끄덕이며 윤리선생에게 동조를 표했다. 이틀 뒤, 이니셜로 표시된 학교와 함께 그의 이름이 신문에 났다. '수학여행 중 제자 성폭행'이라는 자극적인 타이틀만으로도 그의 앞날은 충분히 어두워 보였다. 곧 그는 학교에서 쫓겨났으며, 부인과는 별거에 들어갔다는 소문이 떠돌았다.

그 이후에 그에게 무슨 일이 일어났는지, 부인과는 쓰디쓴 이혼을 했는지, 혹은 그 충격으로 정신병원에 들어갔는지, 아니면 여전히 아무렇지도 않은 얼굴로 거리를 활보하고 다니는지 나는 모른다. 그날 이후 그는 우리 앞에 더 이상 나타나지 않았다.

그즈음, 내 주변에서 두 여자가 사라졌다. 그중 하나는 미선이었다. 미선이는 시골 어느 여고로 전학을 간다고 했다. 미선이는 학교에 나오지 않고, 엄마가 대신 전학 수속을 밟았다. 미선이 아버지는 서독에서 돌아오자마자 하나밖에 없는 딸에게 침대를 선물했다고 했다.

한 번도 본 적이 없는 침대에 미선이가 이불을 머리끝까지 뒤집어쓰고 누워 있었다. 수희 왔다라는 말과 함께 미선이 엄마가 살며시 방문을 닫고 나가자 미선이가 벌떡 일어나 앉았다. 충혈된 눈으로 나를 노려보던 미선이는 내 앞으로 다가서더니 팔을 번쩍 들어 올려 내 따귀를 때렸다.

"난 내 몸을 바칠 각오가 되어 있었다고 너한테 몇 번이나 말했잖아. 그건 너랑 이야기가 다 끝난 기 아니었니? 널 믿었

수학여행 247

던 것이 내 실수야. 나 때문에, 아니 너 때문에 선생님은 모든 걸 잃었어."

"배도연이 나쁜 놈이야. 너 왜 그걸 모르니?"

"뭐가? 뭐가 나쁘다는 거야? 도대체 선생님이 뭘 잘못했다는 거야?"

"?"

"내가 배가 아프다고 우기며 울자 그냥 나를 꼭 껴안아준 것뿐이었어. 내가 선생님을 먼저 유혹한 거야. 내가 선생님의 입술에 먼저 입을 대었어. 난 선생님을 사랑해."

"미선아, 제발…… 그 사랑이, 너의 그 눈먼 사랑이 널 구렁텅이에 빠뜨릴 뻔했어. 제발 미선아."

미선이가 나를 노려보았다. 터질 것 같은 슬픔과 울분이 미선이의 아름다운 눈 속에 고스란히 모여 있었다. 꽉 잠긴 목을 뚫고 나도 모르게 미안하다는 말이 나올 뻔했다. 나는 '흡' 깊은 숨을 들이쉬었다.

"가! 그만 가! 사랑 따위 알지도 못하는 너 같은 아일 믿었던 내가 바보야! 바보였어!"

핏줄이 터졌는지 미선이의 눈이 토끼눈처럼 붉게 충혈되었다.

"나가. 나가. 나가란 말야! 나가!"

미선이는 자신의 뒤에 있던 베개를 집어던졌다. 허리에 베개가 턱 소리를 내며 떨어졌다. 무방비 상태로 서 있던 몸이 휘청했다. 나는 바닥에 떨어진 베개를 주워 이불 위에 올려주었다. 아아아아악! 머리를 흔들며 터뜨린 오열이 방 안의 공기를 뒤흔들었다. 비명으로 범벅이 된 산발한 그녀의 머리카락은 앞으로도 결코 행복해지지 않을 드라마의 예고편처럼 보였다. 미선이 엄마가 깜짝 놀라 쫓아왔다. 넌 그만 가거라. 내 등을 미는 미선이 엄마의 손바닥에 강한 거부감이 묻어났다. 나는 두 모녀를 뒤로하고 쫓기듯 그 방을 나왔다.

무작정 버스를 탔다. 아무도 만나고 싶지 않을 만큼 기분은 엉망이었다. 얼마 가지 못해 버스는 더 이상 전진하지 못하고 멈춰 섰다. 사람들 때문이었다. 사람들이 거리를 가득 메우고 있었다. 그들의 발에서 포연 같은 먼지가 자욱하게 일었다. 으샤으샤으샤 사람들은 발을 맞추며 하나가 되었다. 어깨동무를 한 그들의 모습은 산맥처럼 당당하고 단단해 보였다. 그들 속에서 구호가 쏟아졌다. 정치탄압 중단하라. 유신정권 물러가라. 나도 그들을 따라 당당하게 외치고 싶었다. 하지만 나는 목이 꽉 잠긴 채 버스 유리창 너머를 망연히 바라보고만 있었다.

# 대통령

 스산한 가을이었다. 등굣길은 분주하고 시끌시끌했다. 텔레비전 드라마 이야기, 숙제 안 한 이야기, 아침에 엄마와 싸운 이야기들을 귓등으로 들어 넘기며 걷고 있는데, 그들의 목소리와는 다른 은밀한 목소리가 내 귓전을 파고들었다. 삶은 계란을 까듯이 조심스러운 목소리였다.
 "유고가 무슨 뜻이야?"
 "야, 내년이면 대학 갈 년이 유고도 모르냐? 유고슬라비아 약자잖아."
 그러자 먼저 유고라는 말을 꺼낸 아이가 친구의 옆구리를 쿡 찔렀다.
 "오늘 아침에 막 집에서 나오는데 라디오에서 그랬단 말이야. 박정희 대통령 유고라고……."

"그게 무슨 말인데?"

유고라는 말은 나도 처음 듣는 말이었다. 어감이 좋은 단어는 아니어서 사달이 난 건 틀림없는 것 같았으나 무슨 뜻인지 알 수 없었다. 유고가 아니라 정확하게는 서거라는 것을 안 것은 1교시 수업을 막 시작하고서였다.

"여러분, 대통령 각하께서 서거하셨습니다."

늙은 불어선생은 울먹이며, 우리에게 선언했다. 아이들은 불어선생의 말을 듣는 순간, 책상에 엎드려 엉엉 소리 내어 울었다. 이 세상엔 단 한 사람만의 대통령이 존재하는 줄 알았다. 초등학교, 중학교를 거치면서도 대통령은 언제나 같은 이름이었다. 그 사람이 죽는다는 것, 대통령이 바뀐다는 것은 감히 상상할 수도 없었다. 그러므로 한순간에 우리를 사로잡아 버린 이 엄청난 슬픔은 절체절명의 진리였다. 당장 북한이 쳐내려올지도 몰라. 전쟁의 두려움과 죽음에 대한 공포가 스산한 가을바람을 타고 우리들의 혀를 간질이고, 알 수 없는 미래에 대한 불안이 우리들의 목을 조였다. 마치는 종이 울리고 늙은 불어선생이 콧물을 훌쩍이며 안경을 벗어 눈을 닦고 나간 후에도 우리는 울고 있었다. 몇몇 아이들은 머리를 두 손으로 감싸고 이 난국을 어떻게 헤쳐 나갈 것인지, 과연 우리는 공부를 계속할 수 있을지, 부목과 붕대를 들고 전쟁터로 나가야 하는 것은 아닌지 심각한 얼굴로 이야기를 나누었다.

다음 시간은 사회였다. 키가 작고, 깡마른 사회선생은 비장한 얼굴로 교실에 들어서서 눈물을 훔치고 있는 아이들을 보며 이마에 굵은 주름을 그렸다. 사회선생은 들고 있던 지휘봉으로 책상을 탕탕 소리나게 쳤다.

"왜 우나?"

"선생님, 대통령 각하께서 돌아가셨어요."

"그래서?"

"이제 어떡해요."

"뭘 어떡한단 말이냐!"

"선생님……."

"이 일은 슬픈 일이 아니다. 18년 동안의 1인 독재정권과 유신체제가 이제 그 막을 내리게 된 거야. 너희들의 눈물은 그 의미를 바꾸어야 할 필요가 있다."

아이들은 멀뚱한 표정으로 사회선생을 보았다. 그 말을 내뱉은 사회선생의 눈이 평소보다 훨씬 더 커 보였다. 마치 검은 동자가 이마 위로 올라가버린 듯해 흰자위가 많은 눈은 위협적으로 보이기까지 했다. 어금니를 힘주어 다물고 있는 것인지 그의 양 볼이 불룩하게 튀어나와 있었다. 문득 현성이와 함께 들었던 '개새끼'라는 욕이 생각났다. 그 욕을 들었을 때의 충격은 지금도 잊을 수 없다. 하지만 그 이후에도 대통령 각하는 여전히 대통령 각하였다. 나는 가난한 우리나라를 선진 한국으로 이끌어나가는 대통령 각하를 개새끼라고 비하할 수 없었다. 그랬는데, 나는 다시 그 욕에 버금가는 이야기를 듣고 있는 거였다. 사회선생의 단호한 표정 때문인지 구슬픈 곡소리는 금방 자취를 감추었다.

"1972년 당시 공표된 유신헌법은 박 대통령의 장기집권을 위한 개헌이었고, 국민의 기본권 침해, 권력구조상에 있어 대통령 권한의 비대로 독재를 가능하게 한 헌법이었다. 수많은 학생과 지식인 그리고 야당 정치인과 재야인사들의 유신체제 반대운동이 있었고, 이에 맞선 정부의 과격한 진압의 연속으로 국내 정세는 극도로 불안해졌다. 불과 며칠 전에도 부산과 마산에서 유신독재 반대시위가 있었다. 많은 사람들이 잡혀 들어갔고, 다치고 죽었다. 이제사……."

문득 말을 멈춘 사회선생이 책을 들여다봤다.

"그 유신의 심장에 총알을 박은 기다. 이긴 정의다."

그 말을 끝으로 그는 수업을 진행하지 않았다. 평소에도 그는 정부에 비판적이었다. 그럴 때마다 우리는 그를 반골이라고 쑥덕거리곤 했다. 언론이 철저하게 통제된 학교교육은 그를 또라이라고 폄하하기에 충분했다. 하지만 오늘은 아니었다. 핏발 선 그의 눈은 처절하고 진지했다. 우리는 그것을 거짓이라고 생각할 수 없었다. 우리 반의 분위기는 불과 10분 사이에 180도로 변했다. 내가 모르고 있는 얼마나 많은 것들이 그런 가능성을 가지고 있는 것일까. 오빠가 한 행동들, 오빠가 말해왔던 '되도 안한' 것들이 정말 옳은 것이었을까. 사회선생의 말대로 대통령이 틀리고 나빴다면, 대통령을 죽인 그가 과연 민족의 영웅이 될 수 있을 것인가. 그는 과연 진정한 용기가 있는 자인가. 남을 파멸시키는 일은 독기와 용기가 함께 필요하다. 내가 지니고 있었던 것은 용기가 아니라 독기 뿐이었던 것은 아닐까. 대통령의 죽음은 나를 괴롭혔다. 진리가 무엇인지, 어느 것이 진리인지 판단할 수 없었다.

대통령이 죽은 다음 날 오빠에게서 전화가 왔다. 곧 집에 한 번 갈게, 걱정 마,라고 오빠는 엄마에게 말했다. 엄마는 그날 하루 종일 청소를 하고 나더니 시장에 가서 사골을 사왔다. 사흘 동안 사골 끓이는 냄새가 식당에 진동을 했다. 하지만 대통령이 죽어서 오빠는 더 바빠진 것 같았다. 두어 번 더 전화를 하던 오빠는 곰국이 냉동실에 들어간 후에도 집으로 오지 않았다.

가끔 텔레비전 뉴스에서 국무총리에서 갑자기 승격한 얼굴이 큰, 새 대통령을 보았다. 그를 보는 시간이 길어지자 그렇게 충격적이었던 대통령의 죽음도 시들해졌다. 곧 그가 아닌 또 다른 얼굴이 대통령이 된다고 해도 별로 놀랄 일이 없을 것 같았다. 대통령의 죽음보다 사람들을 더 자극했던 전쟁에 대한 공포도 더욱 쌀쌀해진 가을바람과 함께 사그라졌다.

곧 겨울은 점점 분명한 모습으로 그 얼굴을 드러냈다. 강희 언니는 한 달에 한 번 정도 전화를 걸어와 소식을 알렸다. 병원 식당에서 일을 하고 있다는 것, 사람들이 모두 친절하다는 것, 아주 잘 지내고 있으니 걱정 마라는 것 등이었다. 전화는 꼭 내가 받았다. 언니 목소리라는 것이 확인되면 엄마는 나에게 수화기를 건네주었다. 겨울 동안 그래도 오빠는 가끔 전화를 걸어왔다. 언제나 마지막 말은 연락이 없더라도 걱정 마라는 것, 조만간 집에 한번 간다는 것으로 마무리되었다. 오빠를 대하는 엄마의 태도에도 약간의 변화가 생겼다. 몸조심해라, 밥은 꼭 챙겨 먹어라라는 걱정 뒤에 그만 끊어라, 그놈들한테 들킬라라는 말이 덧붙여진 것이었다.

 엄마는 내가 자는 방을 제외하고는 방에 연탄을 넣지 않았다. 엄마의 밤기도가 시작된 후 나는 밤에 엄마 방에 잘 들어가지 않았다. 어느 날, 반짇고리를 찾으러 갔다가 엄마 방이 냉골이라는 것을 알았다.

 "엄마, 연탄 꺼졌어? 방이 너무 차."

 뭔가를 중얼거리는 엄마의 입술은 멈추지 않았다. 엄마! 내가 큰 소리를 내자 엄마가 울먹임이 들어간 타령조로 덧붙였다.

 "아이고, 아이고, 하느님, 부처님, 우리 경수 이 추운 날 이불은 덮고 자는지, 양말은 신고 다니는지, 아이고, 부처님, 하느님, 방에 불은 들어오는 곳에 몸을 눕히는지……."

 내가 억지로 연탄을 피워 방이 미지근하다 싶으면 엄마는 밖으로 나와 연탄을 빼버리곤 했다. 아들과 같은 현장체험을 해보겠다는 참이었다. 뿐만 아니었다. 엄마는 조울증 증세와 함께 뚱뚱해졌다. 손님들이 남긴 밥을 먹어치우는 엄마를 보는 일은 비통했다. 나는 정희 언니나 강희 언니에게 전화를 걸었다. 좀 다녀가. 엄마가 아무래도 이상해. 형부를 따라 경기도로 가버린 정희 언니는 1년에 한 번 부산에 올까 말까였다. 애들도 아직 어린데, 내가 어떻게 가니? 말끝을 흐리고 울먹이면서 정희 언니는 꼭 마지막엔 강희 언니나 오빠 욕을 해댔다. 그것들 때문에 엄마가 그런 거야. 그것들 둘이서 사랑이니, 애국이니 하면서 우리 가족을 기만하고 곤경에 빠뜨렸어, 로 시작하는 욕설이 내가 못살아 형부한테 말해보고 시간 내볼게, 로 마무리 지어지면 통화는 끝이 났다. 그리고 지난달에 큰맘을 먹었는지 정희 언니가 다녀갔다. 엄마는 시부모 모시는 년이 무슨 큰일이 났다고 친정에 촐랑거리고 왔느냐며 언니에게 구박을 해댔고, 언니는 오랜만에 만난 딸한테 꼭 그렇게밖에 말을 못 하느냐고 대놓고 엄마와 한바탕 싸웠다. 언니를 기차에 실어 보내고 나면 무슨 일이 있어도 다시는 정희 언니에게 전화 안 한다 하고 결심하게 되었다. 그럴 때 나는 다시 강희 언니에게 전화를 걸곤 했다. 강희 언니는 내가 전하는 엄마의 근황에 대해서는 별 대꾸 없이 여기 나무가 참 좋아, 벌써 동백이 폈어 하는 쓸데없는 말로 흐지부지 전화를 끊곤 했다.

차가운 공기가 사람들을 짓누르자 그나마 남아 있던 의식들도 무력해지는 기분이었다. 비상계엄령이 선포된 거리는 군인들에 의해 점령되었다. 수상한 사람은 모두 체포되었고, 사람들은 길거리에 신 채로 가방을 줄뒤짐딩했다. 밀소리도 일어붙는 듯하여 사람들은 모두 입을 다물었다. 그래도 시간은 흘러가고 있었다.

# 목화밭

　나는 그에게서 연락이 오기를 기다리고 있었다. 그가 나를 염두에 두지 않았을 리가 없었다. 나는 그를 불러내어 미선이가 누워 있는 방에 넣어주고 윤리선생을 보냈다. 그도 그 사실을 들어서 이미 알고 있을 것이다. 그 이유만으로도 그는 나에게 할 말이 있을 것이라고 생각했다. 그런데 그는 나에게 어떤 반응도 보이지 않았다. 교문 앞이나 집으로 돌아가는 으슥한 골목길에서 나는 분노를 머금은 검은 그림자를 기다렸다. 내 목을 조른다면 나는 그의 멱살을 두 손으로 그악스럽게 움켜쥐고 끌고 갈 것이라고 생각했다. 강희 언니 앞에 그의 무릎을 꿇어앉히고 젊은 날 그의 어설픈 사랑놀음이 한 여자를 어떻게 구렁딩이 속에 처넣었는지 보여줄 참이었다. 니는 부엌 서랍장에서 과도를 꺼내 가방 속에 넣고 다녔다. 하지만 그는 오지 않았다.

수업시간 외에는 영어책을 펴지 않으려 애를 썼다. 영어책만 펼쳐 들면 여러 얼굴들이 순서 없이 떠올랐다. 나는 물 위의 나뭇잎처럼 쉼 없이 흔들리는 어지러운 마음을 다독이는 방법을 몰랐다. 내일 아침 눈을 떴을 때 서른이나 마흔쯤 되어 있었으면 싶었다. 그러면 얼마나 의연해질까 싶었다. 그러면 이렇게 마음고생을 하지 않아도 될 것 같았다.

어두운 밤, 모두들 책 속에 머리를 박고 있거나 꾸벅꾸벅 졸고 있을 시각. 음— 하는 긴 신음 소리가 났다. 꾹 다문 짐승의 입에서 흘러나오는 것 같은 귀기 어린 소리였다. 나는 자리에서 벌떡 일어났다. 순간 퍽! 하는 소리가 들렸다.

"뭐지?"

"뭐가 떨어지지 않았니?"

옥상에서 뭔가가 떨어졌다는 말은 나에게는 늘 자살을 상기시켰다. 나는 출입문을 열고 바깥으로 뛰어나갔다. 내 뒤로 계단을 쫓아 내려오는 아이들의 소리가 야생짐승에 쫓기는 새떼들처럼 시끄러웠다. 화단에 검은 물체가 엎어져 있었다. 감히 다가가지 못하고 주변에 선 아이들이 웅성거렸다. 어둠이 눈에 익숙해지자 아이들은 곧 그것이 사람이라는 것을 알아차렸다. 엄마야! 아이들이 입을 틀어막았다. 쓰러진 사람이 강희 언니라도 되는 것처럼 갑자기 주체할 수 없는 슬픔이 복받쳐 올랐다. 떨어졌을 때 드러날 속옷을 염려한 것일까. 아이는 교복 치마 안에 체육복 바지를 입고 있었다. 나는 무릎을 꿇고 앉아 아이의 얼굴에 귀를 대어보았다. 주변이 시끄러워서 그런지 숨소리가 들리지 않았다. 내 심장 소리만 더 크게 들릴 뿐이었다. 나는 아이의 코에 귀를 더 바싹 들이댔다. 그때였다. 귀청을 찢으며 호루라기 소리가 났다. 모여 선 아이들을 반으로 가르며 자습감독선생이 나타났다. 손전등이 나에게로 쏟아져 들어왔고, 그 순간 악 하는 비명이 건물을 울렸다. 아이의 머리는 온통 피투성이였다. 내 손도, 내 교복도, 내 다리까지도 피가 묻어 있었다. 나는 꼼짝도 할 수 없었다. 비명과 함께 터지기 시작한 아이들의 울음이 검은 운동장으로 퍼져나갔다. 선생이 다시 호루라기를 불었다. 쉴 새 없이 불어대는 호루라기 소리에 손전등 불빛이 불안하게 흔들렸다.

"빨리, 교실로! 빨리 들어가지 못해! 죽고 싶어!"

선생이 내 어깨를 툭 쳤다.

"너 집에 가라. 체육복 있지? 갈아입고 가. 세수하고. 얼굴에도 묻었다."

얼굴에도 묻었다, 선생이 두 번씩이나 말해주었다. 그제야 온몸이 덜덜 떨렸다. 추웠다. 멀리 부옇게 흩어지는 가로등이 조등처럼 흔들리고 있었다.

'살아야 할 이유가 갑자기 사라져버렸어요. 당신이 나를 버리자마자 세상이 나를 버렸어요. 하지만 당신을 원망하지는 않겠어요. 사랑해요. 안녕. 내 사랑, 선생님.'

아이는 편지지에 네 줄로 자신의 인생을 마감했다. 그녀에게 무슨 일이 일어났는지 우리는 몰랐다. 그녀는 편지지 네 줄 정도의 삶을 살았는지도 모른다. 아니, 그녀에게는 우리가 모르는 편지지 40장 정도의 기구한 인생이 펼쳐져 있었는지도 모른다.

그 누구에게도 주목받지 못하던 아이였다. 심지어 같은 반에서조차 이름만 듣고는 얼굴을 금방 떠올리지 못했다. 김진성. 얼굴이 통통하고 키가 중간쯤 되는 아이. 공무원인 아버지와 전업주부인 엄마, 중학교에 다니는 평범한 동생을 둘 가진 아이는 너무나 보통이었다. 공부도 중간이었고, 집도 찢어지게 가난하지 않았고, 아버지가 폭력을 휘두르지도 않았고, 엄마가 바람이 난 것도 아니었다. 그런데도 아이는 한자로 충효라고 적힌 석상에 머리를 부딪치고, 맨발로 잔디밭에 누워 있었다. 크레졸을 들이부었으나 돌에 새겨진 피 얼룩은 완전히 씻기지 않았다.

아이들은 아무도 옥상에 올라가지 않았다. 진성이가 디뎠을 땅, 마지막 숨결이 남아 있는 차가운 바람, 떨어지는 눈물을 닦았던 손바닥이 찍혀 있을 난간, 그리고 난간 아래 얌전히 남아 있는 하얀 실내화. 옥상은 그 모든 것을 포함했다. 옥상문은 폐쇄되었다. 복도를 스치고 지나가는 바람은 흉흉했고, 아이들은 밤에 학교에 남아 있으려 하지 않았다. 사흘 동안 야간자율학습이 중단되었다. 가끔 헛것을 본 아이들이 비명을 질러댔고, 학교는 허점투성이 시험지처럼 술렁거렸다.

며칠 뒤, 1학년 아이가 석상 옆을 지나가다가 갑자기 쓰러지더니 입이 돌아가버리는 일이 발생했다. 와사풍이었다.

"누가 날 잡아끄는 것 같았어. 자꾸 화단 쪽으로 말야. 너무 이상하고 무서웠어. 가만히 서서 눈만 돌렸는데 갑자기 입이 돌아가는 거야."

매일 침을 맞으러 가면서 조금씩 나아지기 시작한 1학년 아이는 여전히 돌아간 입으로 발이 새든 말든 자신의 무용담을 떠들고 다녔다. 조금 섬뜩했지만 워낙 허풍이 있는 아이라고 여겼다. 그런데 그것이 첫 번째 사건이었다. 그날 오후, 그 앞을 뛰어가던 아이가 발이 삐끗하면서 넘어져 다리에 깁스를 할 때까지만 해도 그곳에 혼령 따위가 있을 것이라고는 아무도 믿지 않았다. 하지만 누구도 믿지 않을 수 없는 일이 생기고 말았다. 일주일 동안 석상 근처 화단에서 여섯 명의 아이가 발을 삐거나 다리를 다치는 일이 연속으로 발생한 것이었다.

누군가는 살풀이를 해야 한다고 했고, 누군가는 원혼을 풀어주기 위해서 사랑하는 '선생님'을 데리고 와야 한다고 했다. 한동안 귀신 이야기로 떠들썩하던 학교는 진성이의 '선생님' 이야기로 새롭게 들뜨기 시작했다.

그를 용서할 수 없었기에 감히 그의 이름을 입에 올리지 않았으나, 진성이의 편지글에서 나온 '선생님'이라는 낱말은 그가 아닌 다른 누구의 얼굴도 떠오르게 하지 않았다. 아이들에게 별명이나 '선생'이 아닌, '선생님'이라고 불리던 그가 없어진 시점에 진성이가 몸을 던진 것이다. 그리고 겉으로 말은 하지 않았지만 그를 좋아하던 많은 아이들이 질투와 그리움의 통증을 목구멍으로 흘려보내고 있다는 것을 우리는 알고 있었다. 아니, 그런 이유가 아니더라도 아이들은 그렇게 믿었다.

'그'라고…….

 소문은 갈수록 통속적이 되어갔다. 진성이가 임신 중이었다는 것이다. 교무실에서 진성이의 담임이 누군가와 통화하는 것을 엿들었다고 했다. 설마……. 하지만 주저는 잠시였다. 아이들은 그것 역시 사실일 거라고 간단하게 믿었다. 지금까지 그가 보여준 행동을 생각하면 상상 못 할 일도 아니라는 것이다. 곧 소문을 사실로 만들어준 결정적인 증거물이 나타났다. 진성이의 일기장이었다. 진성이의 어머니가 발견해 교장에게 제출했다는 일기장에는 배도연의 이름이 수없이 등장하더라는 것이다. 나는 윤리선생으로부터 그 사실을 확인할 수 있었다.

 '선생님과 나만 아는 비밀의 방. 이제는 그곳에 먼지만이 남아 있겠지.'

 '내 애기, 그와 나의 애기. 이런 고통을 주어 그에게 미안하다. 하지만, 그와 나의 사랑의 증표를 나는 부정할 수 없다.'

 '엄마, 미안해.'

 일기장의 마지막에는 그래도 선생님만을 사랑한다고 썼다.

 '나를 죽음으로 내몬 것은 사랑의 부재가 아니라, 선생님의 부재다.'

　　선생님의 부재. 일기장에 적힌 그 글자가 마치 나를 떠밀기라도 한 듯 나는 바닥에 털썩 주저앉았다.

그리고 편지 한 통이 왔다. 점심시간이 끝난 후 교실에 가니 내 이름 앞으로 배달되어 있었다.

'야간자율학습이 끝난 뒤 목화밭 벤치에서 보자. 잠깐이면 돼.'

목화밭 벤치……. 잠깐이긴 하지만 나는 그동안 목화동산을 잊고 있었다. 발신인은 없었으나 나는 그 편지가 나를 위로해주기 위해 누군가 보낸 것이라고 생각했다. 미선이라도 좋았다. 미선이가 나타나 내 얼굴을 할퀴어버린다고 해도 나는 나가고 싶었다. 그것마저 나에게는 위로가 될 것 같았다. 야간자율학습시간은 그 어느 때보다 더디게 흘러갔.

목화밭은 깜깜했다. 원래 가로등이 있었는데, 아마 깨진 모양이었다. 희미한 초승달에 의지해 벤치로 갔다. 빠지직. 얇은 유리가 밟히는 소리가 났다. 가로등이 깨진 지 얼마 되지 않은 것일까. 발밑에 밟히는 유리의 촉감이 새것인 양 날카로웠다. 저 앞에 제법 덩치가 큰 검은 덩어리가 보였다. 담배 냄새가 났다. 푸른 연기가 그의 머리 위로 피어오르고 있었다. 순간 나는 벤치를 차지하고 있는 검은 덩어리가 남자라는 사실을 알았다. 둔중한 망치 같은 것이 가슴을 텅 치고 지나갔다. 이 밤에 나를 찾아올 남자라면 그밖에 없다. 그가 나에게 무슨 짓인가를 하려고 온 것이다. 과도는 가방 안에 있다. 하지만 손은 굳어버려 가방 지퍼조차 열 수 없었다. 목덜미가 서늘해지더니 한기라도 든 듯 몸이 떨려왔다. 그러고 보니 아침에 코트 입고 가라고 야단쳤던 엄마의 목소리가 떠올랐다. 나는 속으로 중얼거렸다. 무서운 게 아냐. 지금, 날씨가 추운 거야. 나는 벤치 앞에 섰다.

"이수희, 너에 대해 알아봤다."

검은 덩어리가 말했다. 우리에게 영화주제가를 불러주던 감미롭던 그 목소리가 아니었다. 그의 목소리는 탁하게 갈라져 있어서 그가 아니라고 생각한다면 알아듣지 못할 만큼 변해 있었다.

"너 도대체 누구지?"

나는 아랫배에 힘을 주었다. 추위가 점점 가셨다.

"저에 대해 알아봤다면서요? 그런데 왜 물으세요?"

어둠 속에서도 목화밭 주변이 조금씩 눈에 들어왔다. 나 스스로 적으로부터 나를 방어할 수 있어야 한다. 나는 주변에 돌멩이나 나무몽둥이 같은 게 없는지 둘러보고 있었다.

"내가 진작에 생활기록부를 찾아봤어야 했어. 너에게 이강희라는 언니가 있다는 사실을 난 꿈에도 생각하지 못했지. 강희와 넌 하나도 안 닮았으니까."

그가 낄낄거리고 웃었다. 그리고 내 얼굴로 푸 담배 연기를 내뿜었다.

"그래, 강희와 나 사귄 거 맞아. 하지만 많은 남녀가 만나고 헤어져. 내가 이렇게 너에게 당할 만큼 난 강희에게 못할 짓 하지 않았어. 넌 도대체 무슨 권리로 나를 망치려 들었지?"

그가 내가 서 있는 곳으로 엉덩이를 당겨 앉았다. 역한 술냄새가 확 풍겼다. 나는 나도 모르게 뒷걸음질을 쳤다. 기분 나쁜 웃음을 웃으며 그가 다시 내게로 가까이 다가앉았다. 나는 수탉처럼 꼿꼿하게 등을 폈다. 그에게 꿀릴 이유가 없었다.

"좋아요. 언니 이야기는 하지 않겠어요. 언니가 어떻게 살았는지 당신 같은 인간한테 말하고 싶지도 않아. 언니가 지금 어떤지 그걸 알려주고 싶지도 않아!"

"아, 그래그래. 흥분하지 말라구. 나도 듣고 싶지 않아. 그러니까 그건 그만두고 그때 이야기를 해보자구."

조금씩 여유가 한기 속으로 밀려들었다. 한번 해보자 싶은 생각이 고개를 쳐들었다.

"그때?"

"그래, 그때. 수학여행 말야."

그가 내 앞으로 고개를 흔들며 다가왔다.

"선생님이 들어가고 난 뒤 내가 다시 문을 열려고 했을 때 문이 잠겨 있었어요. 흥, 문을 잠근 건 당신 아닌가요? 문을 잠근 순간 당신은 이미 동물이 되어 있었던 거야. 난 겁이 났고, 그래서 알린 것뿐이라고요. 친구가 겁탈당할지도 모르는데 당연한 거 아닌가요?"

"그 망할 윤리 히스테리한테 말이지?"

"그건……, 그때 윤리선생님이 나와 가장 가까운 자리에 계셨던 것뿐이에요. 누굴 골라서 말을 하고 말고 할, 저에게 그런 여유는 없었다고요."

그가 담배를 피워 물었다. 검은 공기 속으로 그의 담배 연기가 폴폴 날아갔다. 어린 시절 처음 맡았던 낯선 다방의 씁쓸한 커피향처럼 익숙한 냄새였다. 나는 아직도 그의 담배 연기를 기억하고 있었다.

"요망한 년. 모든 게 계획적이었다는 걸 내가 모를 줄 아나? 내가 알고 싶은 건 그것뿐만은 아냐."

한참을 침묵하던 그가 어둠 속에서 희언 이를 드러내고 씨

익 웃었다.

"넌 처음부터 계획적이었어. 내가 바보였던 거야. 스승의 날 나에게 쪽지를 건넨 것도 바로 너였어. 그 옛날 촌스런 얼굴을 하고 나에게 편지를 여러 번 전해준 바로 너 말야. 왜 너를 진작 알아보지 못했을까. 그게 내 실수였어. 니가 바로 김미옥이었지? 김종섭 선생 딸이라고 나에게 거짓말을 했어. 이 나쁜 년들, 거기서부터 나를 속이기 시작했던 거야. 이것들을 모두 가만두지 않겠어."

그가 벌떡 일어났다. 나는 아까부터 눈여겨보고 있던 돌덩이 하나를 주워 들었다. 그 순간 그가 내 어깨를 잡았다. 술냄새에 주변 공기가 모두 점령당하는 듯했다. 아찔한 현기증을 느꼈으나 나는 돌덩이를 쥔 손에 힘을 빼지 않았다.

"너도 당하고 싶었지? 말해봐. 너도 당하고 싶었던 거야. 자살한 진성이, 김진성! 그 애가 왜 죽었는지 알아? 바로 너 때문이야. 니가 나를 이렇게 만들어서 그 애가 죽은 거라구. 니가 그 애를 죽였다고. 니가 그 애를 자살하게 만들었어. 니가 바로 살인자야!"

그가 내 가슴을 움켜쥐었다. 젖가슴에서부터 겨드랑이까지 침으로 마구 찌르는 것 같은 통증이 왔다. 젖가슴이 터져버릴 것처럼 아팠다. 아악. 나는 비명을 질렀다. 숨을 죽이며 벤치를 보고 있던 나무들이 일제히 깨어나 내 비명을 메아리로 만들었다. 그가 내 입을 틀어막았다. 손에서 들큰한 비린내가 났다. 내 치마가 들어 올려지고 팬티 속으로 뱀처럼 차가운 그의 손이 들어왔다. 나는 들고 있던 돌로 있는 힘껏 그의 등을 내리쳤다. 두 번 세 번 나는 정신없이 내리쳤다. 그의 머리인지 등인지도 몰랐다. 상스러운 욕설을 내뱉으며 그가 고꾸라졌다. 나는 벌떡 일어나 달렸다. 넘어지면서 달리고 또 달리면서 넘어졌다. 벤치가 끝나는 회양나무를 지나는 순간 그의 손이 내 머리채를 휙 잡아챘다. 그가 내 뺨을 날렸다. 나는 바닥에 쓰러졌다. 그의 한쪽 손이 다시 내 입을 막고, 다른 손이 치마를 걷어 올리고 팬티를 내렸다. 머리를 뒤흔들며 비명을 질렀으나 그의 커다란 손바닥에 막힌 소리는 회양나무 가지에 겨우 걸쳐질 뿐이었다. 내 다리는 그의 나무둥치 같은 다리에 찍혀 꼼짝도 하지 못했다. 발버둥을 치며 손으로 그의 등이며 얼굴을 마구 쳤다. 퍽. 뭔가 눈앞에서 번쩍 하는 것 같았다. 그의 주먹이 날아온 것이다. 정신이 아득해졌다. 다시 한 번 그가 뺨을 때렸다. 비릿한 피가 목구멍으로 넘어왔다. 코피가 터졌는지 뜨거운 액체가 입안으로 흘러들고 목덜미로 파고들었다.

"기다려. 너도 원했던 거야."

그가 바지벨트를 풀었다. 묵직하고 난폭한 것이 내 살을 찢으며 들어왔다. 나는 어금니를 꽉 깨물었다. 눈을 감았다. 눈만 감으면 돼. 나는 나에게 외쳤다. 살이 찢어지는 고통쯤은 아무것도 아니라고 생각했다. 아니, 아니었다. 아무리 눈을 감고 있어도 치유되지 않았다. 마음은 온통 너덜너덜해져서 어찌해볼 수도 없을 지경이었다.

정신을 잃은 채로 몇 분 동안 누워 있었는지 몰랐다. 정말 웃기는 일이지만 눈을 뜨고 일어나 앉았을 때 나는 그가 치마를 내려주고 갔다는 사실에 잠깐 고마워할 뻔했다. 나는 캬악 가래침을 뱉었다. 입안에서 피와 함께 잔돌멩이가 나왔다. 몸은 춥고 무거웠다. 오래된 고물버스처럼 팔다리가 덜덜거렸다. 간신히 몸을 일으키자 아랫도리에서 뭔가 뜨거운 액체가 주르르 쏟아졌다. 나는 절뚝거리며 천천히 목화밭을 빠져나왔다. 아이들이 모두 하교한 텅 빈 교정은 무덤처럼 조용했다. 그곳은 내가 사는 곳과는 다른 세상인 것 같았다. 더없이 평안하고 행복해 보여 이물스럽기까지 했다. 수돗가에 가서 세수를 하고 옷에 묻은 흙을 털었다. 다리를 씻고 교복에 묻은 피를 비벼 빨고, 물을 적셔 손가락으로 머리를 빗어 내렸다. 버스 정류장에 와서야 나는 책가방을 벤치에 두고 온 사실을 알았다. 팬티도 입지 않았다. 그래도 돌아가지 않았다. 손에서 피가 자꾸만 배어나왔다. 나는 주먹을 꽉 움켜쥐고 버스를 탔다. 치마 주머니에서 젖어 있는 회수권을 찾아냈다. 사람들이 흘끔거리는 것 같았다.

마침 엄마는 주방에 계셨다. 목욕탕에 가서 옷을 모두 벗고 때수건으로 몸이 벌게지도록 문질러 닦았다. 몸은 온통 긁힌 상처투성이었고, 젖가슴과 쇄골 부근은 퍼런 멍이 군데군데 잡혀 있었다. 나는 벌거벗은 채로 교복을 빨았다. 교복에서는 핏물이 자꾸만 나왔다.

나는 심한 열감기로 앓아누웠다. 학교에도 가지 못했다. 머리가 어지럽고, 몸이 허공중에 붕 떠오르는 것 같았다. 술에 취한 배도연이 나타나 내 목을 졸랐다. 진성이가 무표정한 얼굴로 뚜벅뚜벅 걸어왔다. 머리에 피를 흘리며, 그보다 더 짙은 붉은 눈물을 흘리며 아이는 나에게 다가왔다. 아이의 얼굴이 갑자기 미선이로 바뀌었다. 미선이의 얼굴이 갑자기 그의 얼굴로 바뀌었다. 좋지? 좋지? 하며 그가 다시 나를 강간했다. 꿈인 줄 알면서도 깨어날 수 없었다. 비명을 지르며 소스라치게 놀라서 벌떡 자리에서 일어났다. 조여드는 가슴을 움켜쥐고 방구석에 웅크리고 있으면 땀인지 물인지 얼굴이 빨래처럼 젖어 들었고, 편도가 부풀어 오르고 목이 잠겼다. 손가락이 뒤틀리고 다리에 쥐가 났다. 뻣뻣해진 다리를 주무르며 나는 까무룩하게 의식을 잃곤 했다. 땀으로 옷을 흠뻑 적시고 나면 싸늘하게 식었던 몸이 귀가 홧홧해질 만큼 뜨거워졌다. 혀가 말려들어가고 눈이 해골처럼 꺼져버려서 구멍이 뻥 뚫릴 것만 같았다.

늦도록 누워 있다가 점심때가 다 되어 일어났다. 사흘 만이었다. 안방 경대서랍장에 놓여 있던 라이터를 주머니에 넣고, 슈퍼에서 아버지가 피우던 담배를 한 갑 샀다. 내일부터 시험이라고 했다. 나는 책가방을 챙기고 교복을 입고, 가능한 느리게 걸었다. 그러다가 잠시 길거리에 앉았다. 저쪽 길 끝에서 엄청난 힘의 열기가 쏟아져 나왔다. 데모 행렬이었다. 나는 쪼그리고 앉아 성난 사자처럼 포효하는 그들을 보았다. 한참을 보고 있었더니 감기약을 먹은 것처럼 어질어질했다. 와아 와아. 고함을 질러대는 그들 속에 있었지만, 나는 아무런 느낌도 받지 못했다. 그들이 어디로 가는지 왜 뛰어가는지도 알지 못했다. 나는 담배에 불을 붙이고 힘껏 연기를 빨아들였다. 연기가 목구멍을 넘어가면서 정신이 혼미해졌다. 시위대가 다시 지나갔다. 누군가가 담배를 쥔 내 손을 탁 쳐냈다. 뒤돌아보는 그의 눈빛이 형형했다. 대학생으로 보이는 남자였다. 쫓기는 그의 눈에도 교복을 입고 담배를 피우는 여학생이 거슬려 보였던 것일까. 담배가 저만큼 떨어져나갔다. 나는 무릎에 손을 짚으며 무거운 몸을 겨우 일으켰다. 결국 학교에 가지 못하고 집으로 돌아왔다.

다음 날, 몸이 아프면 병원에 가자는 엄마 말에 나는 쫓기듯 집을 나섰다. 학교에 왔으나 시험을 칠 수가 없었다. 글자는 모두 사라지고 백지만 남았다. 1교시를 마치자 책가방을 들고 교실을 나와버렸다. 그리고 무작정 걸었다. 복도와 운동장이 제멋대로 움직였고, 아이들이 내게로 와서 어깨를 부딪쳤다. 눈앞에 진성이의 환영이 나타났다. 나는 진성이를 밀쳐냈다. 진성이는 끄떡도 하지 않았다. 한 걸음 한 걸음 내 앞으로 다가올 뿐이었다. 나는 라이터를 꺼냈다. 가까이 오면 그것을 던질 참이었다. 진성이가 한 발짝 더 다가왔다. 나는 라이터를 켠 채로 가방에서 시험지와 교과서를 꺼내 불을 붙였다. 그리고 진성이를 향해 불붙은 그것을 던졌다. 내 앞에서 불이 활활 타올랐다. 진성이가 불길에 휩싸였다. 하지만 진성이는 타지 않았다. 깔깔깔깔 소리 높여 웃는 웃음소리가 불길을 너울너

세게 타오르게 했다. 누군가가 내 팔을 잡았다. 무슨 짓이야? 이수희 정신 차려! 누군가가 내 뺨을 때렸다. 나는 있는 힘을 다해 그들을 뿌리쳤다. 그리고 불길 속으로 몸을 던졌다. 뭔가 아득한 느낌이었다.

1학년 건물 4층 도서실에서 떨어졌지만, 나는 죽지 않았다. 나는 다시 학교에 가지 못했다. 다리가 골절되어서 2주 동안 병원에 누워 있어야 했다. 도서실 책장 하나를 고스란히 태워 백여 권의 장서를 못쓰게 만들었다. 입시 부담으로 인한 우울증이라는 진단을 받았다. 한 달 정도 정신과 치료를 받고 약물을 복용하는 것에서 방화범 면죄부를 받았다. 거리는 여전히 계엄령이 해제되지 않고 있었다. 병원을 오가면서 거리에 서 있는 군인들을 보았다. 이제 그들도 지쳐가고 있었다. 긴장으로 팽배하던 그들의 눈동자가 가끔 따뜻하게 느껴지기도 했다.

어느 날, 학교로 가는 길에 배도연을 보았다. 배도연이 틀림없었다. 나는 놀라움에 입을 틀어막았다. 그에게서 눈을 뗄 수 없었다. 내가 타고 있는 이 버스가 그로부터 나를 보호해줄 수 있을까. 그가 버스에 타기라도 하면 어떡할까. 생각이 꼬리에

꼬리를 물고 이어졌다. 하지만 어느 순간 나는 입술을 막고 있던 손을 천천히 무릎 위로 내려놓았다. 그는 타지 않았고, 버스는 지친 엔진 소리를 내며 서서히 정류장을 떠나기 시작했다. 설사 버스가 떠나지 않았다고 하더라도 두려워할 필요가 없을 만큼 그는 변해 있었다. 그의 장인으로부터 내침을 당했고, 아이와 아내는 이미 외국으로 떠나 만날 수도 없다고 했다. 몇 번이나 여자 문제로 말썽을 일으켜 큰아버지를 곤란하게 만들면서 두 집안으로부터 완전히 버려졌다는 이야기가 이미 무성했다. 그는 정상적인 생활을 하는 사람의 모습이 아니었다. 굽실거리던 머리카락은 때가 엉겨 폐선의 밧줄처럼 뭉쳐 있었다. 계절에 맞지 않게 걸친 잠바도 시커먼 기름칠을 한 것처럼 반질반질 윤이 났다. 바지는 밑단이 틀어져 너덜거렸다. 육교 위나 역 앞의 거지보다 나을 게 없는 모습이었다. 나는 멀어져가는 그를 보기 위해 버스 뒤쪽으로 달려가 유리창에 얼굴을 갖다 댔다. 그가 허공중에 대고 손가락을 쳐들고 욕을 먹이더니 이를 드러내고 크르르 웃었다. 욕을 한 손가락으로 콧구멍을 후벼 파더니 카악 가래를 내뱉었다. 그는 당당하게 멀어져갔다. 나는 손을 부르르 떨었다. 마치 젖은 신문지를 뚫고 갯지렁이가 손바닥으로 떨어진 느낌이었다.

# 제의

고3이 되었다.

대통령이 사라지고, 그가 사라지고, 미선이가 사라지고, 진성이가 사라진 교정은 을씨년스럽고 황량했다. 사라진 자리는 폐허가 되어버렸다. 나는 이 폐허를 건너가기가 쉽지 않다는 것을 알았다.

딱딱한 나무등치를 뚫고 연둣빛 새싹은 얼굴을 내밀었으나 바람은 매웠고, 사람들의 옷은 칙칙했다. 대지는 옷을 새롭게 갈아입었으나 사람들의 봄은 요원해 보였다. 그것은 교실 안에 갇힌 '채 대학입시와 싸우는 우리들도 마찬가지였다. 스승의 날, 후배들이 체육대회를 하느라고 운동장에서 열광하고 있었다. 작년 사생대회 이후 올해는 체육대회를 하기로 했다는 것이다. 매년 같은 행사를 하면 아이들이 또 무슨 짓을 꾸밀지 모른다는 것이 스승의 날을 대비한 교무회의 결과라고 했다. 운동장은 함성과 환호로 들떠 있었다. 간혹 저것이 우리가 만들어낸 성과라고 자랑스러워하는 아이들이 있긴 했지만 대부분의 아이들은 동요하지 않았다. 이 세상의 어떤 이변, 어떤 엄청난 사실에도 열광할 수 없는 대학입시가 코앞에 다가와 있기 때문이었다. 나는 하루 종일 책상 앞에 앉아 있었다. 문제집이나 교과서가 펼쳐진 날도 있었지만, 대부분 소설책을 읽었다. 책상 외에 다른 곳으로는 눈을 둘 수가 없었다. 날씨가 궂으면 다친 다리가 아팠다. 그래도 눕지 않았다. 누우면 천장이 보이고, 벽이 보였다. 그러면 그 속으로 스며들고 싶어졌다. 길이 보이면 지쳐 쓰러질 때까지 걷고 싶었고, 난간이 보이면 떨어지고 싶었다. 세상은 온통 정체를 알 수 없는 광기로 가득 채워져 있었다. 이상한 것은 광기 속에서도 사람들은 어떻게든 살아간다는 것이었다.

아직 봄이 지나가려면 멀었다. 그래도 한낮은 더웠다. 아침마다 담임은 어둡고 심각한 얼굴로 나타나 똑같은 말을 되풀이했다. 어젯밤에 몇 시간 잤나. 4당 5락이야. 네 시간 자면 붙고 다섯 시간 자면 떨어진다! 전쟁이 일어난다고 해도 의러

분한테는 대학입시가 우선이다. 열심히 공부해서 꼭 자기가 생각하는 것보다 한 단계 높은 대학에 갈 수 있도록. 알겠나? 아이들의 대답 소리보다 한숨이 더 크게 들렸다.

엄마가 이상해진 것은 스승의 날이 며칠 지난 어느 날이었다. 학교를 마치고 집으로 돌아왔을 때 엄마는 전화기에 손을 얹은 채 멍하니 앉아 있었다. 엄마, 내가 엄마를 흔들자 엄마의 몸이 묽은 밀가루 반죽처럼 흔들렸다.

"지난주에 전화 왔을 때 니 오빠가 광주로 간다고 했었는데, 어쩌면 좋냐. 광주에서 폭도들이 반란을 일으켰단다."

오빠가 광주로 갔다는 이야기는 나도 엄마한테 들어서 알고 있었다. 전라도 사투리를 쓰던 그 친구를 따라갔나 보다라는 생각만 했을 뿐 다른 짐작은 하지 않았다. 그런데 반란은 또 무슨 이야긴가 싶었다.

"누가 그래?"

"아까 뉴스에서 그러더라. 북한 사주를 받은 간첩과 폭도들이 반란을 일으켰다는데 니 오빠가 사태가 나기 전에 거길 빠져나갔는지, 아니면 뭔 사달이나 나지 않았는지. 어디로 전화를 해야 이걸 알 수가 있겠냐. 아이고 답답해 죽겠다."

쉴 새 없이 눈동자를 굴리며 두 손을 비비고 있는 엄마는 통제력을 잃은 군인처럼 위험해 보였다.

"엄마, 방으로 들어가자. 아무 일도 없을 거야."

내가 어깨를 잡았지만 완강한 엄마의 어깨는 꼼짝도 하지 않았다. 나는 정희 언니에게 전화를 걸어 형부를 통해 좀 알아봐달라는 부탁을 하고 자리에 누웠다. 새벽에 눈을 떴는데 엄마는 내가 학교에 갔다 와서 본 그 자세를 그대로 유지하고 있었다. 안방을 둘러싼 허공이 진공상태라도 된 듯 엄마는 가벼워 보였다.

"한숨도 안 잔 거야?"

엄마가 나를 보았다. 엄마의 눈동자가 뻥 뚫린 듯 깊어져 있었다. 끙 소리를 내며 몸을 일으킨 엄마가 주방으로 나갔다. 어제 팔다가 남은 국밥에 불을 올리며 주문을 외듯이 중얼거렸다. 이거 먹자. 이거 먹자. 이거 먹고 우리 경수 찾아야지. 그날부터 엄마는 출근하는 사람처럼 매일 신문사나 방송국에 들렀다. 식당 문도 닫아버린 채였다. 일주일째 그러고 있었지만 엄마는 아무런 소득도 얻지 못했다.

야간자습을 마치고 집으로 오면 밤 10시 30분쯤이었다. 식당 영업시간이 지난 시각이지만 불은 항상 켜져 있었다. 엄마는 12시가 넘어야 식당의 불을 껐다. 문을 닫는 엄마의 손길은 언제나 느렸고, 골목 저 너머를 향해 뻗은 시선에는 진한 아쉬움이 묻어 있곤 했다. 그런데, 식당 불이 꺼져 있었다. 제일 먼저 떠오른 생각은 오빠였다. 만약 오빠가 돌아왔다면 엄마는 식당 문을 안으로 걸어 잠그고 불을 껐을 것이다. 하지만 식당 문은 잠겨 있지 않았다. 오빠가 없는 동안 식당 문은 한 번도 잠긴 적이 없었다. 뿐만 아니라 마치 도둑이라도 맞은 것처럼 안방문이 활짝 열려 있었다. 대체 무슨 일이 일어난 것일까. 심장이 뚝 떨어져 방바닥 저 아래에서 쿵쾅거리는 것 같았다. 그때 전화벨이 울렸다. 정희 언니였다. 너네 형부랑 엄마, 광주에 갔어. 수희야 놀라지 마. 오빠가 죽었대. ······확인하래. 나는 소리 질렀다. 아니야! 어둠 속으로 내 비명이 퍼져 나갔다. 이런 게 삶이라면 너무 가혹했다. 나는 책가방을 안고 푸르게 변해가는 밤을 두 눈 부릅뜨고 지켜보고 있었다. 그럴 리가 없다. 오빠가 죽었을 리 없다.

오빠를 광주에 묻고 온 엄마는 건져 올릴 게 하나도 없는 난파선 같았다. 링거를 꽂고 병원에 누워 있는 엄마의 눈초리 짬은 닦아도 닦아도 끊임없이 눈물이 나오고, 실성을 한 듯 계속 같은 말을 중얼거렸다. 얼굴이 까마귀가 쪼아 먹고 남긴 것보다 더 볼품없더라. 새벽이슬 맞은 뱀새끼마냥 퍼렇게 질려서는 아이고, 내 새끼, 아까운 내 새끼. 엄마 옆에서 간호를 하던 정희 언니나 나는 눈물을 흘리지 않으려고 애썼다. 그러기 위해서 우리는 말을 하지 않아야 했다. 고통 대신 땅속 깊이 말을 묻은 사람처럼 우리는 말을 아꼈다.

물에 팅팅 부은 시체 같던 엄마의 몸에서 조금씩 수분이 빠져나가는가 싶더니 쭈글쭈글해진 엄마가 보름 만에 몸을 일으켰다.

"가자. 우리 경수 올 건데, 냉동실에 얼려놓은 곰국 뎁혀야겠다."

오래된 파마머리는 수세미처럼 헝클어졌고, 얼굴과 몸의 윤곽은 유령처럼 흐릿했다. 엄마는 몸뿐 아니라 정신의 윤곽도 놓쳐버린 것 같았다. 여름을 지나면서 엄마는 식당에 두 번이나 큰불을 낼 뻔했다. 그을음이 군데군데 묻어 있는 식당의 잔해들을 보면서 나는 가파르고 먼 산을 힘겹게 넘어가고 있다는 생각을 했다. 그럴 때 책을 펼쳐 들었다. 소설책이 아니라 문제집이었다. 공부가 도피처였던 적이 있었다. 이번엔 도피처는 아니더라도 위안만이라도 되어달라고 기도했다.

입시공부에 빠져 허우적대고 있던 우리를 수면 위로 끄집어

올린 사건 하나가 발생했다. 3학년이 되어서도 우리를 담당하던 키가 작고, 깡마른 사회선생이 어느 날 실종된 일이었다. 대통령이 죽었을 때, 비장한 얼굴로 교실에 들어서서 눈물을 훔치고 있는 아이들을 향해 이마에 굵은 주름을 꿈틀거리며 일갈하던 그가 사라지고 없었다. 자기가 담임을 맡고 있는 반 아이들에게 유인물을 나누어주었다는 것이다. '광주5·18'이라는 제목이었다고 한다. 우리나라 군인들이 길 가는 시민들을 마구잡이로 죽인 내용이라는 것이다. 아이들은 모두 그럴 리가 없다며 도리질을 했다. 그때 한 아이가 말했다.

"그게 거짓말이라면 왜 사회가 끌려갔겠냐고?"

사회는 결국 교실로 돌아오지 않았다. 일주일이 지나자 사회 대신 이마가 벗어지고 얼굴에 기름기가 많은 다른 사회가 왔다. 그는 수업을 하면서 늘 땀을 흘렸다. 아이들은 수업시간에 모르는 것이 있어도 질문하지 않았다. 우리는 지친 도망자처럼 숨을 죽인 채 남은 시간들을 보냈다.

대입 예비고사를 마친 날은 오후가 되어도 좀처럼 날씨가 풀리지 않았다. 나는 호주머니 깊숙이 손을 찔러 넣고 고사장을 나섰다. 초조하게 기다리는 얼굴들이 고사장 입구에 사열

하듯이 주욱 늘어서 있었다. 나는 고개를 수그린 채 빠른 걸음으로 그들 사이를 빠져나왔다.

슈퍼마켓에서 소주와 종이컵을 사서 비닐봉투에 넣었다. 바람은 차가웠지만 바람을 느낄 수 없었다. 정류장에서 버스를 타고 송도 입구에서 내린 뒤 한참을 걸었다. 어느 순간 내 앞에 뜨거운 열기 같은 것이 번져갔다. 어떤 청년이 포장마차 옆에 커다란 드럼통을 세워놓고 밤을 구워 팔고 있었다. 나는 그 자리에 멈칫 섰다. 드럼통 옆에 세워둔, 손때가 엉겨 붙은 헝겊 조각이 너풀거리는 목발 때문이었다. 나는 청년의 얼굴을 보았다. 시커먼 얼굴은 버썩하게 말라붙었고, 사는 일에 시달려서인지 눈은 총기가 없이 멍하게 열려 있었다. 나는 그에게 가까이 다가갔다. 천 원어치 밤을 달라고 하자 그가 흘깃 나를 보았다. 내 시선이 그의 눈에 가 있는데도 그는 내 존재를 몰라봤다. 그는 백기호가 틀림없었다.

나는 그가 건네준 밤봉지를 들고 골목에 서서 그를 지켜보았다. 나는 내가 여기까지 우연히 온 것이 아니라는 사실을 알았다. 늘 머릿속에서 웅얼대던 곳이었다. 거리는 사람들의 왕래가 많은 곳이었다. 하지만 그는 주변 풍광에는 관심이 없었다. 기호는 돈을 내미는 사람의 손에만 열중했다. 잠시 후 사람들이 뜸해지자 그는 귀마개가 달린 모자를 푹 눌러쓰고 투박한 나무의자에 웅크리고 앉았다. 그동안 잘도 그를 잊고 있었다는 생각이 들었다. 천 원어치의 군밤으로는 갚을 수 없는 빚이, 그러나 어찌해볼 도리도 없는 것들이 그곳에 다 말라비틀어진 낙엽처럼 널려 있었다. 운동화 속에서 발가락이 차갑게 얼어왔다.

다시 버스를 타고 학교에 도착했을 때에는 이미 해가 기울어 어둑어둑해져 있었다. 교문은 굳게 닫혀 있었다. 교복치마 차림이지만 나는 익숙하게 담을 넘어 길을 걸어 올라갔다. 반쯤 걸어 올라왔을 때 갑자기 보름달처럼 둥실, 눈앞에 충효 석상이 떠올랐다. 진성이가 죽은 후 오랫동안 아이들의 발길이 끊겼던 곳. 학교에서 몇 번이나 석상을 파헤쳐버리려 했지만 선뜻 그 일에 나서는 인부를 구할 수 없었다고 했다. 삽을 들고 땅을 파는 순간, 석상이 몸 위로 무너져 내려 그 커다란 돌덩이 아래 깔려버릴 것이라는 이야기만 무성하게 떠돌았다. 그러는 사이 논란의 여지가 많았던 석상도 시간이 지나면서 관리자와 선생들 사이에서 흐지부지되어버리고 말았다.

나는 석상을 정면으로 바라보았다. 빠른 속도로 먹물이 풀어지고 있는 교정에 '충효' 글자가 더욱 선명하게 살아났다.

나는 석상 앞에 무릎을 꿇었다. 바닥에서 빠지직 하고 얼음이 깨지는 소리가 났다. 스타킹만 신은 무릎이 시리고 아팠다. 차갑고 날카로운 얼음 조각들이 정강이 속으로 파고드는 것 같았다. 아니, 정강이 속으로 파고드는 것쯤 아무것도 아니었다. 도도하고 서늘한 칼날 같은 그것들을 삼키느라 내 목구멍은 상처투성이가 되었다. 나는 비명조차 지르지 못했다. 나는 두 손으로 목을 감쌌다.

'나도 이제 사람들이 사는 세상으로 들어가고 싶어. 이 폐허에서 나를 내보내줘. 진성아, 미안해. 진성아.'

고개를 숙인 내 목덜미에 목화동산으로부터 새소리가 날아와 앉았다. 그것이 진성이의 대답인 양 나는 고개를 들었다. 눈물이 났다. 술을 붓고 그 옆에 군밤을 놓았다. 그리고 1년 동안 그렇게 많은 비가 오고 바람이 불었는데도 여전히 마음속에 남아 지워지지 않는 그 아이의 혈흔을 향해 절을 했다. 절을 두 번 하고 땅바닥에 퍼질러 앉아 남은 소주를 마셨다.

# 귀가

 설날 새벽, 오빠가 집으로 왔다는 것이다. 깜빡 잠이 들었는가 싶었는데 누군가가 이불을 들치고 옆에 와 눕더라는 것이다. 엄마가 놀라 일어나보니 오빠였다는 것. 오빠는 숨소리도 죽인 채 엄마 옆에 누워서는 금방 잠이 들더라고 했다.
 엄마는 그 투박한 손으로 눈가를 아프도록 문질러 눈물을 닦았다.
 "그게 꿈이 아니었으면 얼마나 좋을까. 아이고 경수 아버지요. 아들 자식 그래 일찍 만나니 좋던가요."
 꿈속에 오빠가 나타난 날이면 엄마의 볼은 복숭아 빛으로 상기되고 피부마저 탱탱해졌다. 그날만은 식당 문도 제때에 열고 손님에게도 친절했다. 엄마에게 오빠는 그냥 자식이 아닌 모양이었다. 엄마에게 오빠는 과거와 미래의 시간이며, 삶의 흔적이자 희망이었다는 생각이 들었다.

하향지원을 한 탓인지 합격 소식이 날아왔다. 어느새 나도 자율적인 인생에 진입한 것이었다. 고등학교 때와는 달리 마구잡이로 쏟아지는 세상의 정보에 나는 자주 어리둥절해했다. '인생은 결정의 연속'이라는 말이 실감날 정도로 스스로 결정을 내려야 하는 일이 많아졌다. 하지만 우습게도 대부분은 선택의 여지가 없거나, 답이 이미 정해져 있었다. 자율적 인생이라는 타이틀을 붙이기에는 대학생활은 너무나 타율적이었다. 대학은 바나나와 설탕이 군데군데 떨어져 있는 원숭이 우리 같았다.

전두환 대통령의 취임식 때문에 입학식이 하루 늦춰졌다. 아침 일찍 등교해서 1교시를 마치고 나오면 건물 양지바른 곳에 학생 같지 않은 아저씨들이 장기판을 들고 놀고 있었다. 수업이 늦어 3교시쯤 등교하면 젊은 청년들이 수십 명 우르르 몰려 내려왔다. 아이들은 그들을 '짭새'라고 부르며 수군거렸다. 누가 옥상에 올라가 삐라를 뿌렸는데 땅에 떨어지기도 전에 그들이 다 수거했다는 무용담도 들려주었다.

주영이를 학교에서 우연히 마주쳤다. 미신이가 전학 간 후

일부러 연락을 피한 탓에 같은 대학에 입학한 것도 모르고 있었다. 주영이는 잃어버린 보물이라도 찾은 것처럼 내 팔을 잡고 호들갑을 떨었다. 가끔 주영이와 다방에서 커피를 마셨다. 오빠의 제사 날짜를 언제로 할 것인지 우리 가족이 우왕좌왕하고 있을 때 여의도에서는 5일 동안 '국풍81' 축제가 열렸다. 대학가는 연일 국풍81의 광고와 환호에 파묻혀 들썩거렸다. 가요제에서 금상을 받은 이용의 〈바람이려오〉가 다방에도 교정에도 울려 퍼졌다. 대학은 낭만적인 분방함이 빵빵하게 채워진 풍선이었다. 하지만 대학은 평화로워 보여서 오히려 위협적이었다. 위장된 평화 속에 도사리고 앉은 공포는 우리로 하여금 노래를 따라하면서도 주위를 둘러보게 만들었다.

여름이 시작되고 있었다. 커피를 홀짝거리며 주영이가 말했다. 울 오빠 제대하고 이번에 복학했잖아. 오빠가 자기 학교에서 뭐 전시한다고 구경하러 가자고 하던데 같이 가자. 대학생은 꼭 봐야 한다면서 안 보면 후회한대. 특별히 할 일도 없었다. 나는 주영이를 따라 주영이 오빠 학교에 놀러갔다. 우리보고 따라오라고 하면서 주영이 오빠가 자꾸만 뒤를 돌아보았다. 주영이 오빠의 목이 유난히 길어 보여 문득 슬퍼지기까지 했다. 주영이 오빠가 우리를 데리고 간 곳은 지하실 한 서클룸이었다.

'이 사진은 외국 기자가 찍은 것으로 1980년 5월 18일부터 27일까지 대한민국 광주에서 실제로 일어난 사건입니다.'

도화지에 급하게 휘갈긴 매직 글씨가 사진 맨 앞쪽에 붙어 있었다. 아, 짧은 비명 소리가 입에서 새어 나왔다. 사회가 우리에게 남긴 마지막 절규 같은 말, 광주 5·18. 사진은 참혹했다. 허름한 바지에 러닝만 입은 어린 학생을 다섯 명의 군인들이 곤봉으로 폭행하고 있는 사진, 옷을 벗긴 채 트럭에 억지로 싣고 있는 사진도 있고, 교련복을 입은 주검들이 쓰레기처럼 방치되어 있는 사진도 있었다. 무릎 꿇은 어린아이 앞에 겨누어진 총부리도 보였다. 나는 사진 가까이 눈을 붙인 채 고개를 숙이고 묶여가는 청년들을 보았다. 혹시 그 속에 오빠가 있나 살펴보았다. 오빠가 그곳에 있을 것만 같았다. 나는 청년들의 사진 앞에 무릎을 꿇었다. 이것이 정말 진실이었나. 흐르는 눈물을 닦으며 보고 또 보았다. 미국 전쟁영화에서나 보던 탱크와 장갑차가 도로에 줄지어 가고 있었다. 시민군의 시신과 널브러져 있는 관을 보았다. 누군가는 거짓말이라며 머리를 흔들었고, 누군가는 벽을 치며 분노했다.

"이건 조작이야. 이걸 누가 믿겠어? 그 시내를 산 내가, 아니 우리가 이걸 몰랐다는 게 말이 돼?"

어디선가 다급한 호루라기 소리가 들렸다. 아이들이 재빠르게 사진을 걷었다. 타닥타닥 빠른 발소리가 들렸다. 이쪽으로! 아이들은 일사분란하게 움직였다. 주영이 오빠를 따라 미로 같은 복도를 돌아 뛰어나오면서 나는 저 속에 암호 같은 것이 숨겨져 있다고 생각했다. 이제 저 암호를 풀어야 하는 사람은 누구일까. 가슴이 답답해왔다. 그때였다.

"저 사진은 저항의 밑거름이 될 것입니다!"

누군가가 소리쳤다. 울컥 목이 메더니 갑자기 펌프질하듯 가슴이 뜨겁게 차올랐다.

2학기가 시작되자마자 국풍81과는 비교도 할 수 없는 큰 축제의 서막이 팡파르와 함께 세상에 울려 퍼졌다. 바덴바덴에서부터 전해진 88서울올림픽 소식이었다. 올림픽은 전 국민을 열광 속으로 몰아넣기에 충분한 사건이었다. 사람들은 올림픽으로 모든 것을 잊은 것처럼 보였다. 사회가 말했고, 오빠가 저항했고, 우리가 지하 서클룸에서 보았던 광주대학살의 잔해 따위는 어디에서도 찾아볼 수 없었다. 아니, 마치 수많은 죽음의 제단 위에 장엄하게 치러질 축제라는 생각마저 들었다. 텔레비전은 연일 축제를 보도하느라 목이 쉬었다.

그 축제 속으로 강희 언니가 돌아왔다. 식당도 쉬는 일요일 저녁쯤이었다. 엄마는 개다리소반에 물 한 그릇을 떠놓고 그 앞에 앉아 꾸벅꾸벅 졸고 있었다. 무엇을 위한 기도인지 오빠가 죽고 난 후에도 엄마의 기도는 계속되었다. 이젠 살이 너무 쪄 앉아 있는 것도 버거워 보이는 엄마의 몸집이 방 안의 공기를 꾹꾹 누르고 있었다. 딸그락딸그락 소리에 배를 깔고 바닥에 누워 책을 보던 나는 방문을 열고 바깥으로 나갔다. 식당 탁자 위에 큰 가방 두 개가 올려져 있는 것만 보이고 그릇 부딪히는 소리만 날 뿐 사람은 보이지 않았다.

"누구세요?"

나는 소리를 따라 주방으로 들어갔다. 언니가 그곳에서 쌀을 씻고 있었다.

"언니야? 강희 언니?"

"응, 수희야. 언니다."

나는 입을 딱 벌리고 말았다. 반가운 게 아니라 화가 났다.

"이렇게 오랜만에 나타나서는 아무 일도 없다는 듯이 거기서 쌀을 씻고 있어? 기다리는 사람 속은 어떻게 됐는지 상관없단 말이야?"

아주 단호한 어투로 언니가 말했다.

"나는 이제 안 간다."

언니는 솥을 헹구고 밥을 안쳤다. 냉장고까지 뒤졌는지 된장을 풀고 찌개냄비에 불을 올리고 있었다. 병원 식당에서 일을 한다더니 손놀림이 엄마보다 더 빠른 것 같았다. 한 번도 주방에 있는 모습을 어울린다고 생각한 적이 없었는데, 오늘 언니는 마치 이 식당 주인처럼 자연스러워 보였다. 어느새 식탁에 김치며 찌개며 밥이 차려지고 수저도 나란히 놓였다.

"밥 먹자."

그러고 보니 언니는 가장 슬픔에 빠져 있을 때 우리에게 밥을 먹였다는 사실이 문득 떠올랐다. 곧 두툼한 뱃살을 손으로 문지르며 엄마가 나왔다.

"썩을 년."

언니 앞에서 잠시 멈칫하던 엄마의 입에서 욕이 먼저 튀어나왔다. 엄마는 드르륵 소리나게 의자를 뒤로 뺀 뒤 식탁 앞에 앉았다. 그러더니 된장찌개 뚝배기를 언니 쪽으로 확 뒤집어엎었다. 언니가 자리에서 벌떡 일어났다. 뜨거운지 허벅지에 묻은 된장찌개를 급하게 털어내던 언니의 손놀림이 문득 멈추었다.

"이년, 우리 경수 살려내라. 이년."

내가 엄마의 등을 철썩 때렸다.

"엄마, 도대체 왜 이래. 언니한테 왜 이래. 언니가 무슨 잘못을 했다고."

엄마는 아무도 눈에 보이지 않는 모양이었다. 한번 화를 내기 시작하자 가속도가 붙어 도저히 참을 수 없는 사람처럼 몸을 흔들며 악다구니를 쓰기 시작했다.

"경수, 우리 경수! 알토란 같은 내 새끼, 길거리에서 처참하게 죽어간 내 새끼, 시체도 거둬줄 사람이 없어서 길거리에서 썩어가고 있더라! 그런데 밥을 먹자고? 내 새끼, 차가운 땅에 파묻고 온 에미가 어디 입으로 따신 밥이 넘어갈 것 같으냐!"

"엄마, 제발!"

내가 엄마를 안았다. 엄마는 너무 뚱뚱해서 내 한 팔로는 어림도 없었지만 나는 있는 힘을 다해 엄마를 안았다. 늙은 하마 같은 엄마가 아으아으아으 기괴한 고함을 지르며 몸부림을 쳤다. 눈이 뒤집히고 입에서는 침이 흘러내리더니 엄마는 잘려진 나무등치처럼 갑자기 푹 쓰러져버렸다. 주방 쪽으로 고개를 돌리고 서 있던 강희 언니가 '아' 외마디 비명을 지르며 엄마 옆으로 달려왔다. 우리 둘의 힘으로 엄마를 방으로 옮기기에는 역부족이었다. 우리는 의자 네 개를 옆으로 붙이고 엄마를 눕혔다. 곧 불규칙적이던 숨소리가 차츰 골라지더니 정신이 돌아왔는지 엄마가 눈을 떴다. 걱정스럽게 보고 있는 우리와 눈이 마주치자 외면하듯 엄마는 얼른 눈을 감아버렸다. 엄마의 목구멍에서 웅얼웅얼 타령 같은 넋두리가 흘러나왔다. 그런 엄마를 회한에 가득 찬 눈으로 보고 있던 강희 언니가 바닥에 떨어진 뚝배기를 주워 들었다. 행주를 가지고 와 쏟아진 된장찌개를 치우고, 주방으로 들어가 분주하게 왔다 갔다 하더니 언니는 다시 된장찌개를 끓여 내왔다. 그런 언니의 모습은 꼭 예전 우리 집 앞에 서 있던 포플러나무 같았다. 설렁설렁 몸을 움직이며 그 작은 손바닥으로 아픈 내 마음을 꾹꾹 눌러주던 나무.

"먹어."

언니가 말했다. 나는 된장찌개를 한 숟가락 떠먹었다. 언니의 사랑 혹은 외로움, 고통 같은 것들이 이리저리 뒤섞여 있는 된장찌개가 목구멍을 넘어가면서 목젖을 뜨겁게 달구었다. 그것은 마치 그동안 언니의 아픈 흔적을 씻어주는 듯한 기분을 느끼게 했다.

언니가 이 세상에 다시 나타난 것은 자신에게 던져진 암호를 다 해독했기 때문일까. 해독이 끝났다고 하더라도 언니는 다시 새로운 암호 앞에 서게 될 것이다. 나 역시 그러리라고 생각했다. 우리는 자신에게 상처 입히는 방법을 너무나 잘 알고 있다. 그러니 새로운 암호쯤이야 좀 덜 힘들게 풀 수도 있지 않을까.

타령 같은 넋두리가 뚝 그치더니 엄마가 천천히 몸을 일으켰다. 슥슥 손바닥으로 마른세수를 하더니 아무 일도 없었다는 듯 식탁 위의 반찬그릇들을 이리저리 옮겼다. 수저질을 멈추고 언니가 가만히 엄마를 보았다. 늘 먹는 밥상에서처럼 반찬을 우리들 앞으로 밀어놓고 눈으로 식탁을 살피던 엄마가 의자 소리를 드르륵 내면서 자리에서 일어났다. 냉장고 문을 열고 뭔가를 뒤적거리더니 반찬통 두 개를 식탁 위에 놓았다. 깻잎에 양념장을 바른 깻잎장아찌와 창란젓갈이었다. 창란젓갈만 있으면 오빠는 밥 한 그릇을 금세 비우곤 했다. 깻잎장아찌는 언니가 좋아하던 반찬이었다. 언니가 수저통에서 수저 한 벌을 꺼내 엄마 앞에 놓았다. 엄마가 숟가락을 들고 된장찌개를 떠먹었다. 깻잎장아찌 뚜껑을 열고 언니가 깻잎 한 장을 넓게 펴서 밥 위에 얹었다. 그때, 식당 앞 가로등에 불이 켜졌다. 언니와 나는 그제야 서로의 얼굴을 마주 보았다. 우리는 어두운 줄도 모르고 밥을 먹고 있었던 것이다. 내가 밥을 넘기려고 하자 언니가 밥그릇을 내 앞으로 디밀었다. 더 먹어라. 가로등에서 번져온 노란 불빛과 숟가락 젓가락이 부딪치는 소리가 식당 안에 가득 들어찼다.

## 작가의 말

 차에 섞인 마들렌 부스러기가 입천장에 닿는 순간, 오래전 레오니 고모에게 아침 인사를 하러 갔을 때 그녀가 따뜻한 차에 마들렌 한 조각을 담아주었던 일을 떠올리고, 연이어 그것은 그에게 그 당시 콩브레에서 일어났던 모든 기억을 상기시킨다.

 마르셀 프루스트는 『잃어버린 시간을 찾아서』에서 '어린 시절의 모든 기억들이 나의 찻잔에서 나왔다'라고 이야기한다. 우연히 마신 한 잔의 차로부터 마술처럼 되살아난 기억. 기억은 시간을 고스란히 재생해내고, 시간의 재생은 곧 과거의 공간까지 살려내는 것이다.

내가 이 이야기를 소설로 만들고 싶었던 것은 언제쯤일까 생각해보았다. 소금을 한 움큼 집어 먹은 것처럼 갈증을 느끼며 낯선 대문 앞에 서 있던 어린 초등학생 때였을까. 아니면 선생님들을 속이고 돌아서 환호를 지르던 고등학생 때일까. 그로부터 너무나 많은 시간이 지나버렸다.

소설을 쓰면서 한 장면을 떠올리기 위해 나는 많은 순간 기억의 창고 속을 헤매어야만 했다. 기억을 재생시키면 잃어버렸던 그 시간들도 함께 따라 올라왔다. 그것이 항상 유쾌한 것은 아니었다. 시간의 흐름과 함께 등장하는 망각이라는 파괴력 앞에서 나는 종종 무기력해졌다. 하지만 끈질기게 매달려 소설을 쓸 수 있는 실마리를 잡았고, 그 실마리를 잘게 자르거나 다른 실마리와 묶거나 하여 이야기를 만들어냈다.

이야기에 열중해 어느 때는 착각에 빠지기도 했다. 〈비와 찻잔 사이〉라는 노래를 나는 꼭 고등학교 그 교실에서 불렀다고 믿고 있었다. 나중에야 그 노래가 몇 년 후에 나왔다는 것을 알았지만 노래는 이미 과거의 시간 속에 울려 퍼져버린 뒤였다. 교실에 있던 아이들이 어느 합창단보다 멋지게 부르려고 애썼던 그 노래를 내 마음대로 바꾸지 못한 것을 감히 여기서 고백하고자 한다.

가끔, 어느 순간 망각하고 있다고 믿었던 사실이 선물처럼 불쑥 떠오르기도 했다. 망각이야말로 기억을 순수하게 보존해주는 보물창고라는 말을 실감할 정도로 조작되지도 유린되지도 않은 무의식의 기억은 주인공들을 소설 속의 시간으로 데려다주었다.

하지만 부작용도 만만치 않았다. 사실과 허구가 뒤섞인 과거의 공간 속에 나는 너무 오래 있었다. 어느 것이 사실이고 어느 것이 상상인지 혼란스러울 지경에 이른 것이다. 심지어 친구들과 옛이야기를 나누다가 내 기억이 맞다고 우긴 적도 한두 번이 아니었다. 한참 그러다 보면 아, 맞아, 이건 만든 이야기야, 하고 속으로 혼자 깨닫고 모르는 척 슬그머니 뒤로 물러나는 순간이 있었다. 나는 기억을 조작하고 조작한 기억을 재창조하여 그것을 사실이라고 천연덕스럽게 믿어버리고 있었던 것이다.

내가 졸업한 고등학교에 딸이 입학하면서 졸업 후 처음으로 학교에 가보게 되었다. 건물은 더 많아졌고, 교정은 넓고 아름다웠으며, 나무는 풍성하고 아이들은 더 자유로워 보였다. 분명 달라진 모습이었지만, 익숙하고 친근했으며 가슴 벅차오르는 무엇이 있었다. 허리가 더 굵어졌지만 한눈에 알아볼 수 있는 은행나무, '등길'이라 불리던 굽어진 긴 등하굣길, 아, 저기쯤 6월이 되면 장미가 만발했었는데, 지금과는 비교도 할 수 없는 촌스러운 카메라를 들고 장미 앞에 쪼그리고 앉아 사진을 찍곤 했었지. 그 나무벤치들은 모두 없어졌지만 우리들이 재잘거렸던 이야기들은 군데군데 비밀처럼 숨어 있었다. 나는 과거의 공간에 한참을 서 있었다. 내가 오랫동안 헤맨 그 공간은, 그 속의 이야기들은 그 순간 나에게는 상상이 아니라 실제처럼 느껴졌다. 프루스트는 찻잔에 담긴 마들렌 한 조각으로 기억을 모두 불러냈지만, 나는 과거의 공간에서 내 소설 속의 사람들을 떠올리고 있었던 것이다.

역사의 격동기에 함께 숨을 쉬고 있었지만 정작 우리는 어떤 일이 벌어지고 있는지 몰랐다. 언론은 철저히 통제되었으며, 우리는 소용돌이치는 역사의 현장에서 비켜나 있어야만 했다. 그래도 역사의 날카로운 칼날이 가끔 우리의 옆구리를 스치고 지나가곤 했다. 그것을 외면할 수 없었다. 지금의 우리가 과거의 시간들로 만들어졌다면, 그것들 역시 우리를 만들고 있었던 것이 분명하기 때문이었다.

그리고, 이것은 상처에 대한 이야기다. 열여덟의 수희는 서른이나 마흔쯤 되면 상처들을 능숙하게 쓰다듬을 수 있을 거라고 생각한다. 내일 아침에 눈을 떴을 때 서른이나 마흔쯤 되었으면 하고 바란다. 하지만 나이가 든다는 것과 상처는 아무 상관도 없다는 것을 이제 나는 안다. 상처는 여전히 상처일 뿐이다. 상처는 그녀만의 몫이며, 그녀 스스로 약을 바르고 치유해야만 한다. 이 시대를 살아가는 많은 수희 역시 마찬가지일 것이다.

'하고 싶은 일'과 '해야만 하는 일'이 너무나 달라서 고뇌하던 친구가 있었다. 아마도 많은 사람들이 자기가 간절히 염원하는 일을 접고, 해야만 하는 일에 매달려 이 세상을 살아가고 있을 것이다. 하고 싶은 일을 가슴에 숨기고 세상과 부딪히며 치열하게 살아가는, 그래서 더 아름다운 친구에게, 그리고 슬프도록 도도하지만 잔인한 얼음꽃을 삼키느라 상처투성이가 되어버린 소녀 수희에게, 그리고 무심을 가장하여 늘 나를 지켜봐주는 가족에게 이 책을 바친다.

**얼음꽃을 삼킨 아이**

2010년 6월 22일 1판 1쇄 펴냄
2014년 5월 23일 1판 5쇄 펴냄

| | |
|---|---|
| 지은이 | 박향 |
| 펴낸이 | 김남일 |
| 편집 | 이호석, 박성아, 이승한 |
| 디자인 | 김현주 |
| 관리·영업 | 김태일, 박윤혜 |

| | |
|---|---|
| 펴낸곳 | (주)실천문학 |
| 등록 | 10-1221호(1995.10.26.) |
| 주소 | 서울특별시 마포구 월드컵로10길 48 501호(서교동, 동궁빌딩) |
| 전화 | 322-2161~5 |
| 팩스 | 322-2166 |
| 홈페이지 | www.silcheon.com |

ⓒ 박향, 2010

ISBN 978-89-392-0636-6 03810

이 책 내용의 전부 또는 일부를 재사용하려면
반드시 지은이와 실천문학사 양측의 동의를 받아야 합니다.